〈ジーニア〉
〈アオイ〉
〈グレアム〉

〈ソフィー〉
〈ドウェイン〉
〈デッドプリースト〉

『【浄火・狛《こま》犬《いぬ》】』
突如として六匹の犬の形をした炎が現れた。
地面を這うように駆け回ってレッドオーガに噛みついていく。

辺境の村の英雄、42歳にして初めて村を出る 1

岡本剛也 illust.桧野ひなこ

CONTENTS

第一章 村を出る

ここは一応はグルザルム王国にある、フーロ村と呼ばれている小さな村。

なぜ〝一応は〟という言葉をつけたのかというと、グルザルム王国の中でも一番外れに位置し、地図にも載っていないほどの辺境にある村だからだ。

王国の外れにある村というだけでも十分過疎化する理由の一つなのだが、なんといっても最悪なのは魔王領が真隣にあること。

魔王領というのは、文字通り魔王が統治している領土であり、魔物が跋扈《ばっこ》している危険な土地。

更に地形の関係上、魔王が王国に攻め込むとなった場合、この村を通って侵攻してくるのだ。

現に、俺が生まれてから四回も魔王軍がこの村を襲ってきている。

当然、地図にも載っていないこの村のことを王国が守ってくれることもなく……というよりも、この村の存在自体が忘れ去られている可能性が高く、全ての災難や困難を自分たちだけで撥《は》ね退《の》けてきた。

そんな地獄のような村に住む一人として、これまで最前線で戦ってきたのが俺ことグレアム・ウォード。

この村が村としての形が残っているのは、自分のお陰だと自信を持って言えるぐらいは、命を賭してこの村のために戦ってきたし、活躍した自負がある。

そして一生このまま村のために戦いながら、静かに農作業をしながら暮らしていくのだろうと思っていたのだが……つい先日、魔王軍の五回目の襲撃があった。

五回目ともなるとさすがに慣れてきたし、自分自身の強さも上がっていることからも簡単に追い返すことができると思っていたのだが、今回は魔王軍も今まで以上に本気だったのか、襲撃してきた魔物の質と量がこれまでとは明らかに違った。

エルダーリッチ・ワイズパーソン率いる千を超えるアンデッド軍から始まり、フェンリルロード率いる魔獣軍団の強襲。

それから休むことなく、キメラトロス率いる飛行部隊による空襲。

そんな凶悪すぎる魔王軍の襲撃になんとかギリギリで耐えていた中——極めつけにエンシェントドラゴンが現れたのだ。

あまりにも強大すぎるエンシェントドラゴンに心が折れてしまう者がほとんどだったが、俺だけは村を守るべく命を懸けてエンシェントドラゴンの討伐に向かった。

激しい死闘の末、なんとかエンシェントドラゴンを討伐することはできたのだが、その代償として俺は左肩から先を失ってしまった。

大量出血により死の淵《ふち》を彷徨《さまよ》いながらも、我ながら驚異的な回復力で動けるようになるくらいまでにはすぐに回復はしたが、失った左腕が生えてくることはなかった。

村はなんとか守れたが俺の左腕以外にも代償は大きく、村の半分は崩壊状態。

魔王軍の襲撃を乗り切ったことを喜ぶ暇もなく、村人総出で復興作業に明け暮れた。

俺も左腕がなくなったことをくよくよしている時間はなく、動けるようになってすぐに復興作業を手伝ったのだが……片腕だけでの作業ということもあり、いないほうがマシとも言えるほどのミスを連発。

左腕を失ってすぐだったため、まだ片腕での生活に慣れていないというのもあったが、俺にとってはそうしたミスの連続の衝撃は計り知れないものだった。

ただ俺のやるせない気持ちとは反対に、村人たちはミスばかりの俺に文句を言うどころか、村を救ってくれた英雄と常に祭り上げてくれた。

ただ……村の皆から英雄と呼ばれる度に俺の中で、ただでさえ過酷なこの村の負担になってはいけないという思いが増していった。

年齢は今年で四十二歳。

これからもっと体力が落ちていく中、片腕で農作業への影響も出てしまうこの状態でも、村人たちは村を救った英雄として俺を優遇し続けるだろう。

ちゃんと若くて強い人材も育ってきているし、村を救った英雄として存在し続けるためにも、俺はこの村を去るのがいいだろうと自分の中で結論づけた。

複雑な心境ではあるが両親は既に他界しており、妻も子供もいない。

俺が村にいることをこの村の人たちは迷惑とは思わないだろうが、俺自身、このままでは迷惑をかけると思ってしまったので、村を出る決断をしたのだ。

まずは村長に話をし、散々説得はされたが広い世界を見たいという適当な理由をつけ、村を出ることを半ば強引に了承してもらった。

みんなには黙って出ることも考えたが、俺に何かあったと思って捜させてしまうのも心苦しいからな。

村の復興作業も無事に終わり、元通りになったのを見届けてから、決めていた通り俺は村を出ることにした。

四十二年前にこの村で生まれ、それからずっとこの村と共に育ってこのまま死ぬだろうと思っていた中、まさかこの年で尚且《なおか》つ片腕がなくなった状態で村を出ることになるとは考えてもいなかったな。

人生何があるか分からないというのは、魔王の領土からやってきた魔物や魔王軍の襲撃で分かっていたつもりだったが、さすがにこのことは予想していなかった。

少ない荷物をまとめつつ、俺は小さな自分の家に頭を下げて別れを告げる。

この家は俺がずっと面倒を見てきた双子の姉妹に譲り渡すことが決まっているため、取り壊されることはきっとないだろう。

寂しくなるが、たまに村に戻って様子を見に来ればいいだけだ。

家に向かって深々と頭を下げてから、俺は村の入口を目指して歩きだした。

朝早いというのに、村の入口には村の人たちが総出で見送りに来てくれていた。

俺が村を出ることに対して泣いている子供たちもおり、この光景を見られただけでこの村を守ることができてよかったと心の底から思える。

「グレアムさん、本当に行ってしまうんですね」

「グレアム！　いつでも戻ってきていいんだからな！」

「……ぐすっ、ぐれあむさん行かないでよ！」

思い思いの言葉をかけてくれ、俺まで思わず泣きそうになってしまう。

ただ涙で別れたくはないため、俺は涙をグッと堪《こら》えて笑ってみせた。

「別に永遠の別れじゃない。気が向いた時に戻ってくるし、その時はお土産を楽しみにしておいてくれ。それじゃみんな――また」

別れの言葉を告げ、残っている腕を上げてひらひらと手を振った。

後ろからの村の人たちの声を聞きながら……俺は早くも悲しさよりも不安が勝ってきている。

迷惑をかけたくないという一心だけで村を出る決断をしたため、行く先なんてもちろん決まっていない。

村の外からこの村に来た人間なんて一人もいないので、村の外のどこに何があるのかも分からなければ、もちろんのこと地図もない。

その上、片腕で四十二歳のおっさん。

ここからは村にいる人たちの心配ではなく、俺自身の心配をしなくてはあっさりと死んでしまうだろう。

まだ村を出て数十歩だが気持ちを切り替え、生きるためにまずは他の村や街を目指して歩き始めたのだった。

村を出て、魔王領と反対方向に歩き始めてから約一週間が経過した。

魔王領の反対側を目指せば他の村や街に着くと思っていたのだが、村があるどころかまだ人間とも出会えていない
本当にこっちの方角でいいのか不安になってきたし、三日ほど前から既に村に戻りたくなっている。

飯については、道中で獣や魔物を狩れているからなんとかなっているが、このまま何もなかったらどうしようか。

そんな不安に駆られつつ、歩を進めていると……視界の端で小さな村らしき場所を捉えた。

廃村じゃない限りは村に人がいるはず！

俺は喜びのあまり年甲斐《としがい》もなく一回飛び跳ねてから、視界の端で捉えた村に向かって走った。

近づくと人の声もちゃんと聞こえ、廃村ではなくちゃんとした村だということが分かる。

フーロ村よりも小さい村だが、ここで色々な情報がもらえるだろう。

俺にできそうな仕事があれば、この村で暮らすことを考えてもいいし、とりあえず村の中に入ってみることにした。

「おんや、客人とは珍しいね。一体何をしに来たんだい？」

怪しい風貌をしている俺に話しかけてくれたのは、村の入口で野菜を手売りしていたおばあさん。

ニコニコと笑顔を見せてくれており、ひとまず警戒はされていない様子。

「フーロという名前の村からやってきたんだ。ここまで人里が一つもない中、偶然この村が見えて寄ってみたんだが……俺なんかでもこの村に入ることはできるのか？」

「もちろん入れるよ。でも、フーロ村なんて聞いたこともないね。他の国の村かい？」

「いや、一応は王国にある村なんだが……辺境の村だから知らなくても仕方がないと思う」

「んー？　この村も十分辺境にあると思うけどねぇ。とりあえず情報が欲しいなら道具店に行ってみるといい。あそこの倅《せがれ》はよく街に買い出しに行っているみたいだから、色々な情報を持っているはずだからね」

「道具店に行けば情報をもらえるのか。貴重な情報ありがとう。それと——俺なんかに声をかけてくれて本当に嬉《うれ》しかった」

「ほっほっ、なんだい泣いているのかい？　色々と変わっている人だねぇ」

村を出た時も、エンシェントドラゴンに腕を食いちぎられた時も泣きはしなかったのだが、この村を発見できた喜びとおばあさんの優しさでつい涙が溢《あふ》れてしまった。

慌てて涙を拭《ぬぐ》ってからおばあさんに頭を下げ、道具店に行ってみることにした。


村自体は小さいが、フーロ村よりも発展している。

他の街や村とも交流がありそうだし、立地上仕方がないのだが想像していた以上にフーロ村が閉鎖的な村だったということが、村を出てみたことで分かった。

文字や言語が同じだったことをありがたく思いながら、俺は村の中心にある道具店にやってきた。

看板からしてお洒落《しゃれ》であり、外から見える商品も気になるものばかり。

ただ、金も金目のものも全然持っていないため、購入することは不可能。

早いところ何かしらの仕事に就きたいのだが、見た限りこの村の人手は十分に足りているようだし、この村で働くのは難しそうだな。

「いらっしゃい！　見たことない顔だな！」

「村の入口にいるおばあさんに教えてもらってきたんだが、他の村や街についての情報が聞きたくて入らせてもらった。少しだけ話を伺っても大丈夫か？」

「ああ、ダコタの婆《ばあ》さんか。別にそれくらいの情報なら教えても構わないが、何かしら買っていってくれ。そこの魔法玉なんかどうだ？　王都で仕入れた魔法玉だぞ！」

「すまないが金が全然ない。道中で狩ったホーンラビットの角があるから、これと引き換えに情報をくれないか？」

「ホーンラビットの角だと？　銅貨二枚程度にしかならねぇじゃねぇか。……まぁでも、金がねぇなら仕方がないな。いいぜ、ホーンラビットの角と交換で情報をくれてやるよ」

腹の足しにしたホーンラビットで、角が綺麗《きれい》な個体だったからなんとなく剥《は》ぎ取っておいたんだが、こんな感じで役に立つとは思わなかったな。

ホーンラビット程度の魔物の素材でも売れるなら、魔王軍との戦いで倒した魔物の素材はもう少し高く売れたのではとも思ってしまうが、フーロ村に住んでいる限り必要のないものだったからな。

村の復興作業の方が優先されていたし、魔物の素材を剥ぎ取るなんて発想がそもそもなかった。

ただ、これからは狩った魔物の使えそうな素材は剥ぎ取ろうと密《ひそ》かに決めた。

「確かにホーンラビットの角だな。それで街とか村の情報が欲しいって言ったが、具体的にどんな情報が欲しいんだ？　おすすめの店とかか？」

「いや、どこにあるのかを教えてくれるだけでいい。この村の近くで一番大きな街はどこにあって、どう行けば辿《たど》り着くのかを教えてくれ」

「この村から近くにあって大きな街か。……ビオダスダールの街だな！　この村から南西に向かって歩くと小さな整備された道に出る。その道をずっと進んでいけば、ビオダスダールへの行先が書かれた看板が出てくるぜ」

「ここから近くて大きな街はビオダスダールという名前の街で、南西に進めば道に出るんだな。貴重な情報をありがとう」

「対価はもらったし道を教えるくらい別に構わねぇよ。次来た時は何か買っていけよ」

「ああ、何かしら必ず買わせてもらう。本当に助かった」

俺は店主に頭を下げて、道具店を後にした。

とりあえず教えてもらったビオダスダールの街に向かおう。

大きな街とのことだし、人が集まっているはずだ。

そこでならきっと俺でもできる仕事があるだろうから、生きるためにまずは金稼ぎから。

農業以外はやったことがなく、農業も力仕事以外はあまり得意ではなかった。

自信を持って他の人よりも優れていると言えたのが戦闘だったが、ご覧の通り左腕がなくなってしまったことでその唯一の長所も消えている。

それに大きな街であれば、俺なんかよりも強い人間がゴロゴロ集まっているだろうし、仮に左腕が残っていたとしても年齢で足蹴《あしげ》にされるはず。

まぁそれでもできる仕事は戦闘職ぐらいしかないし、底辺冒険者としてやっていくことになるだろうな。

「おや？　さっきの泣いていた人じゃないか。もう行ってしまうのかい？」

「泣いていたことは忘れてほしい。泊まるための金もないから、大きな街に行ってみることに決めた」

「お金がない、ねぇ。それで泣いていたのかい。……道中でこれでも食べるといいよ。美味《おい》しくないかもしれないけどね」

「これ、売り物じゃないのか？　そうだとしたら、さすがにもらうことはできない」

「ほっほっ、お金もないのに遠慮なんかするんじゃないよ。食べて元気を出しとくれ」

「……ありがとう。そう言ってくれるなら、遠慮なく頂かせてもらうよ。このお礼はいつか必ずさせてもらう」

「気にしなくていいさ。どうしてもお礼がしたいというなら、ワタシの代わりに他の困っている人を見かけたら優しくしてあげてくれ」

「……分かった。困っている人を見たら必ず助けさせてもらう」

おばあさんから売り物である野菜をいくつか分けてもらい、もう一度深々と頭を下げてから俺は

村を後にした。

俺の中ではフーロ村が全てであり、村の中で受けていた助けや優しさを当たり前と思っていた部分があった。

ただ、一歩こうして外に出てみると、他人から受ける優しさのありがたみを本当に強く感じる。

実際に目頭が熱くなっているし、何なら少し泣いてしまっているぐらいだ。

村のみんなに迷惑がかからないようにと、何の考えもなしに村を出たかたちだけど、正直俺は死に場所を探していた部分があった。

ただ、先ほどおばあさんと約束したように、残りの俺の人生は人に優しくするという目標を掲げて生きてもいいかもしれない。

おばあさんの優しさを噛《か》み締め、俺は漠然とそんなことを考えながら、ビオダスダールの街を目指して歩を進めた。


村を出発して教えてもらった道を進んで約二日。

道中に時折立っている小さな看板を頼りに進んでいると、目の前に見たこともないほどの大きな街が見えてきた。

しっかりと舗装された道に出てからはすれ違う人の数も半端ではなく、この道中だけでフーロの村に住んでいる人たちの数倍の人と既にすれ違っている。

知らない世界に若干の恐怖を感じつつも、目の前に見えている大きな街には年甲斐もなくワクワクしてしまう。

まず街を囲っている城壁からして凄《すさ》まじい。

フーロの村も防護柵で囲われてはいたものの、木を組み合わせて作った非常にお粗末なもの。

いや、この城壁を見るまではお粗末なものとは思ったことすらなかったが、比べてしまうとお粗末だったと言わざるを得ない。

そして、その城壁に作られているのは大きな門。

街に入るには南と北にある二つの門から中に入るしかないようで、変な人物を入れないためか門の前では入門検査を行っている。

その入門検査待ちで街から道沿いに大勢の人が並んでいるのだが、その数にも圧倒される。

立派な門、街に入ろうとしている人。

まだ街の中を見たわけではないのに、既に圧倒されまくっていて開いた口が塞《ふさ》がらない状態。

行列に並びながら、俺と同じように並んでいる様々な人を観察しながら待っていると、あっという間に俺の入門検査の番が回ってきた。

正直、街の中に入るのが怖くなってきてはいるが、ここまで来て引き返すという選択肢はない。

「次、前に出てこい」

兵士に呼ばれ、一歩前に出た。

こうして真横に立ってみると、兵士は意外と背が小さい。

「なんかデカいな。体つきも凄《すご》いし……冒険者か？」

「いや、冒険者ではない。仕事を探してこの街に来たんだ」

「仕事を探して……ねぇ。荷物はその小さな鞄《かばん》だけか？」

「そうだ。後は腰に刀がある」

「か、刀だと？　――おい、タレミ見てみろ！　剣じゃなくて刀だ！」

「本当だ！　有名な刀鍛冶《かじ》師のものか!?」

兵士は俺が帯刀していた刀に興味を示すと、入門検査を他所《よそ》に興奮し始めた。

色々と質問をされたが、村にいる鍛冶師に作ってもらっただけで俺も詳しいことは何も知らない。

「俺が住んでいた小さな村に鍛冶師がいて、その鍛冶師に作ってもらったものだから大した価値はないと思う」

「つちぇ、なんだよ。刀と聞いたから、てっきり凄い逸品だと思っちまった。小さな村にいた人が打った刀なら大した価値はないだろうな。とりあえず……怪しい持ち物はなし。通っていいぞ」

露骨にテンションが下がったのが分かったし、無駄に期待を持たせてしまったようだな。

ただこの刀でエンシェントドラゴンを斬ったわけで、ちゃんとした刀ではあると思うのだが……まぁ値打ち自体はないよな。

とりあえず中に入る許可をもらったため、俺は入門検査を行ってくれた兵士に頭を下げてから、いよいよビオダスダールの街の中に入る。

さて、壁の向こうには一体どんな街並みが広がっているのだろうか。

大きく深呼吸をしてから、一歩街の中に足を踏み入れた。

まず見えたのは――大量の人。様々な人が行き来しており、その奥には無数の建物が並んでいる。フーロの村とはまるで別世界であり、小さい時に読んだ物語の世界に飛び込んだような感覚。まさかこの年でこんな経験を味わうことになるとは、ついこの間まで想像もしていなかった。

街の全てを細かく巡りたいという浮ついた気持ちを押し殺し、まずは職探しから始めなくては宿にも泊まることができない。

人のために尽くす前に、まずは自分のことを自分でなんとかできるようにしないと駄目だ。

農業しかやってこなかった俺が、辺境の村から出て農業以外で行える仕事といえば……まぁ兵士か冒険者のどちらか。

片腕となってしまったが、長年魔王軍と戦ってきたし、まだそれなりに戦うことはできるはず。そして兵士か冒険者のどちらを目指すかだが、なんとなく兵士の方がちゃんとしている職業な感じがするし、村でやっていたことは兵士に近い。

そんなこともあって心情としては兵士になりたいが……ちゃんとした職業であればあるほど、俺が就ける可能性は低いだろう。

あくまでも、自分が無職で職歴もほとんどない片腕のおっさんだということを忘れてはいけない。なるだけなら誰でもなれると噂《うわさ》で聞いた冒険者になってみようと思う。

兵舎に向かいかけていた足を止め、俺は冒険者ギルドの場所を調べ、早速向かった。

「おー……。大きいな。いや、大きすぎるだろ」

街の中はどれも目につくようなものばかりだったが、冒険者ギルドは思わずそんな独り言を呟《つぶや》いてしまうほどの圧倒的な建物。

フーロの村の半分は埋まるであろう大きな建物で、そんな建物にひっきりなしに人が行き来している。

大きいからといって雑な造りというわけでもなく、隅々までこだわりをもって建てられたのが分かり、入る前から萎縮《いしゅく》して中に進む気が消え失《う》せたのだが……。

そんな俺の心境などお構いなしに、後ろからやってくる人の流れに飲み込まれ、自分の意思とは関係なく冒険者ギルドに入ってしまった。

外からでも人が多いことは分かっていたが、中は冒険者たちで埋め尽くされており、たいへんな騒ぎになっている。

四十二歳で片腕のおっさんは浮いてしまうだろうと思っていたが、ただの自意識過剰だったとすぐに思えたぐらいには老若男女問わず様々な人種がいた。

「これなら俺を受け入れてくれるかもしれない」

またしても独り言を呟いたのだが、そんな俺の独り言は誰の耳にも届かず、騒がしい周囲の音に一瞬にして掻《か》き消された。

まずは……受付に向かうか。

ぶら下がっている看板を見ながら、人の流れに乗って相談受付と書かれた場所まで向かう。

そのまま列に並びながら周囲の様子を窺《うかが》っていると、またしてもあっという間に俺の番が回ってきた。

門での検査もそうだったが、これだけの人がいると目新しすぎて観察しているだけで時間が溶けていく感覚に陥る。

兵士や受付嬢が手慣れており、人を捌《さば》くのが上手《うま》いということもあるのだろうけど。

「いらっしゃいませ。ここは相談受付なのですがよろしかったでしょうか？」

「ああ。相談したいことがあって来た。……来ました」

「ふふ、敬語じゃなくても大丈夫ですよ。それでどういったご用件でしょうか？」

見たこともないような美人の受付嬢は、俺の無理に使った敬語に対して優しく笑ってくれた後、わざわざ敬語でなくて大丈夫と言ってくれた。

俺がもう少し若ければ一瞬で惚《ほ》れていたところだろうが、この年になって一回り以上も年下の女性に一目惚れなんてしない――いや、できない。

……じゃなくて、早く受付に来た目的を告げないとな。

「冒険者になりたくて来たのだが、どうやったら冒険者になることができるんだ？」

「……？　え、えーっと、お子さんが冒険者になりたいということでしょうか？」

「いや、俺が冒険者になりたいんだ」

「あー……。なるほど、なるほど！　他の街で冒険者をなされていたとかですか？　そうであれば、その街で使用していた冒険者カードを見せていただけますか？」

「いや、冒険者には今日初めてなりたいと考えている」

「んー……と、……なるほど。以前は兵士か何か……でしたか？」

「いや、辺境の村で四十年ほど農業をやりながら暮らしていた。あっ、村を襲ってきた魔物を撃退した経験はある」

「…………………………」

俺は質問に素直に答えたのだが、受付嬢は俺が質問に答える度に口数が少なくなり、今は言葉が見つからないけど何か発言しようと頑張っているようで、口を必死にパクパクとしている。

それでも言葉が見つからなかったようで、互いに愛想笑いを浮かべ、しばらく微笑《ほほえ》みあった。

「………四十歳を過ぎてからの挑戦は、ひ、非常に素晴らしいことだと思います！」

「ありが——」

「ですが、冒険者は非常に危険な職業です！　若い頃から経験を積んでいた冒険者ですら、四十歳を超えたらあっさりと命を落とす方はそう珍しくありません。基本的にベテランと呼ばれる年齢でして、この年齢からルーキーとして冒険者を始めるのは自殺行為に等しいです。それも……片腕がないともなると無謀と断言できます。それでも——冒険者になられますか？」

苦笑いは消え去り、真剣な眼差しで忠告してくれた受付嬢さん。

出会って間もない俺なんかをここまで心配してくれるということは、善意で俺の命を心配してくれているのだろう。

俺があっさり死んだとなれば、受付嬢さんにも寝覚めの悪い思いをさせてしまうだろうが……。

俺にはやめるという選択肢がなく、生活するためにもやらざるを得ない状態なのだ。

「忠告してくれて本当にありがとう。ただ、冒険者しか今の自分が就ける職業はないんだ。冒険者として登録させてほしい」

「……分かりました。そこまでの覚悟があるのでしたらもう止めません。こちらの紙にお名前等の情報を書いていただけますか？」

「分かった。書かせてもらう」

紙とペンを手渡され、俺はその紙に自分の情報を書いていく。

「書いたが、これで大丈夫か？」

「確認させていただきます。——はい、問題ないです。それでは冒険者カードをお作り致しますので少々お待ちください」

受付嬢さんは俺にそう告げてから後ろの部屋へと消えていき、数分してから冒険者カードを持って出てきた。

「お待たせ致しました。こちらが冒険者カードになります。こちらのカードがないと依頼等も受けられなくなりますので、くれぐれも紛失しないように気をつけてください」

「ありがとう。なくさないように気をつけるよ。……これでもう依頼を受けることはできるのか？」

「はい、依頼を受けることはできますが……。まずパーティを組んだほうがいいと思います。冒険者のご友人とかはいらっしゃいますか？」

「いや、いない。何の伝手《つて》もなく、一人で村を出てきたんだ」

「そう……ですよね。分かりました！　少々お待ちいただけますか？」

「ああ、もちろん待たせてもらう」

再び受付嬢さんは立ち上がると、冒険者カードを取りに行った奥の部屋へと消えていった。

今度はさっきよりも長い時間戻ってこず、十分以上経《た》ってからようやく姿を見せた。

「お待たせしました。今、ソロで冒険者をやっている方を見つけましたので紹介させていただきます。ジーニアさんという、最近冒険者になったばかりの方です。エルマ通りの酒場でアルバイトもしているみたいですので、行ってみてはいかがでしょうか？」

「ジーニアさん……という方なら、俺とパーティを組んでくれるかもしれないってことか？」

「はい。ソロで冒険者をやっている方なんですが、実は未《いま》だに一度も依頼を達成できていないんです。ですので、誘えばパーティに加わってもらえるのではと思いまして」

「なるほど。わざわざ調べてくれてありがとう。本当にお世話になった。……受付嬢さんの名前は何というんだ？　ここまで色々としてくれたからには何か恩返しがしたい」

「私の名前はソフィーといいます。……ただ、恩返しなんていりませんからね！　これが私の仕事ですし、私にはこれぐらいしかできませんので。依頼を受ける際は私の受付にお越しください」

「ソフィーさんか。今回は本当にありがとう。ジーニアという人を無事に誘うことができたら、また報告させてもらう」

「さん付けなんていりません！　ソフィーと呼んでください。それじゃ良い報告を待っていますね！」

苦笑いではなく、今はちゃんとした笑顔を向けてくれているソフィーに深々と頭を下げてから、俺は早速教えてもらったエルマ通りの酒場に行ってみることにした。

ジーニアさんとやらどんな人か分からないが、依頼を一度も達成できていないのであれば、俺とパーティを組んでくれる可能性があるだろう。

対応してくれたソフィーのお陰で、僅《わず》かながら希望の光が見えてきた。

俺がホッとした気持ちで出口に向かって歩いていると——急に誰かが俺の前に立ち塞がった。

「おいおい、聞いたかよ！　このおっさん、ルーキー冒険者だってよ！　パーティも組んでないって言っていたぜ！」

「てことは、パーティ募集中ってことか!?　ぎゃはは！　誰がこんなおっさんと組むんだよ！」

「夢見るおっさんとか痛すぎんだろ！」

ガラの悪い三人の冒険者が、俺を指さして笑い始めた。

やはり老若男女の様々な人種がいる冒険者でも、俺は相当な異端者なようだ。

色々な人間を見ているであろう受付嬢のソフィーも、俺の情報を知る度にかなり驚いていたもんな。

覚悟をしていたとはいえ、厳しい現実を突きつけられて、ホッとしていた気持ちが一瞬で消え去ってしまった。

「すまないが退《ど》いてくれ。外に出たいんだ」

「はえ？　もしかして仲間がいないから依頼を受けられなかったのか？　なら、ちょうどいいや！　金を出してくれんなら俺たちのパーティに入れてやるよ！　その代わり一日金貨一枚な！　Bランクの冒険者と組めるんだし金貨一枚なら安いだろ！　ぎゃはは！」

不快な笑い声で俺を煽《あお》ってくるガラの悪い冒険者。

ただでさえ辛《つら》い現実を見させられているのに、追い打ちをかけて馬鹿にしてくるとは酷《ひど》い冒険者たちだな。

言い返したいが言い返せることもなく、無駄な争いをして目立ちたくもないため、俺は無言のまま逃げるように冒険者ギルドを出た。

「金貨一枚用意したら、いつでも受け入れてやるからな！　金を持ってまた来いよー！　ぎゃっはっは！」

はぁー……。覚悟はしていたが、実際に声に出されて馬鹿にされると心にくるものがある。

このままやっていけるか不安でしかないが、とりあえずジーニアという人を探そう。

馬鹿にしてきたさっきの冒険者のような人たちもいれば、俺なんかにも優しくしてくれたおばあさんやソフィーのような人もいるんだからな。

おっさんの俺にはくよくよしている時間ももったいないため、頬《ほお》を叩《たた》いて気合いを入れてから、エルマ通りを目指して歩を進める。

ただ、それにしても……さっきの絡んできた冒険者からは強さを一切感じなかったな。

気配だけでいうのであれば、エルダーリッチ・ワイズパーソンが率いていたアンデッド軍の一体よりも弱かったように感じられた。

——いや、Bランク冒険者と言っていたし、これだけの大きな街の冒険者が弱いわけがない。

俺も常に気配は殺しているし、あの冒険者たちも意図的に気配を抑えていたんだろう。

そう自分の中で結論づけ、エルマ通りに向かった。

「ここがエルマ通りか。なんだか治安の悪そうな通りだな」

なんとなく名前の雰囲気から賑《にぎ》わっている通りなのかと思っていたが、暗い陰のある人が多く雰囲気の悪い場所。

この通りの周りも治安が悪そうなエリアだったし、ジーニアが働いているという酒場を早いところ探したい。

何かあってもいいように、刀をすぐに抜ける位置に手を添えておく。

両手があれば別にここまで警戒しなくてよかったのだが、片手しかない状態だと一瞬の遅れが命の危機に直結する。

警戒しながら歩き、俺はエルマ通りにある酒場を一軒一軒見て回ることにした。

そして、端の店から回っていくこと三軒目。

店の雰囲気とは合っていない、金髪の若い綺麗な女の店員さんが床を必死に磨いている。

ここまでの二軒はそもそも誰もいなかったため、初めて人と話すことができそうだ。

「あっ、いらっしゃいませ！　わざわざ来ていただいたところ申し訳ございませんが、まだ営業していないんです」

「いや、酒を飲みに来たわけじゃない。実はジーニアという人を探していて、何か心当たりは――」

俺がそこまで言いかけた瞬間、床掃除をしていた若い女性はなぜか俺に飛びかかってきた。

モップをぶん投げ、懐から短剣を抜くと、俺を刺そうとしてくる。

愛想の良い対応から一転、なぜ短剣で刺されそうになっているのか分からないが、一度大人しくさせたほうがいいだろう。

幸いにも動きは遅く、刀を使わずとも対応することができそうだ。

一直線で刺しにきた女性の攻撃を、後ろに一歩下がりながらいなすように回避。

その際に足を出したことで、俺の足に引っかかった女性は勢いよく転倒した。

転倒した際に落とした短剣を蹴り飛ばし、転んだ女性の腕を取って拘束に成功。

まだなんとかしようと暴れ回っているが、完全に関節を極《き》めているため動けていない。

「うぐ、ぐ！　離して、離してよ！」

「少し落ち着いてくれ。なんでいきなり刺そうとしてきたんだ」

「私はまだ死にたくな――え？　おじさん、私を捕まえに来たんじゃないの？」

「捕まえる？　なんで俺が君を捕まえることになっているんだ？」

「だって、ジーニアを探しに来たって言ったから！　だからてっきり私を捕まえに来たのかと
……」

「ということは、君がジーニアなのか」

勝手ながら冒険者は男が多いというイメージがあったが、確かにジーニアって名前は女性によくある名前だな。

それに、こんなに若くて綺麗な女性というのも想像だにしていなかった。

俺なんかとパーティを組んでくれるとは到底思えないのだが、ソフィーは勝算があって紹介してくれたわけだし、誘うだけ誘ってみよう。

……とその前に、捕まえるだの殺されるだの言っていたのは何だったんだ？

パーティに誘う前に、俺を誰と間違えて刺そうとしてきたのかは聞いておきたい。

「あ、あなたは誰なんですか？」

「俺は冒険者だ。冒険者ギルドでジーニアのことを聞いて尋ねてきたんだが……改めて、ジーニアは一体誰と間違えて俺を刺そうとしてきたんだ？」

「そ、そうだったんですね。私、とんでもない勘違いを……！　本当に申し訳ございませんでした！」

俺が拘束を解くなり、ペコペコと凄い勢いで頭を下げてきた。

傷一ついていないから別に構わないのだが、刺そうとしてきた理由については聞きたい。

「謝罪は大丈夫だ。風貌が怪しい自負はあるからな。それよりも刺そうとしてきた理由を教えてくれ」

「…………言わなきゃ駄目ですかね？」

「刺されかけたのに理由も分からないというのは、さすがにスッキリしないな」

「分かりました。少し長くなるんですが聞いてください」

それからジーニアは、俺を刺そうとしてきた理由について一から説明してくれた。

その説明を簡単にまとめると、一ヶ月ほど前にとある男と曲がり角でぶつかってしまい、その際に男が持っていた壺《つぼ》が落ちて割れてしまったらしく、その弁償を求められたのが事の発端。目が飛び出るほどの高価な壺だったようで、どうにか返そうと頑張ってみたはいいけれど、冒険者としては依頼を達成できず、ここでアルバイトしたが焼け石に水。

そして今日がその壺の代金を支払わなくてはいけない返済日らしく、そんなタイミングで現れた俺を取り立て人と間違えたって流れだったらしい。

「なるほど。それで俺を刺し殺そうとしてきたってわけか」

「売春だけは絶対に嫌で、でも返せるお金がないから……もう殺すしかないと思ってしまったんです。それなのに全く関係ない人を……本当にごめんなさい」

ジーニアの目には涙が溢れ出ており、殺すというぶっ飛んだ思考に陥ったのも精神的にいっぱいいっぱいだったからというのが、今のあまりにも辛そうな表情から分かる。

ただパーティへの勧誘をしに来ただけだったのに、相手は何かとんでもないことに巻き込まれている最中のようだな。

「俺は大丈夫だから謝らなくていい。それよりも……話を聞いた限りでは怪しい点しかないんだが、その壺は本当に高価な壺だったのか？」

ジーニアの話を聞いて、どうしても引っかかったのがその部分。

出会ったばかりであり、ほとんど関係のない俺が首を突っ込むのはどうなのかとも思いつつ、どうしても騙《だま》されているとしか言いようがない。

「そこは分からないです。向こうが高価なものだったと言い張っていて、その壺自体は粉々に砕けてしまいましたから」

「俺は怪しいと思うし、話を聞く限りでは飛び出てきたのは向こうなんだろ？　だったら、ジーニアだけのせいにされているのもおかしい」

本当に高価な壺なら取り扱いに気をつけるだろうし、むき出しの状態で持ち運ぶことはないだろう。

走って飛び出てきたとのことだし、本当におかしな点しかない。

「私も怪しいとは心の中で――」

ジーニアがそこまで話した瞬間、店の扉が開いて誰かが入ってきた。

「あっ、すいません。まだお店は準備中――って、あなたたちは……！」

「おー、邪魔するぜ！　今日が返済の期日だ！　忘れたとは言わせないぞ！　白金貨十枚。キッチリと耳揃《そろ》えて弁償してもらうからな」

ジーニアの反応から、今店に入ってきたのがその例の男であることが分かった。

ただ俺にはどうも聞き覚えのある声であり……というか、つい先ほど俺はこの声の主に馬鹿にされた。

――そう。冒険者ギルドの入口で俺を馬鹿にしてきた三人組だった。

「おー？　さっきのおっさんもいるじゃん！　こりゃ運命かもしれねぇな！」

「すげぇ偶然で驚いたわ！　なんで二人が一緒にいるんだよ！」

「壺の代金。このおっさんにも払ってもらう？　この二人はパーティなんだよな!?」

多分だが、俺がジーニアのところに行くというソフィーとの会話を聞き、おっさんでルーキーならカモになると踏んで、入口でわざと俺に絡んできたのだと思う。

こいつらだったということは、壺は安価なものであり、ジーニアは騙されていたということが俺の中で確定した。

「ど、どういうことですか？　この方と知り合いだったのですか？」

「いや、ついさっき一方的に絡まれたんだ。冒険者ギルドにいたから、こいつらは多分冒険者だと思う」

「何、ぶつくさ喋《しゃべ》ってんだよ！　早く白金貨十枚払えって！　払えないなら……ふっへっへ、体で払ってもらうからな！」

剣を抜くと、俺とジーニアに向けて突き出してきた。

最低の極悪人であり、叩きのめしてやりたいところだが、こいつらがBランク冒険者なら俺では勝てない。

……はずなのだが、剣を構えて向けられているのにもかかわらず、さっきまでと変わらず一切の怖さがないんだよな。

もしかしたら本物と言っていた壺が偽物だったように、Bランクの冒険者と言っていたのも嘘《うそ》の可能性が高い——というよりも確実に嘘だろう。

そうと分かれば、もはや何も怖くない。

わざわざ刀を抜くこともせず、俺は三人の冒険者たちにゆっくりと近づいていく。

「は？　何、近づいてきてんの？　おっさんはついでだし、本気で斬っちまうぞ？」

「斬れるものなら斬ってみろ。その代わり、手加減はしないぞ」

「ぎゃはは！　だっせぇ！　おっさんのくせに女の前だからって、かっこつけてんのがだせぇんだわ！　おっさんが調子に乗っちゃ駄目だっつうの！」

一人がそう叫んだあと、本気で斬りかかってきた。

ただ動きは遅く、ジーニアよりかは幾分かマシではあるが大して変わらない。

さっきと全く同じように一歩だけ足を引いて躱《かわ》し、頬を思い切り鷲掴《わしづか》みにする。

さっきのジーニアと違い、拘束なんて優しいことはしない。

俺は顔を潰《つぶ》さないようにだけは気をつけながら、掴んだ冒険者をゆっくりと宙に持ち上げる。

そして一定の距離まで上げてから——後頭部から地面に叩きつけた。

情けない小さな悲鳴を上げたあと、冒険者は倒れたまま動かなくなった。

そんな一瞬の出来事に、控えていた二人は唖然《あぜん》とした表情を見せている。

「お前たちはかかってこないのか？」

「な、舐《な》めんじゃねぇぞ！　ルーキーのおっさんがよォ！」

パニックに陥ったからか腰に剣を差しているにもかかわらず、その剣を抜くことはせずに拳《こぶし》で殴りかかってきた。

この攻撃も驚くほど遅く——このパンチはわざわざ躱すこともないな。

顔面目掛けて拳が飛んでくるが、俺は避《よ》けることをせずに顔で受けることにした。

頬骨の部分に当たるように調整し、拳が伸びきる前に俺の方から拳に当たりにいく。

指の骨が折れる音が聞こえたものの、冒険者は俺の顔面を殴ることができたと思って笑い始めた。

「は、ははは！　たまたま倒せたからって——うアッ、いてェよォ！」

遅れて折れた指の痛みが襲ってきたようで、拳を押さえながら地面を転げ回った。

指が折れた程度でこの反応ということは、もしかしたら冒険者でもないのかもしれない。

フーロ村では、小さな子供でもここまで大袈裟に痛がったりしないからな。

こんな偽りだらけの人間を恐れていたことに少し恥ずかしさを覚えつつ、俺は転げ回っている冒険者の髪を掴み、無理やり顔を上げさせてから顔を地面に叩きつけた。

残るはリーダーらしき人物のみ。

二人があっさりとやられたことで、さっきまでの勢いはどこへやら、すっかりと怯《おび》えきっている。

「ち、ちょっと待て、す、すまない！　本当にすまない！　壺の代金は半分だけでいい！　な？」

平謝りしているが、あくまで壺の金の半分を払わせようとしてきているところに思わず笑ってしまう。

呆《あき》れた笑みだったのだが、許してくれると勘違いしたリーダーも笑みを見せた。

俺はそんなリーダーにゆっくりと近づき、土手っ腹に拳を叩き込む。

呼吸ができなくなったせいで藻掻《もが》き苦しんでいるリーダーの髪を掴み、最終通告をしよう。

「二度と俺とジーニアの前に現れるな。今度は——殺してしまうかもしれない」

リーダーが涙を浮かべながら首を縦に振ったのを確認してから、俺はさっきと同じように顔面を地面に叩きつけて気絶させた。

店の中には鼻から血を噴き出した三人の冒険者が倒れており、ジーニアは口を開けた状態で固まっている。

「店の中で暴れて悪かった。ただ、もう金を要求してこないはずだ」

「…………あ、ありがとうございます。おじさん、強かったんですね」

「いや、この三人が特段弱かっただけだと思う。高価な壺というのも嘘だったろうし、口だけ達者な詐欺師だ」

「そうだったんですね。私にはおじさんが強く――というより、まだお名前を聞いていませんでした！　お名前はなんて言うんですか？」

「俺の名前はグレアム・ウォード。ついさっき冒険者になったばかりの……オールドルーキーってやつだな」

「グレアムさんですね！　助けていただき、本当にありがとうございました！」

「お礼なんていらない。俺も同じように狙われていたわけだし、ほとんど自分のために戦ったようなものだからな。それより、こいつらを外に運びたいから手伝ってくれるか？」

「はい！　手伝わせていただきますが……兵士とかは呼ばなくていいんですかね？」

「悪事を働いていた証拠でもあれば突き出していたが、証拠がなければ兵士が無駄に時間を使うだけだろうからな。お灸《きゅう》はしっかりと据えたから、外に放り出しておけば勝手に逃げていくと思うぞ」

「分かりました。外に運び出しましょう！」

こうして俺はジーニアと一緒に気絶している三人を外へと運び出した。

いきなり訳の分からないことに巻き込まれた感じはあるが、片腕でも弱い相手となら戦えることが分かったのはよかった。

ギリギリの戦いではあったがエンシェントドラゴンを倒せているわけだし、もう少しくらいは自信を持ってもいいのかもしれない。

そんなことを思いつつ、俺はビオダスダールでの初日を終えたのだった。

「聞いたかよ。【レベルナイフ】が街から去ったらしいぞ」
「【レベルナイフ】って勢いがあったBランク冒険者パーティだよな？　なんで急に街から去ったんだ？」
「それが一切分からないんだ。噂だと、ヤバい仕事に手を出して失敗。そのまま逃げるように街を去ったとか、若い女に返り討ちにされて逃げたとか、ルーキーのおっさんに絡んでボコボコにされたとか言われているけど、どれも信憑性《しんぴょうせい》の欠片《かけら》もない」
冒険者御用達《ごようたし》の騒々しい酒場では、冒険者パーティ【レベルナイフ】が夜逃げした話題で持ち切りとなっていた。

どの卓でも【レベルナイフ】の話となっており、その話を別の誰かが聞くことで曖昧な噂はどんどん広がっては大きくなっていく。

「今の後ろの話聞こえたかよ。やっぱりルーキーのおっさんが原因なんじゃねぇのか？」

「そのことなんだけどよ……実は俺、【レベルナイフ】がおっさんに絡んでいるのを見てるんだわ」

「はぁ!?　どこで見たんだよ！」

「冒険者ギルドだよ。そのおっさんがルーキーかどうかまでは知らないけど、【レベルナイフ】は確かにルーキーだとか言っていたような気がする」

「なんでそんな重要な情報を黙っていたんだ！　それはいつのことだ？」

「逃げた日の前日とかじゃなかったっけな？　いまいち覚えていないけど時期はピッタリあっている」

「じゃあ、ルーキーのおっさんが【レベルナイフ】をボコボコにしたって噂は本当じゃねぇか！　こりゃとんでもないルーキーが現れたって盛り上がるぞ！　見た目はどんなだった？　そのおっさんルーキー」

「いや、それがパッとしない普通のおっさん。髭面《ひげづら》でちょっと臭かったしな。あっ、それと片腕がなかった」

騒々しかった酒場はいつの間にか静かになっており、近くにいる全員が貴重な情報を持っていそうなこの卓での会話に聞き耳を立てていた。

二人も自分たちの会話を聞かれているのが分かっているため、少し声量を大きくして話を続けた。

「片腕がないってのは初めて出た情報だな！　でも、普通のおっさんで片腕もないルーキー？　そんな人間が【レベルナイフ】をボコボコにできるわけなくないか？」

「ちなみにボコボコにしたところを見たなんて、俺は一言も言っていないからな。何なら俺は、ルーキーのおっさんがボコボコにできるわけがないと思っているぞ。冒険者ギルドで【レベルナイフ】に馬鹿にされていたけど、情けない愛想笑い浮かべながら逃げるように去っていったのも見ているから」

「なんだよ。じゃあそのルーキーのおっさんは関係ないじゃねぇか！」

「ボコボコにしたって情報を出したのはお前だろ。俺は知らねぇって」

「【レベルナイフ】については結局分からずじまいか。噂の中じゃヤバい仕事に手出して逃げたってのが、一番面白くないが一番ありえそうだな」

二人は声量を上げて喋ったせいで乾いてしまった口を潤すため、一気にビールを呷《あお》った。

聞き耳を立てていた冒険者も、結局分からずじまいだったことに息を漏らしたが……一呼吸入れて、【レベルナイフ】とは別の興味が一気に湧いた。

「……………なぁ。てことは、片腕のおっさんのルーキー冒険者って何なんだよ!?　本当に強くもないただのおっさんが冒険者になったってことだよな？　片腕がないのにわざわざ冒険者を目指すのか？」

「そのおっさんはこの目で見たから間違いないぞ。パーティを探しているみたいなことを聞いたし、話が聞きたいなら俺たちのパーティに入れてやるか？」

「いやぁ、さすがに無理だわ！　面白そうではあるけどな！」

「まぁすぐに死んじゃうんだろうな。こればかりは残酷だけど」

その締めの一言で酒場にいたほとんどが小さく首を縦に振った。

酒の肴《さかな》として一瞬盛り上がったルーキーのおっさんだったが、酒が進むうちに瞬《また》く間に全員の記憶から薄れて消えた。

そんな面白枠のルーキー冒険者のおっさんが、このビオダスダールを中心に名を轟《とどろ》かせることになるとは――この場にいる誰一人として想像もしていなかった。


『美味しいお菓子を作ってみんなを笑顔にしたい』

そんな大きな夢を抱いて、村を飛び出したのに……ビオダスダールの街に着いた初日に私は高価な壺を割ってしまい、一瞬で有り金全部を失ってしまった。

それだけではなく、白金貨十枚の借金。

なんとかして借金返済のためのお金を稼ぐため、お菓子屋さんではなくて誰でも大金を稼げるチャンスがあるという冒険者になったんだけど……。

「一度も依頼を達成できていないよ……」

大金を稼ぐどころか、今のところ一銭もお金を得ることができていない。

生活費も稼げていないことから、頼み込んで住み込みで働かせてもらっているのだけど、酒場でのバイトでは食べていくのが精いっぱいで、白金貨十枚を返すなんて絶対に無理な状況となってしまっている。

「本当に私の人生……終わってしまったかもしれない」

床掃除用のブラシを握り締めながら、半泣きで弱音をこぼす。

もういつでも借金の取り立てが来てもおかしくない中、一人の男性が酒場に訪ねてきた。

泣きそうになっていたのを必死に堪《こら》え、私は明るく元気に声をかける。

「あっ、いらっしゃいませ！　わざわざ来ていただいたところ申し訳ございませんが、まだ営業していないんです！」

「いや、酒を飲みに来たわけじゃないんだ。実はジーニアという人を探していて、何か心当たりは――」

私を探している。

その時点で借金の取り立てとしか考えられなくなった私は、果物ナイフを握り締めた。

突然のことに気が動転し、殺すしか私に生き残る道がないという思考に陥った結果、私を訪ねてきた男性に襲いかかってしまった。

……ただ、その男性の動きはあまりに流麗であり、ナイフを持って襲いかかったはずなのに気がついた瞬間には私は取り押さえられていた。

「うぐ、ぐ！　離して、離してよ！」

「少し落ち着いてくれ。なんでいきなり刺そうとしてきたんだ」

「私はまだ死にたくな――え？　おじさん、私を捕まえに来たんじゃないの？」

「捕まえる？　なんで俺が君を捕まえることになっているんだ？」

「だって、ジーニアを探しに来たって言ったから！　だからてっきり私を捕まえに来たのかと……」

「ということは、君がジーニアなのか」

「……本当に私を捕まえに来たわけじゃないの？」

それから落ち着いて話をしたことで、この方は借金の取り立てなんかじゃなく、一緒にパーティを組んでほしいという勧誘をしに来てくれた方だと分かった。

勘違いでナイフで襲ってしまったなんて、いくら頭を下げても許してもらえないことなのだけど、優しく笑いかけて許してくれた。

……なんというか、全てを包み込んでくれるような温かい人。

そんな人だったこともあり、私は自分の置かれている状況を全て話してしまった。

初対面なのに親身になって私の話を聞いてくれている状況で、また新たな来客がやってきた。

その来客は――今度こそ本当の借金取り。

下卑た目を向けて笑いかけてきた三人を見て、恐怖で体が固まっていくのが分かる。

そんな震える私の前に立ち塞がるように立ってくれたのは親身になってくれたおじさん。

心配ないという言葉と、優しい笑顔を向けてくれたことでスッと体が楽になっていった。

会ったばかりだけど、優しくて良い人なのはすぐに分かった。

こぼれそうになる涙をグッと堪え、優しいおじさんを巻き込まないように説得しようとしたんだけど……。

「は？　何近づいてきてんだ？　おっさんはついでだし、本気で斬っちまうぞ？」

「斬れるものなら斬ってみろ。その代わり、手加減はしないぞ」

「ぎゃはは！　だっせぇ！　おっさんのくせに、女の前だからって、かっこつけてんのがだせぇんだわ！　おっさんが調子に乗っちゃ駄目だっつうの！」

そんなやりとりの後、私の頭を優しくてポンポンと撫《な》でて、三人に向かってゆっくりと歩きだしたおじさん。

この優しいおじさんがただ者ではないことは、さっき私が本気で襲ったからよく分かる。

……ただ、相手は三人で武装もしており、対するおじさんは片腕という戦闘においては大きなハンデ。

私なんかをパーティに誘いに来てくれ、ナイフで襲ったのに笑顔で許してくれた。

そんな優しい人を巻き込みたくない一心だったのだけど、目の前で起こったことはあまりに衝撃的なものだった。

攻撃を仕掛けたはずの三人の取り立て人たちは一瞬で寝転ばされ、おじさんの重い拳が叩き込まれた。

強さの次元が違いすぎて、一体何が起こっているのか全く理解できない。

そんな私でも分かることは、おじさんが異次元に強くてカッコいいということ。

あまりにもあっさりと三人を倒し、笑顔を向けてくれたおじさんを見て――心臓が激しく動くのが分かった。

「店の中で暴れて悪かった。ただ、もう金を要求してこないはずだ」

「…………あ、ありがとうございます。おじさん、強かったんですね」

「いや、この三人が特段弱かっただけだと思う。高価な壺というのも嘘だったろうし、口だけ達者な詐欺師だ」

「そうだったんですね。私にはおじさんが強く――というより、まだお名前を聞いていませんでした！　お名前はなんて言うんですか？」

「俺の名前はグレアム・ウォード。ついさっき冒険者になったばかりの……オールドルーキーってやつだな」

助けてくれたおじさんの名前は……グレアム・ウォード。

私は何度も心の中で復唱し、脳に刷り込ませていく。

命の恩人であり、見ず知らずの私を助けてくれた人の名前だ。

絶対に忘れたり、間違えたりしてはいけない。

それから私はグレアムさんと一緒に、借金の取り立てをしに来た人たちを外へと運び出し、そして――街に来たばかりで寝床がないというグレアムさんをこの宿屋で泊めてもらえるよう、酒場の店主であるカイラさんにお願いをしたのだった。

第二章 オールドルーキー

まだ日が昇りきっておらず、真っ暗な中だが――目が覚めてしまった。

四十歳を超えてから睡眠時間が極端に短くなったと思う。

若い時はいくらでも寝ることができたのだが、今は長時間寝ると逆に疲れが溜《た》まる。

そんな身近なところで体の老いを感じつつも、俺は体を動かしてストレッチを開始。

体が温まってきたところで、刀を抜いて実戦に備えた素振りを行う。

片腕になって結構な時間が経《た》つが、戦闘面ではどうしても違和感が残っている。

日常生活はもう普通に過ごせるんだが、戦闘は咄嗟《とっさ》の判断を挟むせいで微妙なズレを感じてしまうのだ。

そしてその微妙なズレを感じる度に、ないはずの腕が強く痛む。

俗に言う幻肢痛《げんしつう》と呼ばれる現象で、腕がないことに脳が違和感を覚える度に痛みが発症する。

早いところ慣れたいため、幻肢痛が酷《ひど》くとも毎朝の鍛錬は欠かさない。

「……あれ。グレアムさん、もう起きていたんですか？」

「悪い、起こしてしまったか？」

「いえ、勝手に目が覚めたんです。朝から鍛錬って凄《すご》いですね」

起きてきたのはジーニア。

実はというと昨日は結局泊まる場所が見つからず、ジーニアの厚意に甘えて泊めてもらった。泊めてもらったといっても、ジーニアが働いているエルマ通りの酒場の従業員室のような場所を借りただけ。

ジーニアもここには住み込みで働かせてもらっているらしく、ついでに俺もソファを借りたという感じ。

「日課のようなものだから凄いとかは思ったこともなかった。ジーニアも冒険者なんだよな？　鍛錬とかはしないのか？」

「冒険者といっても、壺《つぼ》の代金を支払うために仕方なくって感じでしたから。本当はお菓子作りがしたくてビオダスダールに来たんです」

「お菓子作り？　お菓子って甘いやつか？」

「はい！　小さい頃に食べたお菓子が今でも忘れられなくて、私のような子供を笑顔にしたい――って意気込んでこの街に来たんですけど、街に来た初日に壺を割ってしまいまして……」

「それで冒険者になるしかなかったって感じだったのか」

「はい、そうなんです。持っていたお金はその場で取られてしまって、ここで働き始めたのも住み込みでいいと言ってくれたからなんですよ」

四十二歳にして片腕を失くし、村にいられなくなってビオダスダールに流れ着いた俺も相当だと思っていたが、ジーニアも相当酷い目にあっているな。

夢を追いかけてこの街に来たのに、初日で騙《だま》されて有り金を全部奪われた上、白金貨十枚の請求をされていたとは……。

「相当大変だったんだな。俺もなかなかハードな一日だと思っていたけど、ジーニアに比べたらなんてことなかった」

「そういえば、グレアムさんは何でビオダスダールの街に来たんですか？」

「つい最近、襲ってきた魔物に腕を食われてしまったんだ。俺がいた村は自給自足をしなくてはいけないほどの辺境にあったから、片腕がなくなって農作業がまともにできなくなったら村のみんなの足を引っ張ることになる。だから、四十歳を超えたおっさんだろうが、村を出ざるを得なかったって感じだな」

「…………私よりも大変じゃないですか！　グレアムさんも冒険者になるしかなかったんですね」

「そういうことだ。それでパーティのメンバーを探してジーニアの元に来たって流れだな」

互いに互いを憐《あわ》れむような目で見て、慰めるようにゆっくりと頷《うなず》き合った。

ただジーニアの場合はもうあいつらに追われることもないわけで、お菓子作りの夢を追うことができる。

パーティに誘うつもりで来たのだが、これだけの不幸話を聞かされた上で夢を語られたら、素直に応援するしかない。

「本当に色々と巻き込んでしまってすいませんでした！　そして、助けていただいて本当にありがとうございます」

「こちらこそ、俺を泊めてくれる交渉をしてくれてありがとう。それじゃ……俺はそろそろ行かせてもらう。この街にはいると思うから、会った時はまたよろしく頼む」

「………え？　私のことをパーティに誘ってくれないんですか？」

お金を得るためにも別のパーティメンバーを探さないといけない。

話のキリも良かったたし別れの言葉をかけたつもりだったが、ジーニアから思ってもいない返答がきた。

「ん？　ジーニアはお菓子作りをするって話じゃなかったか？　もう壺の代金で困ることはないんだし、夢を追うのだろうと思って誘わなかったんだが……」

「せっかく冒険者になったんですから、一度くらいは依頼を達成したいと思っていました！　それに命の恩人であるグレアムさんが困っているんですから、ここで知らんぷりはできません！　まぁでも……役に立つかどうかの保証はできませんが」

「いや、パーティに加わってくれるだけで嬉《うれ》しいぞ！　でも、本当にいいのか？」

「もちろんです！　いつかはお菓子作りをしたいですが、人生は色々やったほうがお得ですからね！　それに冒険者でも子供たちを笑顔にできると思っていますので！」

「それじゃ……今日からよろしく頼む」

「はい！　こちらこそよろしくお願いします！」

まさかのジーニアがパーティに加わってくれた。

誘う前から諦めていただけに、泣きそうになるぐらい嬉しい。

さすがに二回りくらい年の離れたおっさんが急に泣きだしたら怖がらせてしまうため、涙がこぼれないように必死に堪《こら》える。

それにしても、村を出てからも俺は助けられてばかりだな。

良い人たちとの出会いに感謝しつつ、俺は初めての〝仲間〟ができたことへの感動を噛み締めた。

店主さんに泊めてくれたお礼を伝えてから、俺はジーニアと共に酒場を出た。

ここからの動きだが、二人とはいえパーティを組むことができたわけだし、あとは冒険者ギルドで依頼を受けるといった流れでいいのだろうか。

「ジーニアは依頼を達成したことがないって言っていたが、どんな依頼を受けていたんだ？」

「私が受けていたのはゴブリンの討伐です！　ルーキー冒険者が絶対に通る依頼みたいでしたが、ゴブリンを倒すことができなかったんですよ」

ゴブリンの討伐か。

ゴブリンといっても様々な種類がおり、フーロ村の近くによく現れたのはブラックキャップという種類のゴブリン。

暗殺を得意とするゴブリンであり、気づかないうちに背後を取られていることは多々あった。

そこにゴブリンエンペラーが加わるとなると、ゴブリンといえど一気に脅威になったことを思い出す。

「どのゴブリンか分からないが、確かにちょっと難しい依頼かもな」

「やっぱりそうだったんですか。無難に薬草採取とかの方がいいんですかね？」

「そっちの方がよかったかもしれないな。ただ、今回は魔物の討伐をしてみたい」

「では、魔物の討伐依頼を受ける方向でいきましょう。ソフィーが良い依頼を見繕ってくれると思います！」

「それじゃ決まりだな。冒険者ギルドに行ってみるとしよう」

そんな会話をしながら冒険者ギルドへとやってきた。

朝だからか人はそこまでいないのだが、そのぶん俺が目立ってしまって結構な視線を集めてしまっている。

「な、なんか……色々と見られている気がします」

「確実に見られていると思う。おっさんなのにルーキーというのは非常に珍しいらしい。ソフィーにも、昨日冒険者になるのを必死に反対された」

「そうだったんですか。私なんかよりも全然強いんですけどね。なんかグレアムさんが馬鹿にされているみたいでムカつきます！」

「事実だし、特に害はないから大丈夫だ。ただしばらく周囲の視線は集まると思う。そこは本当に申し訳ない」

実際に嫌な注目のされ方をしている。

嘲笑《ちょうしょう》に近い感じであり、俺に向けられているものではあるがジーニアもいい気はしないだろう。

「グレアムさんが悪いわけじゃないですから！　気にせず中に行きましょう！」

ジーニアに引っ張られる形で冒険者ギルドの中に入り、そのまま一直線で受付へと向かう。

昨日、ジーニアを紹介してくれたソフィーがいたため、俺たちは迷わずソフィーの受付に立った。

「いらっしゃいませ。って、昨日の方ですね！　二人で来てくれたのを見て安心しました！」

「俺のことを覚えていてくれたんだな。お陰さまで無事にパーティに誘うことができた。紹介してくれて本当にありがとう」

「いえいえ！　私は紹介をさせていただいただけですので！　無事に勧誘できたみたいでよかったです！」

「最善手を探ってくれたソフィーと、俺なんかのパーティに加わってくれたジーニアのお陰だ。それで早速依頼を受けようと思っているんだが、何か良い依頼を見繕ってもらえるか？」

「もちろんです！　討伐系の依頼か採取系の依頼どちらに致しますか？」

「俺は討伐系がいいと思っているが、ソフィーのおすすめはどっちなんだ？」

「私は採取系をおすすめしたいですね。最初ですので、まずは簡単なものから受けてみるのはいかがでしょうか？」

うーん……。

討伐系の依頼がいいのだが、このソフィーに言われたら首を横には振れないな。

方針がブレブレだけど、まずは採取系の依頼を受けてみようか。

「分かった。採取系の依頼を受けてみることにする。何かおすすめの依頼を紹介してほしい」

「かしこまりました！　今ある中ですと……ムーン草の採取か、グレイトレモンの採取がおすすめですね」

「どちらも聞いたことがない名前だな。どこに生えているんだ？」

「ムーン草はこの街から北に進んだところにある山岳地帯で、グレイトレモンは南東にある森に生えています！」

「じゃあグレイトレモンの採取の依頼を受けさせてもらう」

「かしこまりました！　それではグレイトレモンを十個採取し、納品してください。期限は三日後までですのでお気をつけくださいね」

「色々とありがとう。達成したらまた来させてもらう」

「はい。お待ちしております！」

笑顔で手を振ってくれているソフィーに見送られ、俺たちは足早に冒険者ギルドを後にした。

ソフィーの応対は非常に良いのだが、冒険者の視線のせいで本当に居心地が悪いからな。

「グレアムさん、採取依頼でよかったんですか？」

「ジーニアを紹介してくれたのもさっきのソフィーだし、確実に俺たちのことを思って紹介してくれているから任せておけば問題ない」

「それならいいんですけど、討伐系の依頼を受けたそうにしていましたので気になってしまいました」

「ただジーニア頼りになるかもしれない。採取の依頼じゃ役に立てるか分からないからな。実際にグレイトレモンを知らないし」

「一緒のパーティの仲間なんですから、お互いに助け合えばいいんですよ！　グレイトレモンなら私が知っています！　お菓子の材料でも使う果物なので」

グレイトレモンは果物だったのか……。

俺一人なら、グレイトレモンを探すことができなかったかもしれない。

「ジーニアがいてくれて心強い。その代わり、道中で戦闘になったら任せてくれ。ある程度の魔物なら戦えると思う」

「あの……一つ気になっていることがあるんですが、グレアムさんの実力ってどれほどのものなんですか？　私はお店での戦いを見て、めちゃくちゃ強いと思ったんですが」

どれくらいの実力と聞かれても非常に困る。

村では一番強かったし、両腕があった時は魔王軍を撃退して、エンシェントドラゴンも単独で倒したからな。

ただエンシェントドラゴンに片腕を持っていかれてしまった今は、所詮《しょせん》は小さな村の中で一番強かった程度。

大きな街で冒険者を目指すとなったら、それぞれの村で一番強い奴らが集まるだろうし、俺の実力なんて知れているはず。

「村の中では一番強かったぞ。でも、もう年齢も年齢だし、腕も一本失くしてしまった。冒険者の中で中の下くらいはあってほしいと思っているが実際は分からない」

「そうなんですか……。グレアムさんで中の下ってことは、冒険者って化け物の集まりなんですね。成り行きで冒険者になってしまいましたが、大丈夫なのか不安になってきました」

「まぁ何かあっても俺がジーニアを守るから安心してくれ。逃げるくらいの時間は稼ぐ」

「ふふっ、かっこいいですね！　私もグレアムさんの足を引っ張らないように頑張ります！」

ジーニアは嬉しそうにしてくれたが、自分が言ったことが急に恥ずかしくなってしまった。

顔が猛烈に熱くなっているのを誤魔化《ごまか》すように、俺は歩く速度を上げて街の入口に向かった。

ビオダスダールの街を出てから、南東に進むこと約一時間。

小さな森らしきものが見えてきた。

「あの森がグレイトレモンの木があるという森か？」

「恐らくそうだと思います！　なんか……結構深い森ですね」

俺とジーニアとでは森を見て思った感想が違うようだ。

フーロ村の周りは手つかずの森が無数にあったため、これくらいの森だと俺は小さな森だと感じてしまう。

ビオダスダールの街からも近いこともあって、結構な人が出入りしている形跡もあるしな。

「ジーニアは森に入るのは初めてか？」

「いいえ、ゴブリンの討伐依頼を受けた時、北西にある森には行ったことがあります。ゴブリンと出くわして、すぐに逃げてしまったんですけど」

「そうだったのか。ジーニアも戦闘のセンスは悪くないと思うんだけどな」

少なくとも、昨日ボコボコに叩《たた》きのめした冒険者よりかはセンスがあると思う。

俺に短剣を突き刺そうとしてきた時の動きは、俺の重心が前に残っていることを見越して攻撃を仕掛けていたはずだからな。

多分ではあるが、目が非常に良いのだろう。

その目を活かすための技術や力がついていけば、格段に伸びるはずだ。

「本当ですか？　グレアムさんに褒められるとお世辞でも嬉しいですね！　でも……ゴブリンにすら勝てなかったのでセンスはないと思います」

「ゴブリンといっても色々な種類があるからな。強いゴブリンだったのかもしれない」

「そうなんですか？　私は一種類しか知らないんですけど、ゴブリンってそんなにたくさんいるんですね」

「俺が知っているだけで少なくとも三十種類はいるな。似たような見た目だが、一種類ごとに強さが異なるから油断できない相手だぞ」

「なんだか、私の知っている世界と違う世界の話をされている気分になります」

そんな会話をしていると、ちょうど前方に生物の気配を察知した。

かなり弱い気配のため、ホーンラビットのような弱い魔物だろう。

これぐらいの気配の相手なら、恐らくジーニアでも戦えるはずだ。

俺が倒してもいいのだが、一応提案だけしてみるとしよう。

「早速、魔物が現れたみたいだぞ。今回は討伐の依頼じゃないし、別に戦う必要はないんだが……かなり弱い魔物だから、ジーニアが戦ってみるか？」

「えっ！　私が戦うんですか!?　まずはグレアムさんが戦ってみてください！　私じゃ多分倒せないと思いますので……」

「俺が指示しながらなら倒せると思うが、まずは俺が倒そうか」

「ぜひお願いします！」

森から飛び出るように現れたのは、薄汚い緑色の体をしたゴブリン。

あまり見ない種類だが、恐らく通常種のゴブリンだろうか。

「あれは通常種の弱いゴブリンだな。このゴブリンならジーニアでも倒せるやつだぞ」

「あ、あの……私、あのゴブリンに負けました！」

「え……？　そ、そうなのか？」

俺も通常種ゴブリンとは戦ったことはないのだが、その理由は俺と戦う前に勝手に死んでしまうから。

以前、村にゴブリンの大群が攻めてきた時も、味方からの攻撃に巻き込まれて死んでいたぐらいの弱さだったからな。

単純な強さだけを見てもホーンラビットと同等だろうし、このゴブリンに負けるっていうのは少し信じられない。

ジーニアに戦い方をレクチャーするという意味でも、素手で倒すことも頭を過《よぎ》ったが……ここは瞬殺を狙っていいだろう。

俺は刀の柄《つか》を握り、腰を落として構える。

そして――抜刀と納刀を一瞬で行った。

刀が鞘《さや》に納まった瞬間、まだ遠くにいたゴブリンの首が宙を舞い、遅れて体が地面に倒れた。

激しい血飛沫《ちしぶき》が上がったが、距離があるためこちらにかかることはない。

「――っと、こんなものだな」

「…………へ？　え、えーっと…………何をしたんですか!?　いきなりゴブリンの首が飛んだようにしか見えませんでしたよ!!」

ジーニアは興奮した様子で俺の脇腹を掴《つか》むと、前後に激しく揺さぶってきた。

「ちょっとやめてくれ。ただ斬撃を飛ばしただけだ」

「ざ、ざ、斬撃を飛ばすってなんですか!?　そんな芸当、聞いたこともありませんよ!!」

「とりあえず落ち着いてくれ」

「あんなの見せられて落ち着けるわけないじゃないですか！　――かっこよすぎますって！」

それから森の前で質問責めに合い、五分ほど経ってようやく落ち着きを取り戻してくれた。

スキルも乗せていないただの攻撃でここまで興奮するとは思っておらず焦ったが、手放しで褒めてくれたのは単純に嬉しい。

「やっと落ち着いてくれたか」

「すいません……。少しだけ取り乱してしまいました。でも、本当に凄かったですね！　本当に凄いものって何が凄いのか理解できないというのが分かりました！」

「褒めてくれるのは嬉しいが、そこまで難しいことをやったわけじゃないぞ」

「そうなんですか？　斬撃を飛ばすなんて聞いたこともないですよ。魔法を使っての攻撃かと思いましたもん！　魔法で倒すのも十分凄いんですけど」

「ちなみに魔法も扱えるぞ。火属性の魔法ならかなり得意だ」

土属性の魔法でなんとか義手を作れないか模索したのだが、繊細すぎる魔力操作を要求されるため、手の代わりに動かすというのは無理だった。

大きな拳のような土塊《つちくれ》を作り、叩き潰《つぶ》す——とかの大雑把《おおざっぱ》な腕なら可能なんだが。

「超人じゃないですか！　本当にルーキー冒険者の強さじゃないですよ！　私と組んでよかったんですか？」

「ジーニアが知らないだけじゃないのか？　さすがに俺ぐらいの実力の奴なら、これだけ大きな街じゃ腐るほどいるはずだ」

「私は聞いたことないですよ！　……なんか今更ですが、冒険者ギルドでグレアムさんを馬鹿にしてきた人たちにムカムカしてきました！　思いっきりぶん殴ってしまえばいいんですよ！」

拳をブンブンと振りながら力説してくれるジーニア。

こうして俺の代わりに怒ってくれる人ができただけで、俺としては溜飲《りゅういん》が下がっている。

それに人とはあまり戦いたくない。

昨日のような例外はもちろんあるが、誤って殺してしまった時が怖すぎるからな。

「とりあえず森の中に入ろう。まだ森に入ってすらいないぞ」

「すいません！　私が入口ではしゃぎすぎてしまいました。でも、グレアムさんがいれば森の中も怖くないですね！　ガンガン進んでグレイトレモンを探しましょう！」

「ああ。グレイトレモンを見つけるのはジーニアに任せたぞ」

「はい！　バッチリ任せてください！」

俺たちは一度気を取り直してから、グレイトレモンを探すために南東の森に入った。

「本当に凄すぎますよ！　魔物がどの位置にいるのか完璧に分かるんですね！」

「この森には気配を隠さない魔物しかいないからな。ジーニアは色々なことに驚きすぎだ」

「だって、私たちの前が勝手に開けていくようにしか見えないんですもん！　これを驚かないほうがおかしいですよ！」

既に森の中心部に辿《たど》り着いており、魔物も合計五十四は倒したと思う。

全ての魔物を斬撃を飛ばして殺しており、ジーニアの目線では敵が勝手に倒れているようにしか見えないということもあってか、テンションがおかしなことになっている。

まぁ、森に入る前から少しおかしくなってはいたが。

「それよりもグレイトレモンはまだ見つかっていないのか？」

「ちゃんと探してはいるんですけど見つからないですね。時期じゃないとかあるんでしょうか？」

「その辺りも含めてさっぱり分からない。でも、時期じゃなくて採取できないのであれば依頼は出されないと思うぞ。それにソフィーもおすすめしてこないはず」

「あー、確かにそれはそうですね！　もう少し根気よく探してみましょうか」

それから更にグレイトレモンを探して歩き回ること一時間。

少し開けた場所に出た時にジーニアが指をさしながら叫んだ。

「グレアムさん、見つけました！　あの橙色《だいだい》の果物がグレイトレモンです！」

「ここまで見つからないと思っていたら、一気に見つかったな」

グレイトレモンの木はいくつも並んでおり、恐らく視界に入っている分だけでも百個くらいは生《な》っている。

点々としていなかっただけでもありがたいが、できるならもう少し手前に生えていてほしかったな。

この森に大した魔物はいなかったし危険を感じることはなかったが、単純に変わらない風景の中を歩くのが大変だった。

「手前に生えていたものは全て採られていたんですかね？　とりあえずこれで依頼達成ですよ！　初めて依頼を達成することができそうで嬉しいです！」

「俺もこれが初めての依頼達成だな。せっかくだし、少し余分に採取するか？」

「いいですね！　私たちが食べる分と、ソフィーさんにあげる分も採りましょう。ここまで何もしていませんし、私が木を登って採ってきますね！」

「いや、大丈夫だ。枝の部分だけ狙って斬るから、ジーニアは下でキャッチしてくれ」

「えっ！　そんな細かいところをピンポイントで狙えるんですか？」

「人に当たったら危ないし、かなり練習したんだよ」

「戦闘中でしか使わない技のはずなのにその気遣いができるのは、さすがグレアムさんです！」

俺はジーニアに指示を出して真下に誘導しつつ、グレイトレモンの枝部分を綺麗に斬っていく。

風が吹く度に実が揺れることもあって、ゴブリンの首を飛ばすよりも遥《はる》かに難易度が高く、この作業は意外に面白い。

一種のゲーム感覚で斬撃を飛ばしてはグレイトレモンの採取を行い、計二十個のグレイトレモンを採ることができた。

依頼関係なしに売ることもできそうだし、もう少し採ることも考えたが……とりあえずこんなものでいいだろう
「これで依頼は完了だな。あとは無事に冒険者ギルドに持ち帰るだけだ」

「ですね！　私はこれまで受けた依頼全てでてんやわんやしていたので、こんなあっさりとクリアできるなんて夢みたいです！」

「やっぱりパーティを組んだっていうのが大きいんだろうな。俺もジーニアがいてくれて助かった」

「本当ですか？　私、何にも役に立っていないと思うんですが……」

「いや、グレイトレモンを見つけてくれただけでも大きい」

「うーん。そうですけど、グレアムさんに任せっきりで申し訳なさが勝っちゃいます」

「なら、帰り道はジーニアが戦闘をするか？」

俺がそう提案すると、ジーニアの表情が一気に強張《こわば》った。

この程度の魔物相手ならいつでもサポート可能なため、ジーニアに経験を積ませてあげることができる。

「ほ、本気で言っています？　私、普通のゴブリンにも負けているんですよ！」

「俺がついているから大丈夫だ。最初は指示も出す。ジーニア、やってみないか？」

「うぅ……。グレアムさんにそう言われたら断れません！　ご迷惑をおかけすると思いますが、戦わせてもらいます！」

俺の説得によって覚悟が決まった様子。

別に覚悟を決めなくとも、この森にいる魔物くらいならジーニアでも余裕で倒せるはず。

問題は緊張だけだと思うが、ミスした時のリカバリーができるように俺が準備していればいいだけだ。

来た道を戻りながら、ジーニアの初戦にちょうどいい相手を探していると……右前方からゴブリンの気配を感じ取った。

気配的にまたしても通常種のゴブリンだった。、この森は珍しいことに通常種のゴブリンしか存在しないのかもしれない。

「ジーニア、ゴブリンの気配を察知した。大丈夫か？　戦えるか？」

「はい！　戦わせてもらいます！」

短剣を抜き、構えたジーニア。

俺が後ろにいるという安心感があるのか、やる気は十分な割に無駄な力が入っていないように見える。

「俺が指示を出すから、耳を傾けてくれ」

「分かりました！　グレアムさんの指示に従います！」

出てきたゴブリンは土緑色の汚いゴブリン。

前に立つジーニアを見た瞬間に下卑た笑みを見せ、手に持っていた木の棒を振り上げながら考える間もなく襲いかかってきた。

「ジーニア、動きをしっかりと見るんだ。木の棒を両手で振り上げて、真っすぐ向かってきている。つまり、攻撃のパターンは正面から木の棒を振り下ろすという一択だけ」

「……本当ですね。これだけ攻撃が読めていれば躱《かわ》すことができます！」

まずは避《よ》けることから始めてもらおうとしたのだが、ジーニアはゴブリンの振り下ろし攻撃を楽々躱すと、すれ違いざまに心臓を一突きしてみせた。

心臓を突かれたゴブリンは悲鳴を上げながら倒れ、しばらくして完全に動かなくなった。

「やったー！　ゴブリンをあっさりと倒せました！」

「……本当にこのゴブリンに負けたのか？　あまりにも楽に倒したからビックリした」

「全部グレアムさんのお陰です！　よく見たら隙《すき》だらけだったことに気づけましたので！」

あまりにも楽々と討伐したため、俺を持ち上げるためにゴブリンを倒せないフリをしていたのかと思ってしまうほど。

心臓を狙った一撃も良かったし、動きも完璧に見切っていた。

やっぱりジーニアは目が非常に良いようだ。

「アドバイスなんか一言しかしていないけどな」

「その一言が大きかったんですって。これまでは相手のことを見る余裕なんてなかったんですもん！　自分のことだけで精一杯でしたが、相手を見て隙だらけと分かった瞬間に体の硬さが取れました！」

「まぁ何にせよ、ゴブリン程度ならジーニアでも倒せると分かった。ここから先は訓練を兼ねて全ての戦闘をジーニアに任せるぞ」

「はい。アドバイスはしっかりとお願いしますね！　……あと、危険だと思ったら助けてください！」

「その点は大丈夫だ。俺もキッチリとサポートさせてもらう」

ゴブリンを瞬殺できて自信がついたのか、ノリノリで前を歩き始めた。

俺は索敵しつつ、ジーニアに敵のいる位置を教えるだけ。

村にいた時も指導のようなことはしていたが、ここまで手取り足取り教えることはなかったから少し楽しいな。

魔物を倒す度にしっかり成長していくジーニアを見て、指導する楽しさを覚えつつ俺たちは南東の森の出口を目指して歩を進めた。

南東の森を抜け、そのまま無事にビオダスダールの街まで戻ってくることができた。

俺はもちろんのこと、ジーニアも怪我《けが》のないまま依頼を達成することができたのはよかったな。

「何か……凄い楽しかったです！　グレアムさん、ありがとうございました」

「俺の方こそ楽しかった。村を出てからは一人で行動していたから、誰かと一緒に行動するっていうのは新鮮だったな」

「私は依頼を達成できた喜びが凄《すさ》まじいですね！　それに、あそこまで魔物と戦えるとは自分でも思っていなかったです！　実はグレアムさんが魔物を弱らせていたとかではないですよね？」

「口は出したが、一切手を出していないぞ。帰り道の敵は全部ジーニアが倒した」

いつでもサポートできる準備はしていたのだが、結局ジーニア一人で倒してしまった。

ゴブリンは流れ作業で倒せるようになっているし、コボルトやスライム、キラービーなんかの魔物もちゃんと対応して倒せていた。

やはりジーニアには戦闘の才能があるようで、弱い魔物しかいなかったというのもあるが、なかなかの戦いっぷりだったと思う。

「早くも戦闘の楽しさに目覚めてしまったかもしれません！　今日の朝までは戦うのが嫌で嫌で仕方なかったはずなんですけどね」

「自分の成長が分かりやすいからな。俺のアドバイスを即座に実行できるし、頑張ればジーニアも強くなれると思う」

「はい！　少しでもグレアムさんに迷惑がかからないように頑張ります！」

キラキラとした笑顔を見せていて、明らかに朝よりも楽しそうにしてくれている。

若い子の笑顔を見るだけで、おっさんとしては非常に嬉しい気持ちになるな。

楽しく談笑していた中、急に何かを思いついたのか、ジーニアは手をポンと叩いた。

「そうだ、グレアムさん。入門検査待ちの間にグレイトレモンを食べてみませんか？　道中は戦闘に夢中で食べるのを忘れていました！」

「確かにお腹が空《す》いているし、待ち時間に食べるのはちょうどよさそうだな。二十個採ってきたし、一人三つずつくらいは食べられるから食べよう」

俺は鞄《かばん》からグレイトレモンを二つ取り出し、一つをジーニアに手渡す。

果物としての大きさはかなりのもので、ジーニアの顔の半分くらいはある。

「これってそのままかぶりついて食べるのか？」

「それでも食べられるとは思いますが、皮を剥《む》いたほうが美味《おい》しく食べられますよ。この外の皮を剥いてから、中の皮も剥いて果肉部分を食べるんです。――うぅ、甘酸っぱくて美味しい！」

ジーニアが食べていたのを真似て剥き、グレイトレモンの果肉部分にかぶりつく。

おお！　鼻に抜けるいい香りで、酸っぱさもあるが甘みも強くて美味しい。

これは確かにお菓子の良い材料になるだろう。

「これは美味しいな。単体で食べても普通に美味しい」

「ですよね！　私の実家があった街の近くでは簡単に採れたので、小さい時からよく食べていたんです。なんだかお母さんのケーキが食べたくなってきました」

「グレイトレモンでケーキを作ってくれたのか？」

「はい。パウンドケーキっていって、しっとりしたケーキなんですけど本当に美味しいんです！今度私の実家がある街に行く機会があったら、グレアムさんもぜひ食べてください」

「食べてみたいな。今から楽しみだ」

そんな会話をしながらグレイトレモンを食べていると、あっという間に俺たちの入門検査の番が回ってきた。

冒険者カードを手にいれたことで簡単に入門検査を終え、そのままの足で冒険者ギルドへと向かう。

時刻は夕方過ぎであり、冒険者ギルドの前は人で溢《あふ》れている。

朝は空いていたからすぐに受付に向かえたが、この時間帯は並ばないといけなさそうだな。

「本当に人が凄いですね。人混みは嫌いなんですけど、馬鹿にされないのはいいです」

「俺が見つかったら馬鹿にされてしまうからな。ジーニアには迷惑をかける」

「馬鹿にする奴が悪いんですよ！　さっきも言いましたが、グレアムさんもボコボコにしちゃえばいいのに！」

「さすがに馬鹿にされたくらいで手は出さない。それより納品するために中で並ぼう」

依頼の達成報告も受注した時と同じように受付で行うものだと思っていたのだが、納品は納品だけの場所があり、そこでグレイトレモンを十個渡してあっさりと終わってしまった。

ソフィーにグレイトレモンを渡せず、依頼の達成はしたもののあっさりすぎて消化不良。

長い時間並ばなくていいのはよかったが、何とも言えない感じで俺とジーニアは外に出た。

「初達成なのにあっさりしていましたね」

「おめでとうの一言くらいは言われると勝手に思っていた」

「私もです。……朝のソフィーさんのところに並ぶべきでしたかね？」

「いや、さすがに迷惑なはずだ。とりあえず俺とジーニアだけでも喜ぼう」

「そうですね！　それじゃ初めての依頼達成を祝して、お食事会でもしませんか？」

「おお、やりたい——と言いたいところだが、俺は本当に金がないんだ」

グレイトレモンの依頼でもらった金は銀貨二枚。

ジーニアと俺で銀貨一枚ずつになってしまうわけで、俺には食事会なんてしている余裕が一切ない。

昨日のように酒場に泊めてもらうことはできないし、一番安い宿でも恐らく銅貨五枚は持っていかれる。

そうなると残る金は銅貨五枚だけであり、普通の食事ですらカツカツだからな。

「そういえばお金がなくて、昨日は酒場に泊まったんでしたね。それじゃ今日は私の奢《おご》りでどうですか？　壺の弁償をしなくてよかったんでお金なら少し余裕があるんです！」

「いや、さすがに自分に使ってほしい。……あと単純に二回りぐらい年が離れている女性から奢られるのは心が痛む」

「むむむ。グレアムさんとお食事会をしたかったんですけど……」

「依頼をこなして金を貯《た》めたら必ずやろう。ジーニアも魔物を倒せる自信がついただろうし、もう少し難易度の高い依頼を受ければ金は貯まるはずだしな」

「それもそうですね。残念ですが、今は身の丈にあった生活をしましょうか。私もお金が有り余っているわけじゃないですし」

「ああ、それがいいと思う」

残念ではあるが、初めて依頼を達成したお祝いの食事会はなしと決めた。

一番下のクラスの依頼なら楽にこなせることも分かったし、明日からはガンガン依頼をこなして早いところルーキー冒険者からの脱却を図りたい。

ただ油断はしないようにし、絶対にジーニアを危険な目にあわせないように気を引き締めてかかろう。

「それじゃこの辺りでお別れしましょうか。明日はどこで待ち合わせにしますか？」

「俺が朝に酒場まで迎えに行く。俺の方がまだ泊まるところも決まっていないからな」

「分かりました。お待ちしております！　それと……宿が見つからなかったら遠慮なく酒場まで来てください。店長さんには私の方で説得しますので」

「ありがとう。どうしても見つからなかったら助けてもらう」

「はい！　今日は本当にありがとうございました。明日もよろしくお願いします」

「こちらこそ明日もよろしく頼む」

こうしてジーニアと別れ、俺は宿探しを始めることにした。

日は既に落ちており、早いところ見つけないとジーニアの手を借りることになってしまう。

二回りも年の離れた女性の手は借りたくないと食事会を断っておいて、結局助けてもらう流れになるのだけは避けたいため、なんとしてでも部屋が空いている安宿を見つけるとしよう。


翌日。

昨日はなんとか銅貨六枚で泊まられる宿を見つけ、そこで一泊した。

真四角の狭い部屋にカピカピの布団一枚という部屋だったが、野宿と比べたら何倍も快適。

正直、酒場のソファの方が寝心地は良かったが、ジーニアのお世話になるわけにもいかないため、金が貯まるまではしばらくこの安宿で寝泊まりするしかない。

まだ日が昇りきっていないうちに日課のトレーニングを行い、共用のシャワーで体を洗い流す。

もちろんお湯なんかは出ないため、水の冷たさに体を震わせながら準備を終わらせた。

グレイトレモンの採取は余裕だったし、今日は依頼を二つくらいこなしたいな。

さすがに銀貨一枚だけでは少なすぎるし、ジーニアと約束していた食事会を行うためにも金を稼ぎたい。

気合いを入れつつ、俺はジーニアを迎えに酒場へと向かった。

予定の時間よりも早めに着いたのだが、既にジーニアは店の外で待っていた。

俺に気を使って早めに待っていてくれたのかもしれない。

「待たせてしまったか？　遅れてすまない」

「いえいえ！　体が疼《うず》いちゃって、勝手に早めに待っていただけですので気にしないでください！」

「体が疼いて？　戦闘がしたくてたまらなかった——的な感じか？」

「その通りです！　眠る前も目を瞑《つむ》ったら、昨日の魔物との戦闘を思い出しちゃいましたから！」

「それは相当だな。良い傾向なのか分からないが、依頼を受けるのが楽しみと思ってくれているのはよかった」

「すぐにでも行きたいところです！　グレアムさん、今日もよろしくお願いしますね」

「ああ、こちらこそよろしく頼む」

こう言ってくれると、俺もやる気が出るというもの。

ジーニアも乗り気だし、今日こそは討伐系の依頼を受けたいな。

倒しやすい魔物を選ばなくてはいけないが、その点はいつものソフィーに任せれば問題ない。

合流したあと、俺たちはすぐに冒険者ギルドへと向かった。

「……なんか昨日よりも人が少なくないですか？」

「確かに少ないな。昨日もこの時間帯は人が少なかったが、今日は数えられるほどしかいない」

「朝だからっていうのもあるんでしょうか？」

「聞けば分かると思うぞ。とりあえずいつものソフィーのところに行ってみよう」

ジーニアが言った通り、冒険者ギルドの周りにいる人が昨日と比べると驚くほど少ない。

指をさされることがないしありがたい限りだが、ここまで人が少ないとなると少し不安になる。

冒険者ギルドの中に入ったのだが中もやはり人が少なく、並ぶことなくすぐに対応してもらえた。

「いらっしゃいませ。昨日の依頼は達成されたみたいですね！　達成の報告を同僚から受けた時、思わずガッツポーズをしちゃいましたよ！」

人の少なさに疑問を持っていた中、ソフィーはいつもと変わらず元気に対応してくれている。

俺たちが依頼を達成したことを自分のことのように喜んでくれているし、満面の笑みも相俟《あいま》って心が温かくなるな。

「ありがとう。ソフィーが良い依頼を選んでくれたから、苦労することなく達成できた。それと……これは昨日採取したグレイトレモンなのだが、よかったら後で食べてほしい」

「甘くて美味しかったのでぜひ食べてください！」

「えっ？　私に頂けるんですか？　ありがとうございます！　大切にいただきますね！」

俺が昨日渡せなかったグレイトレモンを手渡すと、ソフィーは更に笑顔を弾《はじ》けさせて喜んでくれた。

余計なお世話だったかなとも思ったが渡してよかったな。

「それで、今日も依頼を受けるんでしょうか？　受けるのでしたら私が見繕ってきますよ！」

「ああ、ぜひお願いしたい。今日は討伐系の依頼を受けたいと思っているんだが、ソフィー的にはどう思う？」

「昨日は魔物との戦闘は行いましたか？」

「通常種のゴブリンなどの弱い魔物ばかりだったが、難なく倒すことはできた」

「そうだったんですね！　なら、討伐系の依頼を受けても大丈夫だと思います！」

「じゃあ今日は討伐系の依頼を受けたい。できれば二つ受けるか、二つ分の依頼料のものを受けたいんだが良い依頼はあるか？」

「少々お待ちください。調べてきますね！」

ソフィーは後ろへと消え、俺の出した要望の依頼を探しに行ってくれた。

その間ジーニアと話しながら待っていると、すぐに奥から戻ってきた。

「お待たせ致しました！　こちらがおすすめの討伐依頼となります」

持ってきてくれた紙を見てみると、一つがソードホーク一体の討伐。

もう一つがオークの討伐。

ソードホークは聞いたことのない魔物で、オークに関しては何度も戦ってきた魔物。

ゴブリンほどではないが様々な種類がおり、オークエンペラーが率いている群れは魔王軍の一隊に匹敵する力を持つ。

「オークというのは通常種のオークの討伐か？」

「はい。もちろんですよ！」

通常種のオークなら、ゴブリンと同じように倒せる。

ただ……オークは大抵群れで生息しており、通常種のオークのみで動いていることは俺の経験上ほぼない。

なら知識はないが、ソードホークの討伐を受けたほうが無難なのか？

「ちなみに私のおすすめはオークの討伐ですね。ソードホークは飛行する魔物ですので、倒すのが少々厄介なんですよ！」

「ならオークで——と言いたいところだが、今回はソードホークの依頼を受けさせてもらう」

「かしこまりました！　この二つとも、ルーキーの方でも頑張れば倒せる魔物ですので大丈夫だと思います！　ソードホークの討伐報酬は銀貨五枚でして、昨日の依頼の二倍以上の額となっています」

「良い依頼を見繕ってくれてありがとう」

「いえいえ。報酬が高い代わりと言ったら何なのですが、討伐したソードホークは丸々納品しなくてはいけないんですが大丈夫ですか？」

ソードホークの姿形が分からないが、ジーニアが親指を立てていることから今回もジーニア任せで大丈夫なはず。

死体を持ってこいってことは、食用として使う魔物なのかもな。

「もちろん大丈夫だ。倒した魔物の死骸を持ってくればいいんだな」

「はい、忘れずによろしくお願いします！　期限は同じく三日間でして、北にある山岳地帯に生息しております」

「そうなのか。昨日とは方角が正反対なんだな」

「本当は多少慣れているであろう南側の依頼をご紹介したかったのですが、実は南側で問題が起こっておりまして……。冒険者の数が少ないのはお気づきになられましたか？」

どうやら北側の依頼を見繕ってくれたのは、理由があったからだったのか。

それも冒険者の数が少ないことに関係していそうだし、人がいないことを質問する手間も省かれた。

「来た瞬間から気になってはいたし、尋ねてみる予定だった。南側では何が起こっているんだ？」

「実は南の街道で盗賊団の目撃情報があったんです。それも普通の盗賊団ではなく【不忍神教団《しのばずしんきょうだん》】というかなり危険な盗賊団でして、冒険者を総動員させて討伐に向かってもらっているという状態なんですよ」

「【不忍神教団】ってあの有名な!?　確か、王都を中心に活動しているって話ではなかったでしたっけ？」

「私もそう聞いていたんですが、目撃した人が【不忍神教団】のマークだったのを確認しているとのことでして、今は大慌てで調査しているところなんです」

聞いたこともない名前だが、ジーニアは知っているみたいだし有名なのか？

それにしても盗賊団ということは、人間で構成された悪い組織ってことだよな。

フーロ村では魔物しか敵がいなかったため違和感があるが、一昨日の冒険者がそうだったように悪い人がいてもおかしくない。

あまり戦いたくない相手ではあるため、【不忍神教団】という名前には気をつけておこう。

「そのことがあったから、安全であろう北側を紹介してくれたのか。いつも気にかけてくれて本当にありがとう」

「それが私の仕事ですので。それにお二人には死んでほしくありませんから！　頑張って少しでも上のランクの冒険者になってください。それが私にとって一番嬉しいことですので！」

「ああ。期待に沿えるよう全力で取り掛からせてもらう」

ソフィーに深々と頭を下げてから、俺とジーニアは冒険者ギルドを出て北の山岳地帯に向かうことにした。

【不忍神教団】についてはもう少し聞きたかった気持ちはあるが、ジーニアが知っている様子だったから道中で教えてもらえばいい。

ビオダスダールを出て北に向かって進みつつ、早速ジーニアに色々と聞いてみるとしよう。

【不忍神教団】についても気になるが、まずは今回の依頼の目的であるソードホークについて聞いてみようか。

「なぁジーニア。ソードホークって魔物がどんなのか知っているのか？　ジーニアが親指を立てたから、ソフィーには尋ねなかったんだが大丈夫だよな？」

「はい。大丈夫です！　ソードホークは市場でも結構出回っている魔物でして、丸々一匹そのままで売られていたりもするので見た目も分かります」

「へー。討伐したのを持ってこいとのことだったし、やっぱり食用だったのか」

「食べたこともありますけど、非常に美味しい鳥肉って感じですね。ただ強さやどんな攻撃をしてくるかは分からないんですけど大丈夫ですかね？」

「見た目だけ分かっていてくれれば大丈夫だ。ちなみにサイズはどんなものか分かるか？」

「そこまで大きくないですよ。全長は私の体の半分くらいですかね？」

全長は八十センチくらいか。

飛行する魔物は二十メートル超えのドラゴンとやり合っているし、特殊な能力を持っていない限りは楽に討伐できるはず。

市場にも出回っているとのことだし、強さ自体もそこまでではないのだろう。

ただ素早く飛行するので、討伐するのが難しいとかではないかと勝手に思っている。

「それぐらいの大きさなら怖がらなくて大丈夫そうだな」

「でも、くちばしが剣のように鋭くなっているんですよ！　滑空してきたソードホークに殺された冒険者が結構いると聞きますし、ソードホークを捌《さば》く際に誤ってくちばしに触れてしまい、指を落とした料理人がいるって話も聞いたことがあります」

「そんな鋭いくちばしを持っているのか。背後を取られることだけは注意したほうがよさそうだ」

そこまで鋭いとなれば、武器としても使うことができそうだな。

さすがにアダマンタートルの甲羅や、ミリオンゴーレムの核よりは柔らかいと思うが、素材という面でどんなものなのかも楽しみ。

「見た目以外は大体想像できた。いつも情報を任せて悪いな」

「戦闘では頼りっきりですので、私が知っている情報ぐらいいつでも聞いてください！」

「それじゃ言葉に甘えてもう一つ質問させてもらうが、さっき話していた【不忍神教団】って盗賊団について聞いてもいいか？」

「もちろんです！　とはいっても、私もそこまで詳しくないですが大丈夫ですか？」

「ああ、俺は名前すら知らなかったからな。軽くでも教えてくれると助かる」

冒険者総出で討伐に向かっているとのことだったし、俺とは何の関係もないだろうが、道中の暇つぶしに話を聞いておきたい。

名前的には盗賊団っぽくない感じがするんだが、その辺りの話も知っていたりするんだろうか。

「さっきも軽く話したと思うんですが、【不忍神教団】は王都を拠点にしている盗賊団なんです。本当に危険な噂《うわさ》しかなくて、王国騎士団の一隊を壊滅させたりとか、Aランク冒険者パーティ【風《ふう》光明媚《こうめいび》】が敗北したって話を聞いたことがあります」

「盗賊団なのに武闘派集団なのか？」

「そうですね。盗賊団っていうより強盗団って感じです。元々は【心救神教団】と名乗っていた小さな宗教組織だったらしいんですけど、ある時から金持ちや貴族だけを狙って盗みを働く義賊的な活動を始めたんです。その時から名前を【不忍神教団】に変えたみたいですね」

「盗賊団っぽくない名前はその名残だったのか。今もやっていることは義賊的な感じなのか？」

「いえ、義賊的なのは最初だけで、今は誰彼構わず盗んでいるって聞きますね。ただ、貧しい人への炊き出し活動を定期的に行っているようで、悪い盗賊団なのに一定の支持は得ているみたいです」

「なるほどな。【不忍神教団】がどんな盗賊団なのか理解できた。あまり詳しくないと言っていた割にめちゃくちゃ詳しかったな」

「いえ、曖昧な部分も多いので話半分程度に聞いてくださいね！」

そんな感じでジーニアから色々な話を聞きながら歩いていると、あっという間に北の山岳地帯に辿り着いてしまった。

面白い話を聞きながらだと、時間が過ぎるのがあっという間だな。

村から出て、ビオダスダールまでは一人で暇を持て余していたから、話し相手のいる素晴らしさを身に染みて感じている。

ただ、ここからは気を取り直して、ソードホークのことだけを考えなくてはいけな——気持ちを切り替えようとしたタイミングで、俺は変な気配を察知した。

遠くの気配を感知するため、俺は目を瞑って集中する。

「ジーニア、少しだけ静かにしていてもらえるか？」

「え？　何かを感じ取ったんですか？」

「ああ。多分だけど人間の気配が山岳地帯の奥にあった」

「ほー、人間の気配ですか。冒険者ではないんですか？」

会話を続けてくるジーニアに人差し指を立てると、可愛《かわい》らしく両手で自分の口を押さえてくれた。

話し相手がいる素晴らしさを身に染みて感じたばかりだし、ぞんざいに扱いたくはないがまずは安全確保が最優先。

かなり遠いため気配が察知しづらい中、風の流れを読みながら僅《わず》かに察知した人間の気配を探る。

………見つけたが、やっぱりこれは普通ではないな。

「ここからめちゃくちゃ離れているが、数十人の人間が固まって動いている。さすがに冒険者ではないよな？」

「数十人ですか？　十数人じゃなくて？」

「最低でも四十人はいると思う。更に奥にもいるとしたら多くて六十人だな」

「絶対に冒険者じゃないですね！　でも、こんなところにそんな大人数がいることなんてあるんですか？」

「普通ならありえないから怪しいと俺は思っている」

「うーん……。山岳地帯に村があるなんて話も聞いたことがありませんし、ありえるとしたら……【不忍神教団】でしょうか？」

俺の頭の片隅にうっすらと過っていたことを、ジーニアも口に出してくれた。

でもソフィーの話によれば、【不忍神教団】の目撃情報があったのはビオダスダールの南であり、現在地とは真逆の方向。

攪乱《かくらん》するために【不忍神教団】が嘘《うそ》の情報を流したという線もあるが、もう一つ気掛かりなことがある。

それは――察知した気配があまりにも弱いという点。

「俺も真っ先にそのことを考えたが、【不忍神教団】って武闘派の盗賊団なんだよな？　その話にしてはあまりにも気配が弱いのが気になる」

「えっ、じゃあ単純に困っている人たちって可能性もあるんですか？」

「そっちの方が可能性としてはあるんじゃないかと俺は思っている。引き返して冒険者ギルドに報告するか、このまま俺たちが助けに行くか。ジーニアが決めていいぞ」

「えっ!?　私が決めるんですか!!　うーん……引き返しても街まで一時間以上かかりますし、今は【不忍神教団】の討伐に出ていて街に残っている冒険者の数も少ないですもんね。私たちが助けに……行きますか？」

「ジーニアがそう決めたなら異論はない。気配を探ったついでにこの一帯の索敵も行ったが、この山岳地帯も特に強い魔物が見当たらなかったし、見に行くぐらいは簡単にできると思うぞ」

「簡単にできるなら、そのことを先に言ってくださいよ！　……って、ついでにこの一帯の索敵？そんなことが可能なんですか!?」

「そんな難しいことじゃない。ジーニアも慣れればできるようになる」

「えー……。一生かかってもできるとは思えないんですけど！」

変なところで驚いているジーニアはさておき、見に行くと決めたからには人が集まっている場所に早速行ってみるとしよう。

道中でソードホークがいれば狩り、ついでに依頼の達成も狙う。

脅威となる魔物がいないことが分かったこともあり、昨日のようにジーニアに戦闘指南をしつつ向かおうか。

山岳地帯に現れた魔物はアンデッド系の魔物が多かった。

ただ、ゾンビやがいこつ、ワイトなどの下級アンデッドばかりで、魔法を扱ってくる魔物すらいない状況。

山岳地帯なだけあって道は険しいが、そのぶん見通しがいいためジーニア一人でも倒すことができている。

今のところ、ボーンナイトだけが少し厄介そうだったため、この一匹だけは俺が斬撃を飛ばして始末したが、他の魔物は全てジーニアが倒している。

「左からワイトが来ているぞ。動きの癖はもう分かっているな？」

「はい。ワイトは二回連続で攻撃した後に一度体勢を立て直す——でしたよね！」

「ああ。明確な隙があるから、連続での攻撃を誘って倒すんだ」

「分かりました！　グレアムさんの指示に従って動くと、景色が違って見えて本当に楽しいです！」

ジーニアは元気に返事をすると、短剣も構えずにワイトに突っ込んでいった。

そしてそのままノーガードで攻撃を誘い、まんまと乗ってきたワイトの攻撃を楽々躱していく。

昨日今日で完全に自分の目の使い方を覚えてきたようで、今はいかにギリギリで敵の攻撃を躱すかに凝っているように見える。

俺としては余裕を持って躱してほしいところだが、相手が相手だし攻撃を受けたところで今のところは致命傷となる怪我を負うことはない。

過保護になりすぎても成長しないため、今は静観してジーニアの好きなようにやらせている。

「――っと、二回連続で攻撃しちゃいましたね。それをやっちゃったらおしまいです！」

そう言いながら、踊るような足さばきで近づくと、ワイトの魔力核を短剣で斬り裂いた。

力の供給源がなくなったワイトは力なく倒れ、そのことを確認したジーニアは振り返りながらピースサインを送ってきた。

「いい戦いっぷりだった。昨日のはじめはゴブリンに怯《おび》えていたとは思えないほど、すっかり戦いにも慣れてきたな」

「グレアムさんのお陰です！　本当に危険な時は指示に従っていればいいって安心感もあって、自由に楽しく戦えています。戦うことにドハマりしそうですよ！」

「楽しいと思うのはいいことだが、あまり油断はしすぎるなよ。俺でも助けられないことだってあるからな」

「はい。命は大事ですので十分に気をつけて戦います！　……それより、例の大人数がいる地点ってまだなんでしょうか？　もう結構歩いてきていますよね？」

「あと十五分くらい歩いた先にいるぞ。ただ何かと戦闘を行っているようなのが少し気掛かりではある」

「何かと戦闘？　魔物とでしょうか」

「魔物っぽい気配だな。人間側の気配の数が減っているし、少し急いだほうがいいかもしれない」

戦っているであろう魔物の方の気配も大したことがないのだが、四十人以上いても対応できていないのが一切連携の取れていない動きで分かる。

気配の数も徐々に消えており、魔物にやられていることが分かるため少しだけ急ごう。

あくまでも大事なのはジーニアの命であるため、支障が出ないように少しペースを上げ、大人数が集まっている場所に向かった。

道中で出会った魔物は俺が一撃で仕留めながら進み、気配を感じ取った場所に辿り着いた。

気づかれないように遠くから見ているのだが、なんだか俺が思っていたのとは様子が違うな。

気配が弱いから困っている一般人かと思っていたが、ここから見た限りでは【不忍神教団】にしか見えない。

「うわっ！　本当に大勢の人がいましたね。山岳地帯の入口からこんな先まで感知したって、グレアムさん凄すぎませんか？」

「それより、俺が思っていたのと少し様子が違った」

「え？　どういうことですか？」

「多分だが、あそこにいる人たちは【不忍神教団】の連中だと思う。木で柵を囲っている中に盗品のようなものが見える。それと、格好もいかにも盗賊って感じの衣装だ」

基本的に黒い装束のような服で、大半の人間がターバンで顔を隠している。

一般の人間の可能性もあるけど、わざわざこんな怪しい格好はしないだろう。

「そうなんですか!? 【不忍神教団】だとしたら近くにマークみたいなのありませんか？　特徴的なマークを掲げているんです」

「あー、大きな目を背景に両手を合わせたようなマークの旗がある」

「うわっ、間違いなく【不忍神教団】のマークです！　でも、なんで南にいるはずなのにこんな山岳地帯にいるんでしょうか」

「分からないが、南と北の二手に分かれて襲うつもりだったのかもな。強い力を持つ人間も見当たらないし、別動隊ってところだろう」

「なるほど……。それでグレアムさんはどうするんですか？　助けるんでしょうか？」

そこが一番の問題である。

掲げているマークが【不忍神教団】のものと分かった以上、別動隊とはいえ悪い人間の集まりなのは間違いない。

ただ、悪い人間とはいえ同じ人間。

襲っている魔物は普通のゴーレムが三体と怖くない魔物だし、サクッと助けてあげてもいい気もする。

「半数近くやられているようだし、今後誰にも手出ししないことを条件に助けてあげてもいいかなと思っている。ジーニアはどう思う？」

「確かに悪い人間とはいえ、見過ごすのは寝覚めが悪いですもんね。グレアムさんが助けると決めたなら反対はしませんよ」

「なら助けようか。あれだけ派手にやられていたら、俺たちに反抗する力もないだろうし」

「でも、肝心の魔物の方は大丈夫なのですか？　襲っている魔物に見覚えがありまして、ゴーレムっていう凶悪な魔物なはずなんですけど」

「ミリオンゴーレムなら骨が折れるが、普通のゴーレムなら何ら問題ない。ジーニアは俺の後ろで見ていてくれ」

「分かりました。戦いを見て勉強させてもらいます！」

物理攻撃に高い耐性を持ちながら、魔法を完全無効にするミリオンゴーレムでない限り、俺が苦戦を強いられることはない。

普通のゴーレムも斬撃が多少効きづらくはあるが、魔法が超特効だからな。

今のところは刀でぶった斬るつもりだが、いざという時のために魔法をいつでも使えるよう準備をしておく。

俺は左腕があった場所に念のための魔力を這《は》わせながら、襲われている【不忍神教団】の元に歩いて向かった。

「まずは右のゴーレムから倒せと言っているだろ！　だから――無駄に近づくなッ！　遠距離から

攻撃を……くっそ。なんでこんなところにゴーレムが現れやがったんだ！」

リーダーらしき男が必死に指示を飛ばしているが、半数以上やられているせいでパニック状態となっており、指示に従わずにばらばらに特攻しているような状態。

その無駄な特攻のせいで新たに二人がやられ、リーダーらしき男の目に諦めの色が見えたのがこの位置からでも分かった。

すぐに参戦すれば二人がやられる前にゴーレムを破壊することができたが、相手が【不忍神教団】だと分かった以上は下手に助けることはできない。

まずは手出ししないことと、すぐに退かせることを約束しないと駄目だ。

「ちょっと話を聞いてもらってもいいか？」

「誰だッ！　今は無駄な話を——って、あんたら本当に誰だ!?　どっから湧いてきた！　……もしかして俺たちを捕まえに来た冒険者か？　いや、でも南側の捜索に向かっているはず……」

「襲われているのを気づいて助けに来たんだが、お前たちは【不忍神教団】だろ」

「やはり俺たちへの追手《おって》……！　ゴーレムに襲われて半壊したところに追手の冒険者。……全ての作戦が失敗したというのか」

「勝手に落ち込んでいるところ悪いが、俺から出す条件は一つだけだ。助けてやる代わりに、今後誰にも手出しせず王都に引き上げろ。その約束ができるならゴーレムから助けてやってもいい」

まさか助けてくれると思っていなかったようで、リーダーらしき男は口を開けて放心している。

この間にも襲われている人がいるため早く助けたいのだが、約束をしない限りは助けるに助けられない。

「俺たちを助け……る？　言っている意味が分からない」

「そのままの意味だ。王都に引き上げるならゴーレムから助けて見逃してやる。できれば【不忍神教団】からも脱退か自首をしてほしいんだが、そこまで求めるつもりはない」

「ひ、引き上げるだけで見逃してもらえるのか？　なら助けてくれ！　引き上げると必ず約束する！」

「分かった。約束は破らないでくれ。俺は人相手に手荒な真似はしたくないからな」

俺の足にしがみつき、必死に懇願してきたリーダーらしき男にそう言葉を残してから、俺はゴーレムに向き直った。

魔法をいつでも放てる準備が整っているため、予定通り刀で斬り裂いていくとしよう。

今回は飛ぶ斬撃ではなく、直接斬り裂きにかかるとしよう。

ただのゴーレムといえど、さすがに飛ぶ斬撃では斬れないだろうからな。

俺は刀を抜き、ゴーレムに向けながらゆっくりと近づいていく。

逃げている【不忍神教団】の構成員を追いかけ回していたゴーレムだったが、近づく俺に気づいた瞬間に拳をこっちに向けて構えてきた。

「お、おい！　ゴーレムには物理攻撃は通用しない!!　も、もしかして魔法が使えないのか!?

——くっそ！　デカい口叩いていたのに、そんなことも知らねぇ雑魚だったのかよ！　命乞いが無駄だったじゃねぇか!!」

後ろでぼろくそに言い始めたリーダーらしき男だが、俺に対する暴言くらいは大目に見てやろう。

……さっきの約束を破ったら本気で容赦はしないけどな。

そんなことを考えつつ、距離が縮まっていくゴーレムに狙いを定める。

ゴーレムの体を形成している岩の隙間から、緑色の光が漏れ出ているのが見えた。

あれがゴーレムの核であり、あそこをぶった斬ればゴーレムは絶命する。

感覚としてはスライムと似たような感じであり、核さえ壊せればどれだけ外側が無事でも動かなくなる。

まぁ俺は自分の力試しのため、一体目だけは試し斬りをさせてもらうけどな。

ここまで戦ってきた魔物とは違い、ゴーレムは両腕があった状態でも戦ったことのある魔物。

両腕だった時と片腕の今との違いの、いい判断材料になるはずだ。

俺が間合いに踏み込んだ瞬間――ゴーレムの拳が飛んできた。

「グレアムさん！」

ジーニアの心配そうな声が耳に届いたが、返事はせずに代わりにゴーレムの腕を斬ったことで心配ないということを伝える。

拳が振られてから俺に到達する前に、縦に二十、横に三十の線を入れてみせ、ゴーレムの拳が俺に触れた瞬間、ゴーレムの左腕はボロボロと一気に崩壊した。

俺の刀の動きが見えていなければ、殴った瞬間にゴーレムの腕の方が壊れたように見えるだろう。

それは殴ったゴーレムも同じだったようで、無機質の魔物なのにもかかわらず困惑したような態度を見せた。

得体の知れないものに出会ったかのように、じりじりと後退を始める一体のゴーレム。

ただ感情のないゴーレムらしく、すぐに切り替えると今度は右足で蹴りを仕掛けてきた——が、右足も同じように賽《さい》の目状に粉々に斬り裂く。

またしても蹴りを入れた足が俺に触れた瞬間に粉砕し、左足だけとなったゴーレムはバランスを崩して転倒。

俺はゴーレムを見下すようにし、戦闘能力がなくなったことを確認してから、核の部分を隠している胴体ごと真っ二つに斬り裂いた。

核が壊れたゴーレムはただの瓦礫《がれき》となり、俺は残る二体のゴーレムに刀を向ける。

ここまでは試し斬りの目的もあったが、もう試すことは試せたし残る二体は瞬殺して構わないな。

向けていた刀を一度納刀し、近づいてきたゴーレムが間合いに入った瞬間に——居合斬りで核を一刀両断。

残る一体は正面から歩いて近づき、拳を振り上げたところを懐に潜って核を一突き。

あっという間にゴーレムの三体分の瓦礫が出来上がり、俺の戦いっぷりを見ていた周囲の人間からは大歓声が上がった。

【不忍神教団】の構成員の声が大半の中、誰よりも声を張り上げているのはジーニア。

気絶するのではと思うぐらいの叫びっぷりで少し心配になる。

浴びせられる大歓声に少し恥ずかしくなりつつも、俺はジーニアとリーダーらしき男のいる場所

に戻った。

「凄いです！　グレアムさん、本当に凄いですよ!!　私、ここまで興奮したの初めてです！」

「そんなことはない。ジーニアもいつかはできるようになる」

実際にこの場には実力者がいなかっただけで、俺自身、今の動きに満足できていたかと問われたら首を捻《ひね》らざるを得ない。

両腕を使えていた頃はもっと速かったし、動きとしてはやっぱりいまいちなんだよな。

今回は普通のゴーレムだったからよかったが、パーティメンバーであるジーニアをしっかりと守れるようになるためにも、年齢を理由に怠けることはせず強くならないといけない。

「いやいやいやいや、今の私では全然そんな未来が見えないですよ！」

「俺もこの域に達したのは三十を超えてからだ。元々できたわけじゃないし、努力次第でなんとでもなる」

「やっぱり努力が何より必要なんですね……！　私も精一杯頑張ります！」

「ああ、頑張れ。ジーニアが求める限り、俺もできる限りの指導はするつもりだ」

「――と、話しているところ悪いですが、助けてくれて本当にありがとうございました！　あなたのお陰で命拾いすることができました！」

ジーニアと熱い話をしていた中、タイミングを見失っていたリーダーらしき男が無理やり会話に入ってきた。

心情的には話の良いところで邪魔するなと言いたかったところだが、一人放置していたのは悪かったか。

「いや、助けると約束したからな。それよりも俺との約束は覚えているよな？　もし約束を破るって言いだすようなら……」

「――も、もちろん約束は守らせていただきます!!　も、もう【不忍神教団】からも脱退しますし、私だけじゃなくてこの場にいる他の構成員たちも同じ意見だと思います！　だ、だから、どうか手荒な真似だけはご勘弁ください!!」

地面に頭を擦《こす》りつけながら、脱退宣言までしてきたリーダーらしき男。

戦闘が始まる直前はボロクソに文句を言ってきたわけで、ここまで態度が変わるとつい疑ってしまうな。

「その言葉は本心か？　ゴーレムと戦う直前に文句を垂れていたのを俺はちゃんと聞いているぞ」

「い、いや、あれは……。す、すみません！　死ぬかもしれないって思っていた時でしたので、色々な感情が口に出てしまっただけなんです！　本当にもう【不忍神教団】からは足を洗いますので、どうか信じてください！」

おでこから血が出るくらい地面に擦りつけ始めた。

言葉も本気のようだし、ここまで頭を下げるなら……信用してもいいのかもしれない。

「……分かった。まずはお前の名前を教えてくれ」

「私の名前ですか？　私はマックス・ラドクリフと申します！」

「マックスだな。名前はしっかりと覚えさせてもらった。もう悪いことはしないという約束は絶対に守ってくれ」

「わ、分かっています！　絶対に約束を守ります！　あれだけのお力を見て、約束を破るなんて恐ろしい真似は絶対にできません！」

「そうか。なら、その言葉を信じさせてもらう」

俺はマックスに手を差し出し、握手を交わした。

「ありがとうございます！　助けてもらったこの御恩は一生忘れません！　あなたのお名前は何というのでしょうか」

「俺はグレアムという名前だ」

「グレアム様ですね。グレアム様……。完璧に覚えました！　王都に来る機会があった際は顔を見せてください。グレアム様のためなら何でも致します」

「別に俺のためには何もしなくていい。特に困っているわけではないからな」

「えっ……!?　それならば、私はどうしたらいいのでしょうか？」

どうしたらいいのかを俺に尋ねられてもなぁ……。

名前ぐらいしか知らないわけだし、悪いことさえしなければ好きにやればいいと思う。

「悪い事をせずに自由に生きればいい。もしやることがないのなら、俺のためではなく困っている誰かを助けてあげてくれ」

「善行をしろということですね！　分かりました！」

「別に強制ではないからな」

「分かっていますが……今いるメンバーを束ねて王都に戻った後、そこからはすぐに【不忍神教団】を抜けて善行をします！　必ず！」

強く断言されると俺が強制しているみたいに思えてくるが、まぁやらない善よりやる偽善とも言うし、善行をするに越したことはないか。

「分かった。いつかどこかで再会した時を楽しみにしておく。それでは俺たちは別の依頼が残っているからもう行かせてもらうぞ」

「はい！　助けていただき、本当にありがとうございました！」

俺は話をここで切り上げ、ジーニアと共にこの場所から離れようとしたのだが、【不忍神教団】のテントの一つが跳ねるように動いており、口ごもっているような感じで非常に聞こえづらいが、中から誰かが助けを呼んでいるようにも聞こえる。

これはさすがに怪しすぎるし、このまま放置して帰るってことはできないな。

チラッとマックスの顔を見ると、ちょっと前まで明るかった表情に陰りが見えており、なんだか焦っているようにも見える。

「帰ろうと思ったが……あのテントは何だ？　何かを隠しているのか？」

「い、いえ！　隠すつもりはなかったのですが……あのテントには捕らえた人間がいます！」

「捕らえた人間？　どこかから攫《さら》ってきたのか？」

「ち、違います！　本当に違います！　グレアム様が来る少し前にここを一人で襲ってきたんです！　話を聞けば分かると思います！」

「……とにかく話をさせてくれ」

さすがに気になるため、マックスにテントまで案内させる。

テントを開けると、中には両手を後ろで縛られ、口を布で塞《ふさ》がれている女性の姿があった。

ショートカットの黒髪であり、顔立ちが整っているのが口を塞がれていても分かる。

この状況を見るなり、【不忍神教団】が攫ってきたとしか思えないが、縛られている女性の服装がかなり気掛かりだ。

全身黒装束であり、【不忍神教団】の構成員と服装が酷似している。

仮に縛られていなければ、【不忍神教団】の構成員といってもおかしくないぐらいに変な服装。

「本当にこの女性がここを襲ってきたのか？　見た目が完全にお前たちの仲間にしか見えないんだが」

「この服装こそがここを襲った証拠なんです！　構成員になりすまして潜り込み、タイミングを見計らって殺そうとしてきたのだと思います！　とりあえず話せば分かってもらえると思いますので！」

マックスはそう言うと、女の口を塞いでいた布を外した。

「ぶはぁー！　やっと外してくれた！　ねぇねぇ！　テントの隙間から見ていたんだけど……どうやってゴーレムを倒したの!?　絶対に只者《ただもの》じゃないでしょ！」

口枷《くちかせ》が外されて話し始めたと思いきや、捕まった経緯や助けてくれたお礼ではなく俺の戦闘の感想を話しだした女性。

可愛らしい顔に似合わない少し雑な喋《しゃべ》り方も相俟って、まだ何も問いただしていない状態だが、俺の方はすでにマックスの話に嘘はなかったのだと思ってしまっている。

「ゴーレムのことより、なんで捕まっていたのかを教えてほしいんだが」

「え？　それは今聞いていたじゃん！　ここに潜入して、その男を捕まえようとしたんだけど失敗して捕まっちゃった！　でも、服装は別になりすましたわけじゃなくて偶然似てただけ！　……それより、ゴーレムをどうやって倒したのか教えてよ！　この位置からじゃ、ゴーレムが勝手に崩れていったようにしか見えなかったんだよね！」

少しも悪びれる様子のない自白に思わず苦笑いしてしまう。

いや、まぁ……【不忍神教団】は悪い盗賊団であり、冒険者ギルドからも直々に討伐依頼が出されているため、本気で襲っていたとしても捕まっていた女性が悪いわけではないんだがな。

でもフーロ村では人と人が敵対するということがなかったため、かなりの違和感を覚えてしまう。

「マックスの言っていたことは本当だったな。とりあえずその女性を解放してもらえるか？　俺との約束をしたわけだし、この女性にも一切の手出しはさせない」

「もちろん解放させてもらいます！」

手の拘束具も外したことで、ようやく自由の身になった黒装束の女性。

解放された瞬間に【不忍神教団】を襲わないか心配していたのだが、どうやらもう興味がなくなったらしく、脇目も振らずに俺の元に近づいてきた。

「お礼を言いそびれてた！　助けてくれてありがとう！　それと……何度も聞くけど、どうやってゴーレムを倒したのか教えてほしい！」

「普通に斬っただけだ。それじゃ俺たちはもう帰るが、お前ももう【不忍神教団】には手出しせずに帰るんだぞ」

「えっ!?　ちょっと待ってよ！　ゴーレム相手に〝斬った〟なんて答えはないでしょ！　教える気はないってこと？」

「本当に斬っただけだ。それよりも、もう【不忍神教団】に手出しはしないと約束してくれ」

「……教えてくれないなら――その約束はできないよ！　そもそもこいつらは悪党なんだし、今からこいつら全員捕まえて兵士に突き出す！　どうする？　私を止めるなら力ずく以外方法はないけど！」

黒装束の女性は懐から短剣を抜くと、ニヤリと笑って俺に対して構えた。

もう【不忍神教団】に興味はないが、俺と一戦交えるための口実ってところだろう。

そもそも【不忍神教団】に負けたから、こうして捕まっていたわけで……ほっといてもマックスにやられるだけだろうが、ここで無視して仮に死者が出てしまったら寝覚めが悪い。

安い挑発に乗る形だが、戦ってあげるくらいならしてもいいか。

「……なら、力ずくで止めさせてもらう」

「いいね！　それじゃ、外の広いところで戦おうよ！　どうやってゴーレムを倒したのか絶対に暴く！」

「いや、ここで十分だろ。それじゃ戦闘開始ってことでいくぞ」

「えっ!?　嘘！　ちょっと待って、こんな狭いところでやるの!?」

先ほど山岳地帯の集団から強い気配を感じられなかったというのは、もちろんながらこの黒装束の女性も含まれている。

わざわざ広い場所に移動し、準備を整えなくとも、一瞬で終わらせることができるだろう。

静止している俺に対し、困惑しつつも斬りかかってきた黒装束の女性。

短剣とはいえ本気で斬りかかってきたが——俺はその迫り来る短剣の刃をつまみ、難なく取り上げる。

何が起こったのか理解できず、呆《ほう》けた表情で固まっている黒装束の女性の背後に一瞬で回り込み、後ろから首元目掛けて手刀を落とす。

この一発で勝負はあっさりと決まった。

気を失った黒装束の女性が倒れたところを支えて、ゆっくりとテントに寝かせる。

「本当に凄いです！　さすがはグレアムさんですね！」

「どんな人生を送ったらここまでの域に辿り着くのか……。盗賊団なんかをやって全てから逃げていたのが……本当に恥ずかしいです」

「無駄に持ち上げすぎだ。それよりも、このテントとこの女性は放置したままにしておいてくれ。起きたら勝手に街に帰るだろうからな。マックスも他の連中に見つかる前に早く王都に引き上げろよ」

「ええ、分かりました。本当に今日の御恩は一生忘れません。勝手ながら人生をやり直したいと思います。そして、誰かのためになれるようなことをしていきます！」

「ああ、応援しているよ」

何か感慨深くなっているマックスの言葉を受け流しつつ、今度こそ本当に俺たちは依頼に戻ることにした。

まぁ本人が決意したのなら抜けることができるだろうし、人生をやり直すことはできるはず。

悪党を逃がすことが良い行いだとは思っていないが、ルーキー冒険者である俺ができるだけのことはやった。

さてと、気を取り直してソードホーク探しに戻るとしよう。

ゴーレムで報酬がもらえればいいんだが、依頼を受けていないから無理だろうからな。

ここからソードホーク探しは骨が折れるが、ジーニアと話しながらゆっくりと探すとしようか。

【不忍神教団】の集団を助けた後、俺たちは無事に帰りの道中でソードホークを見つけることができ、狩ることにも成功した。

武器の素材になるかと期待していたくちばしの方はというと、正直、期待外れもいいところ。

ただ先端が鋭いだけのくちばしで、武器になるどころか調理すれば食べられるぐらいに柔らかいものだった。

期待していたぶん残念な気持ちになったものの、簡単には狩ることができたし依頼は無事に達成。

昨日の倍以上となる銀貨五枚をこれで稼いだこととなる。

ウキウキ気分で冒険者ギルドへ直行した俺たちは、ソードホークの死体を納品して無事に銀貨五枚を受け取ることができた。

「やりましたね！　これで二日連続の依頼達成ですよ！　それも銀貨五枚です！」

「銀貨五枚は大きいな。さすがにまだ食事会はできないが、一人銀貨二枚と銅貨五枚は収穫だろう」

「全部グレアムさんのお陰です！　もし明日も依頼を達成することができたら、今度こそお食事会を開きましょうね！」

「だな。明日も銀貨五枚稼げたら、ささやかだけど食事会は開くことができると思う」

「ふふふ、今から楽しみです！　依頼も楽しいですし、つい一昨日まで死にそうになっていたなんて思えない変化ですよ！」

「俺も同じだ。この街に来てから一番に知り合えたのがソフィー。そしてソフィーから紹介してもらったのがジーニアで本当に幸運だった。こんなおっさんに優しくしてくれてありがとう」

「お礼を言うのはこっちです!!　ぜーんぶ助けてもらっているんですから！　明日もよろしくお願いしますね！」

冒険者ギルド前でジーニアと別れ、俺は気分よくビオダスダールの街を闊歩《かっぽ》する。

一泊で銅貨六枚を使っても、残るは銀貨一枚と銅貨九枚。

明日、食事会を行う用として銀貨一枚は取っておくとして……銅貨九枚は使える。

村を出てからずっと切り詰めて生活していたが、少しだけゆとりが持てた。

さて、銅貨九枚で何をしようか。

正直なところ服とか下着とか欲しいが、今はさすがにそんな贅沢《ぜいたく》は言っていられない。

銅貨九枚でできる贅沢は、晩飯を多少豪華にすることぐらい。

昨日はカッチカチのパンに、グレイトレモンを挟んだだけの質素すぎる飯だったからな。

　昨日、屋台街を歩きながら食べたい料理の目星は既につけている。

　宿に戻る前に屋台街に寄って、晩飯を買うとしよう。

屋台街でその料理を買って、安宿に戻ってきた。

今回買ったのは……味の染みたイカに米が包まれたイカ飯、様々な具材が煮込まれたポトフ、買う予定がなかったが最高に美味しそうな匂いに釣られて買ってしまった豚肉串、そして——小さなカップに入った安酒。

とうとう酒にまで手を出してしまった。

フーロ村にいた頃から酒は大好きだったが、村を出てからは飲むことなんてできずに我慢する生活を送っていた。

酒場で寝させてもらった時、嫌でも匂ってくる酒の香りが一番辛《つら》かったな。

我慢した甲斐《かい》があり、とうとう自分の金で酒を手に入れることができた。

部屋に入り、誰も見ていないことをいいことに、酒に頬擦《ほおず》りしてからまずは一口流し込む。

——くっは、最高だな！

体が僅かに火照《ほて》る感覚を味わいながら、匂いに釣られて買ってしまった肉串をかぶりつく。

そしてまたすぐに酒を流し入れ、次は昨日から狙っていたイカ飯を頬張《ほおば》る。

ボロすぎる部屋ではあるが、こうして落ち着ける場所で美味しい飯を食べることができている現実。

一切の考えもなしに村を出た時はどうなるかと思ったが、今のところは楽しくやれている上に酒まで飲めるぐらいに仕事にはありつけた。

腕のせいで本調子ではないのが申し訳ないが、ソフィーとジーニアのお陰でなんとかやれている。ここまでは優しくされっぱなしであり、未《いま》だに道中の村で出会ったおばあさんとの約束は果たせていない。

もう少し自分の生活にゆとりを持つことができたら、約束を果たすべく人を助ける活動をしてもいいかもしれない。

まずはジーニアのためにも自分のためにも冒険者としての活動を充実させるのが第一だが、近いうちにそんなこともできたらいいなと夢を思い描きながら、俺は安酒と美味しいご飯を食べながら幸せなひと時を過ごしたのだった。

「なぁルーキー冒険者のおっさんが、ここまで失敗なしで依頼を達成しているって話聞いたかよ！こりゃもうFランクに到達するかもしれないぜ！」

「おいおい……お前、話題が古すぎるだろ。今はもうルーキーのおっさんなんか追っている奴はいねぇって。なんたって、あの【不忍神教団】がこの街の付近に現れたんだからな！」

いつもの酒場でいつものように、今一番旬な会話が四方八方で行われている。

今日の一番の話題は先日目撃情報のあった【不忍神教団】の話であり、この酒場に集まっている冒険者の大半も昼間は【不忍神教団】の討伐に出ていた。

「さっき遠征から帰ってきたばっかだから、【不忍神教団】の話は断片的にしか知らねぇんだよ！もうおっさんルーキーの話題は終わっちまったのか！」

「当たり前だろ。討伐できりゃ白金貨三十枚の破格設定。今日はEランク以上の冒険者が、血眼になって【不忍神教団】を捜索に出ていたからな」

「ただよ、捜索に行っていない俺が言うのも何だが……目撃情報があったっていうのに誰一人何も見なかったってのはどうなんだ？　まぁ今回のは特別依頼であって、何も成果は得られなくとも一定の報酬を得ることができたからよかったんだろうけどよ！」

ここまではどの卓でも話されている内容。

愚痴る声も少なくはないが一定の額は報酬としてもらえるため、ガセネタだったのではと全員が内心思っていながらも、そこまで大きな批判の声は出ていない。

「まぁガセネタだったってのが大多数の人間が思っていることだろうな。俺も実際に目撃情報があった地点に行ったが、人がいた痕跡すら残っていなかった」

「なんだよ！　じゃあ【不忍神教団】が現れたって話はガセだったのか！　まぁ王都を拠点にしていて、わざわざビオダスダールに来る意味も分からねぇしな！」

「……いや、冒険者ギルドに寄せられた目撃情報はガセだったが、実際に【不忍神教団】はこの街の近くに潜伏していたらしいぞ」

ガヤガヤと騒々しいのだが、新たな情報には全員が過敏になっており、知らない情報が出た瞬間にいつものように店内が静かになる。

この酒場では毎度の恒例行事であり、今更全力で盗み聞きされていたとしても何かアクションを起こしたりはしない。

「おい！　また新情報を持っているのかよ！　この間のルーキー冒険者のおっさんの時も情報を持っていたよな！」

「ここだけの話だが、この間の全員が俺の話に耳を傾けているあの感覚が忘れられなくてな。【不忍神教団】の特別依頼が出された瞬間に、情報屋を使って事前に調べていたんだ」

「なんだそりゃ！　それだけのためだけに、もしかして身銭を切って情報を集めたのか？　正直引くぞ」

「当たり前だろ。でも、その甲斐あって誰も知らない有力な情報を俺は持っている。お前は知りたくないのか？」

「そりゃ……知りたいに決まってるわ！　いいからどういうことか教えてくれ！」

一連のやり取りを聞き、全員の耳はこの卓に向けられた。

情報の信憑性《しんぴょうせい》も高く、まだ世には一切出ていない新しい情報。

その情報を知りたくない人間など、この酒場には存在しない。

「実はな、【不忍神教団】は南ではなく北に潜伏していたって話なんだ」

「北？　北っていうと、あの山岳地帯か？」

「そう、北の山岳地帯。そして、その山岳地帯に最初から狙いを定めていた冒険者がいたんだ。お前もよく知っている冒険者だよ」

「山岳地帯に行っていた、俺のよく知っている冒険者？　まさか……ルーキー冒険者のおっさんか？」

「ちげぇよ、馬鹿か。――Bランク冒険者のアオイだよ」

「Bランク冒険者のアオイっていったら、ソロで冒険者をやっているあのアオイか？」

「そう。ずっとソロで冒険者をやっている変わり者だが、その実力は本物。ソロでBランク冒険者だから、パーティを組めば余裕でAランクに到達する逸材と言われている」

アオイという冒険者は、ビオダスダールで冒険者をやっている人間なら知らない者などいないぐらいに名を馳《は》せており、思いがけない名前の登場で場は瞬《また》く間にザワつき始めた。

「アオイは、北に【不忍神教団】がいるってことを読んでいたってのかよ！」

「そういうこと。そして実際に、【不忍神教団】と交戦したって報告がされたらしい」

「ただの出まかせじゃなくて本当なのか？　俺には訳が分からねぇ！」

「捕まえることはできなかったけど、追い払ったとからしいぞ。実際に【不忍神教団】が使用していたテントを持ち帰ってきたらしいからな」

「一人であの【不忍神教団】を追い払ったってことだよな？　凄すぎるだろ！　これ……新たな英

雄が誕生したんじゃねぇのか？」

「何かしら理由があって正式には受理されなかったみたいだから、まだBランク止まりみたいだけどな」

「関係ないだろ！　変人ってのは知っていたが、こうも逸話が出てくるとその変人っぷりもかっこよく見えてくるな！」

冒険者は同業者である冒険者を好かない傾向にある。

ただあまりにも飛び抜けた逸話というのは大の好物であり、大いに盛り上がり持ち上げる。

アオイが残した今回の功績は〝飛び抜けた逸話〟というのに当てはまり、この噂話は酒場で盗み聞きしていた冒険者を介して一気に広まって、ビオダスダールの街全体で噂されるほどになるのだが……。

その渦中のアオイが、ルーキー冒険者のおっさんというよく分からない色物の中の色物に付き纏《まと》うことで混乱を極めることになるとは——この酒場にいる誰一人としてこの時は想像もしていなかった。

グレアムさんと正式にパーティを組むことになったのだけど……これまでの冒険者生活が嘘のように毎日が充実している。

冒険者になってからのこの約一ヶ月間、私は一度も依頼を達成することができていなかった。採取依頼では採取すべきアイテムを見つけることができず、討伐依頼では最弱のゴブリンに負ける始末。

依頼を達成できないということはお金を稼ぐことができないわけで、冒険者という身分でいながら酒場でのアルバイトのお金でなんとか生活をするという日々を送っていた。

冒険者でありながら冒険者とは決して言えない状態で、グレアムさんと共に臨んだ初めての依頼。

グレイトレモンを採取するという簡単な依頼な上、ほとんどグレアムさん任せだったけれど、私は初めて依頼を達成した喜びを一生忘れることはないと思う。

それほどまでに達成感や充実感、それからビオダスダールでもやっていけるのだという喜びは大きかった。

そして、私の中では激動の一日の翌日には、グレアムさんの希望もあって討伐依頼を受けることとなり、意気揚々と山岳地帯に向かうこととなった。

……ただ、依頼の討伐対象がいる山岳地帯には、危険とされている【不忍神教団】の拠点があり、更にその拠点がゴーレムの群れに襲われているという——もはやごっちゃごちゃの状態で、前の日に初めて依頼を達成したばかりの私にとっては訳が分からない状況になっていたけれど、そんな状況でもグレアムさんは難なく対応してみせた。

私を助けてくれた時もそうだったけれど、グレアムさんには常に余裕があり、【不忍神教団】であろうとゴーレムの群れであろうと、何事でもないかのようにしている。

その圧倒的な強さや滲《にじ》み出ている大人の余裕は、私の目にはどうしてもかっこよく映ってしまう。命を助けてもらった挙げ句、冒険者としても助けてもらっているのだから当たり前といえば当たり前の感情なのだろうけど、この感情は決してグレアムさんに悟られてはいけない。

グレアムさんと出会ってまだ三日。

それでも私はグレアムさんとパーティを組めたこと自体が奇跡であることは理解しており、決してこの関係を壊したくないと心の底から願っている。

だからこそ、私も『かっこいい』という感情を『好き』という感情にしないよう、頑張って意識しないようにしているのだけど……。

目を瞑ると浮かんでくるのは、ゴーレムを刀で斬り飛ばしたグレアムさんの姿。

「…………だって、あれはかっこよすぎるよ」

布団を頭まで被《かぶ》りながら、酒場の店主であるカイラさんに聞こえないよう小さく呟《つぶや》く。

グレアムさんが冒険者の中でも突出しているのか、それともグレアムさんぐらい戦えるのが冒険者として普通なのかは私には分からないけれど、命を助けてもらった相手に連日かっこいい姿を見せられたら意識しないほうが無理というもの。

そして、意識しないようにと考えれば考えるほどドツボにハマってしまい、助けてもらった時からゴーレムを斬り飛ばすまでのシーンが、頭の中でぐるぐると眠りに就くまで何度も何度も流れ続けたのだった。

第三章 廃道のアンデッド

翌朝。

昨日は久しぶりに酒を飲んだこともあって、非常に目覚めの良い朝を迎えることができた。

朝日を浴びながら気合いを入れつつ、日課となっている訓練を済ます。

共用のシャワーで汗を流してから、今日もジーニアを迎えに行くとしよう。

ジーニアが寝泊まりしている酒場に着いたのだが、今日も外で待っていた。

わざわざ外で待たず、俺が着いてから出てくればいいのにな。

「ジーニア、おはよう。今日も外で待っていたのか」

「うずうずしちゃって外で待ってしまいました！　なんて言ったって、今日依頼をこなせばいよいよ食事会が開けますから！　気合いも入っちゃうってものです！」

ガッツポーズを見せ、気合い十分ということを全身でアピールしてきた。

やる気満々なのはいいが、注目を集めてしまうからもう少し声量は落としてほしいところ。

「それじゃ冒険者ギルドに行こうか。今日もソフィーに依頼を見繕ってもらおう」

「ですね！　今日はどんな依頼ですかね？　ソードホークは狩れなかったので、今回は私でも狩れる魔物だといいんですけど！」

「まぁ道中の魔物はほぼほぼジーニアが狩ったわけだし、そこまで気にしなくていいと思うがな」

「でも、やっぱり依頼の魔物は狩ってみたいですよ！　ソードホークも私が狩った魔物とは違いましたから」

「空を飛んでいた以外は特に変わらなかったと思うけどな」

他愛《たわい》もない雑談をしながら冒険者ギルドにやってきた俺たちは、すぐにいつもの受付へ向かった。

ちなみに今日は人がそこそこいたのだが、一昨日とは違って茶化されることはなかった。

耳を澄ますと冒険者のほとんどが【不忍神教団《しのばずしんきょうだん》】の話をしており、茶化されなくなったのは俺のことなんかよりも強い話題が交わされているからのようだ。

ジーニアのことを考えるとありがたい限りだが、一瞬で忘れさられたのはどこか寂しい気持ちもある。

「グレアムさん、ジーニアさん！　昨日は申し訳ございませんでした！」

変な感情を抱えたまま受付に立った俺に対し、開口一番に謝罪してきたのはいつものソフィー。

何のことだがさっぱりであり、謝罪する相手を間違えたのではとも思ったぐらいだが……間違いなく俺とジーニアの名前を言っていたよな。

「それは一体何に対しての謝罪なんだ？　一切身に覚えがないぞ」

「実は、【不忍神教団】が北の山岳地帯にも拠点を構えていたらしいんです！　私はそんな危険なところにお二人を依頼に向かわせてしまいまして……本当にすいませんでした！」

「あー、そのことに対しての謝罪だったんですね！　気にしなくて大丈夫です！　グレアムさんがちょちょいのちょいとやっつけ――」

ソフィーにつられるように、余計なことを口走り始めたジーニアの口を即座に押さえる。

俺たちが【不忍神教団】と出会っていたことは、絶対に他言してはいけないこと。

悪い盗賊団を助けた上に見逃し、そしてその報告すらしなかったのだからな。

このことがバレたら、最悪の場合、冒険者をクビになる可能性だってある。

「う、噂《うわさ》ではあったがそのことは聞いたな。でも俺たちは出くわしてないわけだし、そもそもソフィーが謝ることじゃない。情報では南で目撃情報があったのだから、一番遠い方角である北側を勧めるのが普通だ。たまたま北にもいたってだけで、こんなもの防ぎようがないからな」

「で、でも……」

「本当に謝らないでくれ。これまでずっと助けてもらっていたのに、こんなことで謝罪されたらこっちが苦しくなってしまう」

「……分かりました。優しいお言葉ありがとうございます。切り替えて、しっかりとサポートさせていただきますね！」

「ああ、よろしくお願いする」

いつもの、花が咲くような笑顔を見られてよかった。

こんなおっさんのことを真剣に考えてくれているだけでありがたいのだから、たとえこのソフィーが俺の命に関わるような失敗をしてしまったとしても、俺は一切責めるつもりはない。

それぐらい既に助けられている。

「それでは今日はどんな依頼を受けられますか？【不忍神教団】については既に他の冒険者さん

が解決されましたので、本日は東西南北どの方角でも大丈夫ですよ！」

「なら、まだ行っていない東西のどちらかの依頼を受けさせてもらいたい。俺たちでもこなせそうな討伐依頼を見繕ってもらえるか？　報酬額は銀貨五枚ぐらいのものだと嬉《うれ》しい」

「かしこまりました。東か西で銀貨五枚ほどの討伐依頼を探してきますね」

雑な要望にも笑顔で応えてくれるソフィー。

バックルームに行った隙《すき》にジーニアにはさっきのことを軽く注意した。依頼についてはもうソフィーに任せて大丈夫だろう。


無事に依頼を見繕ってもらい、俺たちはビオダスダールの街の東にある廃道にやってきた。

今回の依頼はコープスシャウトという、アンデッド系の魔物の討伐依頼。

この東側は俺がフーロの村からやってきた方角であり、今いる廃道も舗装された道から外れたすぐの場所にある。

元々はこの道を使っていたみたいだが、ビオダスダールの発展と共に舗装された道ができたことで廃道となってしまったようだ。

昔は治安も悪かったこともあって、山賊やら盗賊やらに襲われて死んでしまった者がこの廃道には多数眠っており、そのことに起因してよくアンデッド系の魔物が湧いてしまうとのこと。

今はご覧の通り荒れ果てているが、元々は普通に使われていた道なだけあり、現在の舗装された道からも近いということで、今回のような討伐依頼は頻繁に出されているとソフィーは言っていた。

「人通りがよくて綺麗に舗装された道からそこまで離れていないのに、なんだか雰囲気のある場所ですね。南東の森よりも雰囲気は怖いかもしれません」

「実際に南東の森よりも強い魔物がいるからな。まぁ強いといってもどんぐりの背比べみたいなものだが」

「そりゃあグレアムさんにとってはどんぐりの背比べかもしれないですけど、私にとっては結構大きなことですよ！　やっぱりアンデッド系の魔物が多いんですか？」

「さすがに気配だけでは魔物の種類を識別できない。俺が分かるのは弱いか強いかの判別だけだな。飛行しているとかの特徴があれば分かるが」

「なるほど。それでソードホークは見つけられたんですね！　でも……人間と魔物の違いは分かるんですよね？　昨日は遠く離れた人を見つけていましたし」

「人の気配は特徴的だからな。それに加えて個体差が出すぎるから集団でいるとより分かりやすい」

「なんか面白いですね！　……いいなぁ、羨《うらや》ましいなぁ！　私も気配を探れるようになりますかね？」

「ああ。練習すれば誰でもできるようになるぞ。俺の域に達するまではさすがに長い年月がかかると思うけどな」

既に亡くなっている父から、俺は気配探知を教えてもらった。

よく狩りにつれていってくれたのだが、その時にやり方を教えてくれたことをふと思い出した。

顔は似ていたが性格は俺と真逆であり、陽気で明るい人だったな。

「練習すればできるようになるんですか！　てっきりスキルを使って行っているものだと思っていました」

「そんな大層なものじゃない。ジーニアに覚える気があるならいつでも教えるぞ」

「ぜひお時間ある時に教えてください！　でも……戦闘もそうですけど、私ばかり与えてもらって本当に申し訳ないです」

「別にそんなことはない。この年で初めて村を出て、一般的な知識には欠けているところをジーニアには助けてもらっているからな。それに俺なんかとパーティを組んでくれたってだけで十分すぎる恩恵だ」

「いやぁ、最近は私なんかでいいのかと思ってしまっていますよ？　グレアムさんは本当に超人のような強さですし、Aランクの冒険者パーティでもやれると思いますし！」

「そんなに甘くはないと思うぞ。ただ、もし仮にAランクの冒険者パーティに誘われたとしても、ジーニアがいやにならない限り今の状態を続けるつもりだ」

「そう言ってくれるだけで本当に嬉しいです！　ご期待に沿えるように全力で頑張りますね！」

「いやいや気張らなくていい。この緩い雰囲気も好きだからな」

若ければのし上がってやろうと思っていたかもしれないが、フーロ村で戦闘に明け暮れていた俺にとっては今ぐらいが非常に居心地良い。

ジーニアの成長を見守るのも楽しいからな。

「私も今の感じが好きです！　一人で冒険者をやっていた時は地獄のようでしたので、こんなにも楽しいなんて夢のようです」

「そう思ってくれているならよかった。――っと、雑談をしていたら魔物が集まってきた。アンデッド系は昨日戦っているし、ジーニアが戦ってみるか？」

「はい！　私にやらせてください！」

地面から這《は》い出てきたのはボーンマミー。

依頼の魔物ではないが、ジーニアが相手するにはちょうどいい魔物。

道中の魔物はジーニアに任せつつ、気長にコープスシャウトを探すとしよう。

廃道を進むこと一時間弱。

依頼内容はコープスシャウト五体の討伐であり、既に五体のコープスシャウトを倒すことに成功している。

思っていた以上にこの廃道には魔物が多く存在していたため、依頼が早く終わってしまったのだが、まだ引き返さずに廃道を進んでいる状態。

ジーニアもまだ戦う元気が残っているようだしな。

「本当にアンデッドだらけですね。北の山岳地帯にいたアンデッド系の魔物も、この廃道から出た魔物なんですかね？」

「その可能性は高いかもな。体力的にはまだ大丈夫そうか？　一応この廃道で一番気配の強い魔物の元を目指しているんだが、ジーニアの体力次第ですぐに引き返すから」

「私はまだまだ大丈夫ですよ！　それに体力が尽きたらグレアムさんが戦ってくれますよね？」

「まぁ俺が戦うこともできるが、ジーニアが戦わなきゃ意味がないからな。既に依頼は達成しているわけだし」

「確かに……！　じゃあ体力がもたなくなりそうだったら、早めに申告させていただきます！　でも、この廃道で一番気配の強い魔物は気になるんですよね。グレアムさんは倒せるんですか？」

「もちろん楽に倒せる。そうじゃなきゃ向かっていない」

そこからは適度にジーニアの様子を確認しつつ、なんとなく強い気配の魔物がいる場所に向かっていった。

進むにつれて道自体もどんどんと草木で覆われて険しくなっていき、また別の廃道にぶつかった。

今出た道は、今まで進んでいた廃道を使う前に使っていた道であり、旧廃道ってところだろう。

そして――この旧廃道を進んだ先に、俺が感じていた魔物が存在する。

「なんだか凄《すご》いところまで来ちゃいましたね……！」

「この道の先に例の魔物がいるな。ジーニアは体力の方はどうだ？」

「進むにつれて魔物が強くなってきましたので、正直限界が近いかもしれません。でも、その魔物を見たいです！」

「なら、ここからは俺が倒して魔物だけ見に行くか？」

「はい！　見に行きましょう！　どんな魔物なんですかね？」

「アンデッド系の魔物ではありそうだが、実際に見てみないと分からないな」

旧廃道にいる魔物は依頼の対象外だろうし、ここから先は完全に無駄でしかないが……ジーニアが見たがっているし向かうか。

それに俺もどんな魔物なのか少しは気になるしな。

ジーニアと代わって俺が前に出て、ここからはいつものように斬撃を飛ばして魔物を狩っていく。

旧廃道に入ってから現れた魔物は、影の騎士、ゴーストファイター、デッドナイト、亡霊貴族と、廃道に出現していた魔物からはワンランク強くなった魔物が出てきた。

この程度の魔物なら、斬撃を飛ばしていれば簡単に狩ることができるが、ジーニアが相手するには少し大変な相手だったため俺に代わってよかったと思う。

そんなことを考えつつ、進むにつれて増えていくアンデッドを次々に斬り飛ばしていく。

前衛を俺に代わってからは移動速度が格段に上がり、あっという間に旧廃道で感じていた魔物の元まで辿《たど》り着くことができた。

魔物自体も弱かったし、ここを根城にしている魔物の気配もそう大したことはないから、サクッと倒してビオダスダールに戻るとしよう。

「な、なんか……急に背筋が寒くなってきましたっ！　グレアムさん、近くに何かいますよ！」

「ああ。俺がずっと感知していた魔物がもう近い。あのゴミ溜《だ》まりの中心にいるな」

旧廃道を進んだ先は開けた場所になっており、そこにあったのは長年不法投棄され続けたであろうゴミ溜まり。

最近はさすがに近づく者すらいないからか、捨てられているゴミは全て古いものなのが分かる。

そんなゴミ溜まりのど真ん中にいるのが、今回追っていた魔物。

今は姿が見えないが、見えないだけで存在していることは気配と漏れ出ている魔力で分かる。

「中心って、今見えているところですか？　私には何も見えないんですが……」

「姿を消しているだけだな。多分、光を屈折させて見えないようにするという低級魔法を使っている」

「透明になれる魔法なんて聞いたこともないんですけど、低級魔法でそんな芸当ができるんですか!?」

「俺もやろうと思えばできるぞ。無駄だからやらないが」

魔法で姿を消すというのがそもそも無駄でしかない行為。

姿を消していても、廃道に入った瞬間から俺に気配を気づかれているのが意味のない証拠であり、仮に気配を消していたとしても魔法を使ったら魔力で簡単に位置が割れる。

その点、かつて戦ったゴブリンの別種であるブラックキャップは厄介極まりなかった。

スキルで姿を見えにくくすることができる上に、隠密行動がズバ抜けていたからな。

意外と苦戦したブラックキャップを懐かしみながら、俺は隠れたつもりでいる魔物に忠告する。

「姿を隠しているつもりのようだが、全くもって意味のない行為だぞ。……まぁ言葉が分からない相手に言っても仕方がないだろうが」

何気なく魔物相手に話しかけた俺は、刀を抜いて戦闘態勢を取る。

どうせなら姿が見たかったのだが……隠れたままなら隠れたままで別に構わない。

そう割り切り、斬りかかろうとしたその瞬間――ゴミ溜まりの中心から声が聞こえてきた。

「ほっほっほ、ハッタリではなく本当に私の姿が見えていたのですね」

そんな声と共に姿を現したのは、質の高い黒いローブや高価そうなアクセサリーを身に纏《まと》った魔物――デッドプリースト。

姿は先ほど討伐したコープスシャウトやリビングデッドと酷似しているが、デッドプリーストの最大の特徴は魔法使いのような装備を身につけており、実際に魔法を扱うことができること。

「ぐ、グレアムさん！　この魔物、言葉を話しましたよ！」

「言葉を話せる魔物ってことは、意外にも上位種の魔物なのか」

魔王軍の中にも、時折人間の言葉を話せる魔物がいた。

率いている隊の長は大抵喋《しゃべ》ることができたし、知能が高い魔物が言葉を話せること自体に驚きはないが、この程度の気配の魔物が喋るとは思っていなかったな。

「私をご存じではありませんでしたか。まぁ知っていたらわざわざ近づいては来ませんもんね。私はデッドプリーストという種族の魔物で、アンデッド族の最上位種です。そして――この辺りを一帯を取り仕切らせていただいております」

「俺の知識とはズレがあるな。デッドプリーストごときがアンデッド族の上位種ってことはない」

「ほっほっほ、強がりもここまで来たら面白いですね。剣で攻撃をしようとしていながら、私を〝知っている〟というのは無理がありますよ。これは私が出る必要もなさそうですね」

デッドプリーストなんて、先陣を切って攻撃を仕掛けてきたアンデッド軍の一体でしかなかった。

その程度の魔物が、なぜここまで上から来られるのか不思議で仕方ないが……まぁすぐに殺すしいいだろう。

デッドプリーストは後ろに控えさせていたゴーストウィザード二体を前に出し、俺を倒すように命令を出した。

ゴーストウィザードも旧廃道に現れた魔物の中でも、更にワンランク上の魔物ではあるが……そもそも俺はデッドプリーストよりも上位種であるリッチ、そのリッチよりも上位種であるデスリッチ、更にデスリッチよりも上位種であるエルダーリッチ、更に更にそのエルダーリッチの上位種であるエルダーリッチ・ワイズパーソンを、千のアンデッドをなぎ倒した上で倒しているからな。

当時は両腕があったとはいえ、ゴーストウィザードはおろかデッドプリーストにだって逆立ちした状態でも負ける気がしない。

戦力差が分かっていないゴーストウィザードは、健気《けなげ》にもデッドプリーストの指示に従って俺に魔法を放とうとしている。

魔法を受けてあげてもいいが、面倒くさいしもう倒していいだろう。

再び刀を構え、踏み込んで――間合いに入る。

そして、二体のゴーストウィザードを一瞬にして斬り裂いた。

ゴーストウィザードは実体のない魔物であり、普通ならばどれだけの威力で斬ったところでダメージは入らない。

デッドプリーストもそのことをよく理解しているようで、手下が斬られたのにもかかわらず余裕の態度を変えていない。

「ほっほっほ、剣での攻撃は無駄なんですって。いくら斬ったところでダメージが入らないものは入らないのです」

「そうか？　それにしては動く気配がないが……これはやられたフリなのか？」

「……？　何を倒れたフリなんてしているのです!?　早くその人間を倒しなさい!!」

必死に命令しているが、両断されて倒れているゴーストウィザードはピクリとも動かない。

それもそのはずで、俺は斬った一瞬だけであるが刀に魔力を帯びさせていた。

極めた超速の一撃でも、実体のない魔物にはダメージは入らない。

ただ、魔力さえ帯びさせてしまえば簡単にダメージが入るのだ。

「どうやら死んだフリではないみたいだな。散々馬鹿にしていたが、どうやらこの刀は実体がなくとも斬ることができるみたいだ。お前でもすぐに試してやる」

会話も楽しみながら、余裕たっぷりだったデッドプリーストがここからどうするのかを予想しながらゆっくりと近づく。

諦めて襲ってくるのか、別の部下に襲わせるのか、それとも逃走を図るのか。

デッドプリーストは俺が一歩近づいた段階で即座に動きを見せ、その取った行動は――――まさかの土下座。

持っていた杖《つえ》も放り投げ、かっこつけていた態度を一変。全てをかなぐり捨てた綺麗な土下座だった。

フーロ村で長年魔物と戦ってきたが、この対応はさすがに初めてだったため困惑してしまう。

油断を誘うポーズの可能性も考えたが、頭を地面につけた状態から一切動かないことを考えても、本当に完全降伏しているらしい。

「すいませんでした！　助けてください！　何でもしますので!!」

「…………さっきまでの態度は一体何だったんだ」

「かっこつけていただけです!!　最近は人なんかめっきり来なくなったし、久々の人間だから怖がらせた上で殺そうと思って！」

「殺そうとしていたのに、殺されると分かった瞬間に命乞いか。本当に情けない魔物だな」

「仰《おっしゃ》る通り、私は情けない魔物です！　本当に何でもしますので、どうか命だけは取らないでください！」

背を見せた瞬間に斬り裂くつもりだったが、土下座している相手は魔物といえど気持ち的に攻撃しづらい。

想像もしていなかった展開に困り果て、俺は後ろにいるジーニアに助けを求めるように顔を向けた。

「ジーニアはどうしたらいいと思う？」

「えぇ！　私に聞かれても困りますよ！　魔物が喋るのも初めて見たのに、土下座なんて行動を取ったことに驚いているんですから！　……でも、話ぐらいは聞いてあげますか？」

「話ぐらい聞く……か」

話を聞いたら余計に殺すことができなくなりそうだが、ここまで完全降伏しているのであれば話ぐらいは聞いてもいいのかもしれない。

何でもすると言っているぐらいだし、何かしら俺たちにメリットとなるものをくれるかもしれない。

「分かった。なんでもすると言っているが、お前に何ができるのか言ってくれ」

「チャンスを頂き、ありがとうございます！　まずこの一帯の魔物をあなたのために動かすことが可能です！」

「アンデッドを自由にか？　……いや、別にいらないな」

「えっ、そんな！　戦闘要員としてはもちろんのこと、働き手としても重宝しますよ！」

「アンデッドなんかをどこが雇ってくれるんだ」

「畑かなんかを使って、野菜でも育てれば……」

「畑そのものも作れるならいいかもしれないが、アンデッドに畑を作ることなんて無理だろ」

どうやらこれが最大のメリットだったらしく、デッドプリーストは完全に言葉を失っている。

「な、ならば、この辺り一帯のものを差し上げます！　こちらのローブなんかはいかがですか？」

「それはもうゴミだろ。それに、お前を殺した後でも持ち帰ることができる」

「む、むむむ……、ならば私があなたの使い魔となります！　デッドプリーストを使い魔にできるなんて注目を浴びますよ！」

「いらないな。街に入ることすらできなくなる」

恐らく最後の案だったのだろう。それを突っぱねたことで、頭を抱えて倒れ込んだデッドプリースト。

案の上ではあったが、魅力的な案が一つもなかった。

「……申し訳ございません！　これ以上は私にできることはないです！　だけど助けてください！

もう人を襲いませんので！」

頭を地面に擦《こす》りつけ、必死に命乞いをしてくるデッドプリースト。

殺そうとしてきた相手。

それも魔物を生かしたままにするのは何か嫌だが……ここまでされて刀を振り下ろす気にはなれなくなってしまった。

人を襲わないと言っているし、デッドプリーストを殺したところで特にメリットはない。

今後何かしらで役に立つことがあるかもしれないから、別に見逃してもいいかもな。

「……分かった。もう人を襲わないと約束するんだったらトドメは刺さない。ただし、街で人を襲ったという話を聞いた瞬間に殺しに来る。それでいいか？」

「ありがとうございます！　もう絶対に人は襲いません！　あなたのお名前はなんていうのでしょうか？」

「俺はグレアムで、こっちがジーニアだ」

「グレアム様とジーニア様ですね！　この廃道の長《おさ》として、他のアンデッドたちにも人を襲わせません！」

「ああ。生きたいなら大人しくしているといい」

「はい！　何か困ったことがあったら、いつでも私のところに来てください！　グレアム様の頼みなら何でも致しますので！」

「ああ。何かあったら頼みに来るかもしれない」

デッドプリーストを生かす判断が正解なのか分からないけど、殺す理由もなかったし構わないだろう。

それにしても言葉も流暢《りゅうちょう》だったし、あまりにも人間味のある魔物だったな。

あれだけ人間っぽいと、元は人間だった可能性なんてのもありそうだ。

「ま、魔物を見逃しちゃいましたね」

「この判断が良かったのか分からないけど、まぁこの廃道には来なかったということにすればいいと思う。それに俺は【不忍神教団】を見逃しているしな」

「確かにそうですね。それになんだか凄く人間っぽかったですし、私もこの旧廃道には来なかったということにします！　それにしても……グレアムさんの戦いっぷりはやっぱり凄かったです！　勉強させてもらいますって言いましたけど、凄すぎて参考にならなかったですもん！」

「日々努力すればジーニアも俺ぐらいならすぐになれるさ」

「その言葉を毎回聞きますけど、なれる気配が少しもないんですよねぇ……」

そんな会話をしつつ、俺たちは来た道を戻っていく。

ちなみにデッドプリーストが指示を出したからか、旧廃道では魔物に襲われることはなく、楽に廃道までは戻ってくることができた。

廃道の魔物はデッドプリーストの支配下ではなかったようで、行きと同じように襲ってはきたが、体力の回復したジーニアが率先して倒しつつ、無事にビオダスダールまで帰ってきた。

廃道から街に帰還し、すぐに冒険者ギルドでコープスシャウトの討伐報酬を受け取った。

今回の報酬は昨日のソードホークと同じ銀貨五枚。

二人で山分けし、俺の手持ちのお金は今日まで取っておいた分と合わせて銀貨四枚となった。

三日前までは一文無しだったのに、これだけの大金を持っていることについニヤニヤしてしまう。

「ふふふ、やっぱりお金がもらえると嬉しいですね！　思わず口角が上がってしまいます！」

「そうだな。安定して毎日銀貨二枚を稼げることができれば、少し贅沢《ぜいたく》をしながら暮らしていける」

「ですね！　冒険者だけでやっていけるなんて夢にも思っていませんでした！　それで……グレアムさんは約束を覚えてくれていますか？」

「ん……？　あー、食事会のことか？」

「覚えていてくれたんですね！　ちゃんと稼げましたし、今日こそはお食事会をしましょう！」

ジーニアは飛び跳ねながら、食事会を行おうと力説してきた。

親睦が深まるだろうし、俺としても食事会はやりたい。

「懐にも少し余裕ができたから構わないぞ。場所は決めているのか？」

「んー、私が働いている酒場なら安くしてくれるかもしれません！」

「そこでいいか。泊めてもらった恩もあるし、お金を落とすとしよう」

「ええ！　それじゃ早速向かいましょう！」

毎朝ジーニアを迎えに行っているし、特別感は一切ないが全然ありだな。

ジーニアに先導してもらい、依頼終わりでそのまま酒場へと向かった。

酒場に着いた時刻は夕方ごろ。

既に営業中のようだが、客は二人しか入っていない。

泊めてもらった時に軽く手伝いもしたのだが、立地が悪い影響もあってか客入りが相当悪いんだよな。

エルマ通りというポップな感じの名前の割に、薄暗い雰囲気のある通りだから仕方がないといえば仕方がない。

「あれ、もう帰ってきたんだ。——って、今日はグレアムも一緒なのね」

カウンターに立って暇そうにしているこの女性が、この店の店主のカイラ。

年齢は三十代後半くらいで、恐らく俺よりも若干年下ぐらいだと、見た目から推測している。

「はい！　ここでお食事会をしたくて来たのですが大丈夫ですか？」

「構わないわよ。飲み食いした分のお金は払ってもらうけどね」

「もちろん支払いますよ！　いつもありがとうございます！」

「お客ってことなら私の方がお礼を言う立場よ。グレアムは泊まる場所見つかったの？」

「お陰さまで宿を見つけることができた。泊めてもらった時は本当に助かった」

「別に店のソファを一日貸しただけだし、ジーニアの頼みだったからね。それより……相変わらず不愛想ね。少しは笑ったらどう？」

この治安の悪い場所で酒場を営んでいるからか、ほぼ初対面でもズケズケと言ってくるんだよな。

不愛想なのは自分でも分かっているが、笑顔を作る行為が昔からどうも苦手。

花が咲くような笑顔を作れるソフィーや、ジーニアが時折羨ましく思えてくる。

俺は手本となる二人の笑顔を思い浮かべながら、カイラに笑顔を向けた。

「……ふっ、あっはっは！　あー、おかしい！　相変わらず笑顔がドヘタね。言った通り練習しているの？」

「イメージトレーニングはばっちりなはず」

「まぁまだ三日しか経《た》ってないものね。私としてはこのままでも面白いからいいけど、もう少し自然な笑顔を作れるようにしたほうがいいわよ」

酒場に泊めてもらった時からだが、カイラは俺に笑顔を求めてはそれを肴《さかな》にして酒を飲んでいる。

未《いま》だに飽きている様子がないし、自分がどれぐらい作り笑顔が下手なのか鏡で確認したい気持ちもあるが……それよりも確認するほうが怖くて、今のところは見るに至っていない。

「ちょっとカイラさん！　グレアムさんを馬鹿にしないでください！」

「別に馬鹿になんてしていないわよ。作り笑いが下手だから笑っているだけ」

「それを馬鹿にしているって言うんです！　もういいので席に着かせてもらいますからね！」

「別にこれくらいの絡みで怒ることないのにねー。グレアムのこととなるとすぐにムキになるんだから」

なぜか怒っているジーニアの後についていき、店の一番奥のテーブル席に着いた。

大分昔に作られたであろうメニュー表を見ながら、何を注文するか二人で決めていく。

「グレアムさん、お酒は飲みますよね？」

「ああ、飲めるなら飲みたいな」

「酒場ですのでもちろん飲めますよ！　何のお酒を飲みますか？」

「何でもいいが……とりあえずビールを頂こうかな」

「分かりました！　食べ物はどうしますか？　お好きな食べ物とかがあれば言ってください」

「好き嫌いはないし、美味《おい》しいものだったら全部好きだな。働いているジーニアのおすすめのものを食べたい」

「そういうことなら私に任せてください！　カイラさん、注文しますよ！」

詠唱するように注文をするジーニアを見ながら、俺は水をちびちびと飲む。

村を出た時は……こんな生活が送れるなんて思ってもいなかったな。

優しい人しかいなかったし村での生活も楽しかったが、村を出てからは見るもの触れるもの全てが新鮮で毎日が楽しい。

それもこれも、おっさんである自分なんかとパーティを組んでくれたジーニアのお陰だ。

「よーし、注文できました！　どんどん料理が来ますよ！」

「ジーニア、本当にありがとうな」

「……えっ、急にどうしたんですか!?　そんな今にもいなくなるようなトーンでお礼を言わないでくださいよ！」

「いや、なんとなく幸せだなとふと思ってしまった。ジーニアのお陰で俺はこの街で生活していけている」

「そんなことないですよ！　グレアムさんは強いですし、私なんかがいなくてもやっていけましたって！」

ジーニアはそう言ってくれているが、俺は決して強い人間ではない。

もしかしたらジーニアよりも戦闘面では強いかもしれないが、村を出てからは思わず泣いたくらいには精神的に参っていた面があるからな。

ソフィーとジーニアの二人がいなければ、早々に逃げ出してフーロ村に戻っていてもおかしくなかったと思っている。

「いや、ソフィーとジーニアの二人がいなかったら、確実に心が折れていたと思う。ジーニアは俺を評価してくれているが、四十歳を超えたおっさんは世間的に評価されないからな」

「冒険者ギルドでグレアムさんを馬鹿にしてくる輩《やから》たちですね!!　……本当にムカつきますね！もう、今度グレアムさんを馬鹿にしてきたら、私がこうやってボッコボコにしますから安心してください！」

拳《こぶし》をブンブンと振り回しながら、顔を真っ赤にして怒ってくれているジーニア。

俺のために本気で怒ってくれる人が一人いるだけで、馬鹿にしてくる人を何とも思わなくなるから不思議だな。

「いや、やめてくれ。ジーニアがいてくれるから本気で何とも思っていない。変なのに目をつけられるのもごめんだし、今はこの生活が最高に楽しいしな」

「……ですね。私も今の生活が最高に楽しいので、怒るのは心の中だけに留《とど》めておきます！　でもでも、殴りたいほどムカついた時はすぐ言ってください！　私が代わりにボコボコにしますから！」

「その時はお願いさせてもらう。ありがとうな」

「はい！　任せてください！」

拳を構えて満面の笑みを見せているジーニアに対し、俺もつい笑顔になる。

やっぱり色々な面で救われているな。

「あら、自然な笑顔ができているじゃないの。その笑顔よ、その笑顔。ほら、注文したお酒と料理を持ってきたわ」

「うわー、美味しそう！　このチーズたっぷりのグラタンが本当に美味しいんですよ！　お酒と一緒に食べてみてください！」

「香ばしい良い匂いだな。ビールにも合いそうだ」

「食べ終わった頃合いを見て、次の料理を持ってくるからね。それじゃごゆっくり」

俺のせいで少ししんみりとした空気にさせてしまったが、ここからは料理と酒を囲んで楽しい食事会にしなくてはな。

それから俺たちは互いの昔話を話したり、今後の展開を決めたりと、最高に楽しい時間を過ごしたのだった。

食事会を行った日から二週間が経過した。

この間は事件や変わったことなどは特になく、依頼をこなしながら平和な日々を過ごしていた。

「いやー、きのうも無事に依頼をこなせましたね！　これで十五連続で依頼を達成できていますよ！」

「ここまでは本当に順調だな。ソフィーも、もうそろそろEランクに昇格できると言っていた」

「かなり異例のことだって喜んでいましたね！　Eランクに上がればもうルーキーとは呼ばれなくなりますよ！」

「変に注目を浴びる生活も終わりか。寂しい気もするけど嬉しいな」

ジーニアを酒場に迎えに行き、冒険者ギルドに向かいながらなんてことない会話を交わす。

ちなみにEランクに昇格した際には、また食事会を行うことになっているため、そのためのモチベーションもかなり高い。

そんな感じで今後についてあれこれ楽しく話していたのだが……。

「おい、そこの二人！　やっと見つけたぞ！」

急に背後から呼び止められた。声の主は女性。

心当たりが一切なく、確認するために振り返ると……そこにはあの黒装束の女性が立っていた。

「……ん？　お前は【不忍神教団】に捕まっていた人だな。礼でも言いに来たのかもしれないが別にいらないぞ」

「今回はもう一度戦うために探していたんだよ！　あの時は何がなんだか分からなかったし、あんな狭いところじゃ実力の半分も出せていなかったから……もう一回戦ってほしい！」

俺の前で仁王立ちをしながら、一方的にそう言ってきた。

これはまた面倒くさいのに絡まれてしまったかもしれない。

「こんな街中で戦うことなんてできない。そもそも、もう戦う理由もないしな」

「理由ならある！　私に嘘《うそ》をついたってのが理由！」

うーん……面倒くさい。

非常に面倒くさいが、このまま無視しても付き纏われるだけな気がしてきた。

瞬殺することができるだろうし、望み通り戦ってしまったほうが早いかもしれない。

「……分かった。なら早くかかってこい。いつでもかかってきていいぞ」

「剣を抜かないだと……！　一回だけ私を倒せたからって舐《な》めているみたいだけど……後悔しても知らないからね！」

舐めているとかではなく、俺は人相手に剣を抜く気はない。

ジーニアに悪質な詐欺を働いた冒険者相手にすら、俺は刀を抜かなかったわけだしな。

……まぁ今は以前よりもジーニアを守りたいという気持ちが強くなっているため、今度ジーニアに手を出そうとした者がいたら、勢いあまって剣を抜いてしまうかもしれないが。

そんなことを考えているうちに、黒装束の女性は俺に対して斬りかかってきた。

前回も戦っているから分かるが、動きの速度はジーニアよりも少し速い程度。

黒装束の女は魔法で偽物の腕を二本作り出しているが、デッドプリーストの時に何度も言ったように、魔法は魔力で感知できるためフェイクにすらならない。

スキルで作り出すか、本当に二本の腕を追加で生やすかしないと意味をなさないのだ。

魔法の腕での攻撃は避《よ》けず、本物の腕だけを的確に避けていく。

どう勝負を終わらすかだが、ジーニアにやったように拘束して降参と言わせればいいだろう。

……ただ、一方的に突っかかってきているとはいえ、さすがに女性の顔を地面に叩《たた》きつけるのは気が引ける。

「な、なんで攻撃が当たらないの！　私の【真・幻術腕分身】が見極められている!?」

「……そんな大層な名前をつけないほうがいい。将来恥ずかしくなるぞ」

黒装束の女性がポツリと技名を呟《つぶや》いたことで、俺の黒歴史を思い出してしまった。

俺も二十代までは技の一つ一つに名前をつけ、魔王軍と戦っている時に叫びながら使っていたのだが、別に技名を叫ばなくても使用できるということもあり、三十代になってから急に恥ずかしくなったのだ。

村の人たちはそんな俺の心境なんて知らないため、俺に技名を叫んだあとで技を見せるよう求めてきた。

特に子供は純粋に目を輝かせて求めてくるため、俺は赤面しながら技名を叫びながら技を披露していたが……今になっても恥ずかしくて胃がキュッとなる。

そんな黒歴史を思い出しながら、片手間に黒装束の女性の拘束に成功。

地面に寝かせつつ、腕を極《き》めて降参を求める。

「俺の勝ちってことで大丈夫か？　素直に降参してくれるとありがたい」

「……くっ、まだだ！　――あっ、待って！　本当に痛い！　降参、降参するから腕を離して！」

強めに関節を極めるとすぐに降参を申し出てくれた。

これで決着はついたし、今後付き纏ってくることはないだろう。

「これで文句はないだろ。もう勝負を挑んでくるなよ」

「……一体、何者なんだ！　この質問だけ答えてほしい！」

「何者でもない。本当にただのルーキー冒険者だ。おっさんのな」

質問にだけしっかりと答えてから、地面に倒れたままの黒装束の女性を置き去りにしてその場を後にした。

変なのに絡まれてしまった上に、過去の黒歴史を思い出して散々だったな。

「さっきの人、道の真ん中に放置したままでいいんですかね？」

「まだ人通りも少ないから邪魔にならないだろうし大丈夫だと思う。それよりも早く冒険者ギルドに行こう。どんな依頼があるか気になる」

「絡まれたことよりも依頼の方が気になるって凄いですね！　私もどんな依頼があるのか気になっていますが！」

気を取り直し、ジーニアと楽しく話しながら冒険者ギルドへと向かった。

冒険者ギルドに入り、すぐにいつものソフィーの元へ向かう。

最近は飽きられてきたのか、周りに嘲笑《ちょうしょう》されることも少なくなって非常に快適。

「あっ、グレアムさんにジーニアさん！　今日も依頼を受けに来たんですね！」

「ああ、少しでもお金を稼ぎたいからな。今日も依頼を見繕ってもらってもいいか？」

「もちろんです！　……と言いたいところなんですが、今日は依頼を見繕う前に一つ朗報があるんです！」

「朗報？　心当たりが何もないな」

「さっき話していたEランク昇格の件じゃないですか？　ソフィーさん、そうですよね!?」

「うー……。ちょっと違うので言いだしづらいのですが、似たような感じではあります！　実は、次の依頼を達成できればEランクに昇格できるんですよ！」

おお！　もうそろそろEランクに昇格できると聞いていたが、次の依頼で昇格できるのか。

今のままでも十分やっていけているが、ランクが上がるに越したことはない。

最近は飽きられて減ってきてはいるが、ルーキーのおっさんと嘲笑されることも少なくなるだろうしな。

「それは確かに朗報だな。受ける依頼はどんな依頼でも大丈夫なのか？」

「いえ、それが決まった依頼があるんですよね……。南の平原に出現するオーガの討伐です。南の平原にはかなりの頻度でオーガが出現するのですが、そのオーガを一匹討伐するという依頼です」

オーガの討伐か。オーガも種類の多い魔物ではある。

レッドオーガにブルーオーガ、その進化種であるフレイムオーガやアイスオーガなんかもいる。

更に進化を遂げると鬼人族というものに変化するみたいだが、俺はまだ鬼人族は見たことがない。

「オーガの討伐ですか……。グレアムさんがいれば討伐できると思いますが、ちょっと怖い魔物ですね」

「ジーニアの認識では危険な魔物か？」

「はい。ルーキー冒険者の半数はオーガに殺されると聞いたことがあります」

「そうですね……。文字通りルーキー冒険者の壁と言われている魔物です。単純な強さもあるのですが群れで行動していることも多く、知能もそこそこ高いことから人間が逆に狩られるケースが多いんです。私としても無理に受ける必要はないと思うので、受けられると思ったタイミングでこの依頼は受けてくださいね」

鬼人族ならまだしも、オーガなら簡単に狩れると思うけどな。

俺が知らないだけで他に種類がいるのかもしれないが、フレイムオーガやアイスオーガよりも、ゴブリンの一種であるブラックキャップの方が断然強かった。

「最終判断はジーニアに任せるが、俺は受けてもいいと思っている」

「グレアムさんが受けてもいいと判断したなら受けましょう！　私なんかよりもグレアムさんの方が正しい判断のはずですから！」

「そう言ってくれるなら、オーガ討伐の依頼を引き受けようか。ソフィー、依頼を受けさせてもらっても大丈夫か？」

「もちろん大丈夫ですが……くれぐれもお気をつけくださいね。ここまで毎日依頼を達成しているのは私も知っていますが、オーガはワンランク強い魔物です。この依頼に関しては特に期限とかもございませんので、無理せずに危ないと思ったら引き返してください！」

「いつも忠告ありがとう。絶対に無理だけはしないと約束する」

ソフィーにそう宣言し、俺たちはオーガの討伐依頼を受けてから冒険者ギルドを後にした。

ここまで忠告してくれたってことは、本当に危険な依頼なのだろう。

俺自身、そこまで危機感を持っていないのだが……気を引き締めて、オーガ討伐に向かおうか。

「そういえばなんですけど、アイテムとかっていらないんですかね？　グレアムさんとパーティを組んでから、回復ポーションすら買っていないんですけど」

「ジーニアが必要と思うなら買ってもいいが、基本的にはなくても大丈夫だと俺は思っている。回復魔法も使えるしな」

「えっ!?　グレアムさんって回復魔法も使えるんですか!!」

「あれ、言ってなかったか？　まぁ使う場面がここまでなかったしな」

「絶対に聞いていません！　確か、回復魔法って聖職者しか使えない魔法と聞いたことがありますよ！　元は神父さんとかってことはないですよね？」

「そんな話を聞いたことがないし、俺は趣味で兵士もやっていた農民ってところだ」

「その強さで趣味の兵士って……ぶっ飛びすぎていて理解が追いつかないんですよ！　何か驚くことがある時は事前に言ってください！」

久しぶりにテンションのおかしくなったジーニアが見られた気がする。

先に言っておいてくれと言われても、何が普通で何が普通じゃないのかが分からないからな。

「分かった。何かあったら先に報告させてもらうよ」

「絶対ですよ！　これからオーガと戦うっていうのに、驚きすぎて疲れちゃいましたもん！」

街から出る間にそんな会話をしつつ、特に買い出しとかもせずに南の平原へと向かった。


道中は特に何かあるわけでもなく、あっという間に南の平原に到着。

意外にも南側に来たのは初めてであり、このだだっ広い平原を見るのも初めて。

「おー、眺めが良いですね！　ピクニックとかしたくなります！」

「確かにピクニックは楽しそうだな。適当に屋台でご飯でも買って、原っぱに座って食べたい」

「いいですね！　寝っ転がってお昼寝とかもしたいですね！」

ピクニックは非常に魅力的。

見た限りでは魔物の数も少なそうだし、時間があれば本当にピクニックをやりに来てもいいかもしれない。

そんな会話をしつつ、今日の目的であるオーガ探しも行う。

気配を探ってみるが……近くにオーガらしき気配はないな。

ソフィーはかなりの頻度でオーガが出現すると言っていたし、俺の知らないオーガなのか？

レッドオーガ以下のオーガは見たこともないが、気配の弱い魔物はちらほら感知できているため、これがオーガの気配なのかもしれない。

「ピクニックもいいが、まずはオーガ討伐を考えよう。今気配を探ったんだが、近くにオーガらしき反応は確認できていない」

「もっと奥の方ですかね？　平原にはオーガがたくさんいるって、酒場に飲みにくるお客さんが言っていたので近くにいてもおかしくはないと思いますが……」

「そうなのか？　一応、もう少し範囲を広げて探ってみる」

ジーニアの情報も照らし合わせると、平原にポツポツと感じる反応がオーガなのかもしれない。

一応、範囲を広げて魔物の気配を探ってみると――かなり遠くからではあるが、平原の奥の方に俺の知っているオーガの反応を発見した。

魔物の集落でも作っているのか、大量の魔物の中にオーガの反応を感じるな。

ここまで知った魔物が少なかったということもあり、オーガの反応を感知して少しだけ嬉しくなった。

「……奥にオーガを見つけたが、距離にして半日以上は移動しないと辿り着かない場所だな」

「えっ！　さすがにそんな遠くにいる魔物の依頼ではないと思いますけど、ソフィーは期限がないと言っていましたもんね。そのオーガを倒せということなのでしょうか？」

「分からないが、俺の知っているオーガは近くにはいないな」

ジーニアの言っていることの方が正しそうなので、近場の魔物の反応があるところに向かってみるのが得策か。

どちらにせよ何の準備をしていない今の状態では、片道半日以上かかる道のりは進めないしな。

「グレアムさんがそう言うのであれば……半日かけて、そのオーガの場所に行ってみます？」

「いや、ジーニアの言っていることの方が正しい。とりあえず近場に魔物の反応がいくつかあるから、その魔物を巡っていこう」

「分かりました！　魔物の反応がある場所を巡ってみて、オーガがいなかったら一度ビオダスダールの街に戻って準備しましょう。そして半日かけてオーガの反応があるところへ向かうということでどうでしょうか？」

「ああ。何の異論もない」

これからの方針も決まったため、早速魔物の反応がある場所を巡ってみることにした。

平原を歩いて二十分ほど、まず一匹目の魔物と遭遇したのだが、明らかにオーガではなかった。

ブルバトラーという名前の牛のような魔物のようで、この魔物も市場に出回っているとジーニアが言っていた。

とりあえずオーガが現れるまではジーニアに戦ってもらい、俺は後方から的確なアドバイスを行っていく。

ブルバトラーの後は、通常種オーク、ベビーデビルと弱い魔物との連戦を挟み、そして、何かを見つけたであろうジーニアが指をさして声を上げた。

「グレアムさん！　あれ、多分オーガだと思いますよ！」

指をさした方向に視線を向けると、そこにいたのは土緑色の体をしたオーガ……というよりは通常種ゴブリンを大きくしたような魔物。

俺が見たことのあるオーガとはかけ離れており、多分だがオーガとは似て非なる魔物だと思う。

「あれが本当にオーガなのか？　俺の知っているオーガとは違いすぎるんだが」

「多分オーガだと思いますよ？　実際に見たことはないですけど、私が知っているオーガの特徴と一致しています！」

納得はいかないのだが、ジーニアがオーガというのならこの辺りではこの魔物がオーガと呼ばれているのかもしれない。

こんなだらしない体型ではなく、筋骨隆々で金棒を持っている鮮やかな体色をした魔物がオーガというのが俺の認識であり、この魔物を無理やりオーガと呼ぶのであればレッサーオーガってところだろうか。

「それならあの魔物を狩って今日は戻るとしよう。あれならジーニアでも倒せると思うがどうする？」

「さすがにグレアムさんにお願いしてもいいですか？　短剣では攻撃が通るビジョンが見えないです」

「分かった。なら、サクッと倒してしまうか」

俺は一歩前に出て、いつものように柄《つか》を握って腰を落とす。

そして、抜刀と納刀を一瞬で行い――――レッサーオーガの首を刎《は》ねた。

生首が宙を舞い、ボトンという音と共に地面に落ちる。

それから体が地面に倒れ、一瞬にして戦闘は終わった。

強い魔物は上のランクの冒険者が倒しているのだと思うが、ここまで弱い魔物しかいないとさすがに歯ごたえがない。

久しぶりに全力で戦いたい気分になりつつも、とりあえず任務は達成……ってことでいいんだよな？

「何度見ても惚《ほ》れ惚《ぼ》れします！　魔物といえど首が落ちるのは気持ち悪いはずなのに、綺麗に見えてくるんですよね。グレアムさんが戦っているところを一生見ていたいです」

「一生はさすがに無理だな。体力的に考えても、あと五年くらいが限界だと思う。それより依頼は達成でいいんだよな？」

「大丈夫……だと思います！　討伐の証明とかっているんですかね？　コープスシャウトの時は、拡声器代わりになる特殊な魔石を落としたのでよかったんですけど」

「うーん。こいつは特に何か持っているとかでもなさそうだな。耳だけだとゴブリンにしか見えないし、首ごと持って帰るか？」

「首ごとですか!?　さすがに……と思いましたけど、思っていた以上に血が流れ出てないのでいけるんですかね？」

「ひっくり返した状態で麻袋に入れておけば大丈夫だと思うぞ」

「それなら……首を持っていきましょうか？」

ジーニアは困惑気味ではあったが、他に討伐の証明になりそうなものがないため生首を麻袋に入れて持ち帰ることにした。

あっさりとしすぎていたが、これで依頼は達成なはず。

もしオーガではないと言われたら、準備をして平原の奥にいる本当のオーガを狩ればいいだけだしな。

平原に着いて二時間も経っていないぐらいだが、俺たちはビオダスダールの街へと戻った。

街に着いたのは昼過ぎぐらい。

今日は朝から黒装束の女性に絡まれたものの、今までの中で最速で依頼を達成できたかもしれない。

「これで依頼達成でしたら、私たちはEランク昇格ってことですよね？　今日はお祝いですかね!?」

「早く戻ってこられたし、俺はお祝いしてもいいんだが……ジーニアは何か用があるって言ってなかったか？」

「――あっ！　今日は友達がビオダスダールに遊びに来る日でした！　うぅ、嬉しい気持ちがピークの時にお祝いしたかったんですけど……」

「別に明日でも嬉しい気持ちは持続しているだろ。せっかくこの街まで来てくれるんだし、しっかりと歓迎してあげてほしい」

「はい、そうさせていただきます！　明日は絶対にEランク昇格のお祝いをしましょうね！」

まだ依頼を達成していないのだがそんな話をしつつ、俺たちは冒険者ギルドの納品受付までやってきた。

ここは美人のソフィーではなく、やつれた感じの男性職員が多い。

納品を受け付けるのはかなりの力仕事だし、美人には優しいけれど冒険者は基本的に気性が荒い人間が多い。

そんなダブルパンチで男性職員のみんながみんな、こんなにやつれた顔をしているんだろうな。

「冒険者カードを見せてもらってもいいですか？」

「ああ。これだ」

「ありがとうございます。……オーガの討伐依頼ですね。討伐したという証明はお持ちでしょうか？」

「頭を持ってきた。確認してみてほしい」

「うぇッ？　あ、頭を持ってきたんですか!?　……まぁ大丈夫ではありますが、耳とかでも大丈夫なので今度からは耳を剥《は》ぎ取ってください!!」

オーガの生首にあからさまな嫌悪感を示してきた。

やっぱり生首を持ってきたのは、駄目だった感じか。

「ゴブリンと非常に似ているから耳だけじゃ駄目だと思って首ごと持ってきたんだが……余計な気遣いだったか」

「はい、余計すぎる気遣いです！　冒険者ギルドの方で頭の処分をしなくてはいけないので、くれぐれもこれからは耳だけの納品にしてくださいね！」

「次からはそうさせてもらう。今回は申し訳なかった」

強く釘《くぎ》を刺されてしまったが、これは完全に俺が悪い。

全員が魔物の頭部を持ってきたら、冒険者ギルドは魔物の頭部で埋め尽くされてしまうもんな。

今回は大丈夫ということだし、素直に謝罪をして二度としないと心に誓った。

「理解してもらえたなら大丈夫です。依頼の方はこれで完了ですので行ってもらっていいですよ」

「完了ということは、この魔物がオーガってことで大丈夫だったのか？」

「……？　ええ。オーガですし、そのつもりで頭部を持ってきたのではないんですか？」

「いや、大丈夫ならいいんだ。それじゃ報酬を受け取って帰らせてもらう」

男性のギルド職員から依頼達成の報酬を受け取ってから、俺たちは冒険者ギルドを後にした。

やはりこの辺りではレッサーオーガが、オーガとして認識されているらしい。

遠征して狩りに行くのを密《ひそ》かに楽しみにしていたのだが、オーガを倒しに行けないのは残念だな。

これでクリアなんだし、報酬ももらえたから嬉しいはずなんだけどな。

「怒られちゃいましたね」

「俺が頭部を持ち帰ろうと言ったのが悪かった。ジーニアも巻き込んでしまったな」

「いえいえ、謝らないでください！　私もおかしいと思わなかったですもん。それと……オーガで間違いじゃなかったの少し残念でした」

「ん？　どういう意味だ？」

「明日、遠征してオーガを倒しに行くのを少し楽しみにしていたんです。だから、少し残念だなと思ってしまいまして」

「……実は俺も同じことを思っていた。平原の先をジーニアと遠征するのは面白そうだしな」

「ふふ、グレアムさんも同じことを考えてくれていたのは嬉しいですね。……もう依頼達成していますけど、明日は本当のオーガを倒しに行っちゃいますか？」

「いや、さすがにそれはしないだろ」

「そうですか？　私は楽しそうですし、やってみたいと思いましたけど！」

そんな会話をしながらジーニアを酒場まで送り、今日は早いながらも解散となった。

パーティを組んでからほとんど一緒に行動しているのだが、ジーニアが話を振ってくれるというのもあるが会話がほぼ途切れることがない。

毎回の如《ごと》く、こうして酒場まで送っているんだが、絶対に会話が途中なため別れるのが名残惜しくなるんだよな。

まぁ店前で雑談をするわけにもいかないし、諦めて帰りはするんだが。

後ろ髪を引かれつつも酒場を後にした俺は、一度宿へと戻った。

シャワーを浴びて体を綺麗にしてから、外に出かける準備をする。

今日はかなり早めに戻ってこられたため、一人でビオダスダールの街を巡るつもり。

これだけ大きな街であり、色々な店や施設があるのに全然回れていなかったからな。

オーガの討伐報酬として銀貨三枚も手に入ったし、食べ歩きでもしようかと考えている。

本当は目につく店を全て回り、珍しいものを見てみたい気持ちはあるが、銀貨三枚では少々心許《こころもと》ない。

食べ歩きぐらいしかできることがないが、街を見ながら食べ歩きするだけでも十分すぎるほど満足できるだろう。

俺は年甲斐《としがい》もなくワクワクしながら、ビオダスダールの街に繰り出したのだった。


「はぁー、ギルド長になったってのに全く楽できねぇな」

誰もいない静かな部屋の中で、疲れきった中年男性の声が響いた。

他の部屋と比べても広い部屋なのだが、書類の山が無数に積み上がっているせいで異様に狭く感じられる。

最高級の木材を使い、最高の職人が丹精込めて作ったであろう一級品の机も、大量の書類が積まれているせいで台無しとなっている。

ギルド長がいかに大変な業務かということは、この部屋を見れば一発で分かるだろう。

元A級冒険者であり、三十九歳の時に周囲から惜しまれながらも冒険者を引退。

そこからは一切のコネを使わずにギルド職員となり、元A級冒険者の経験を生かした手腕によって、ギルドの長にまで一気にのし上がった——冒険者ギルド・ギルド長ドウェイン・エイクロイド。

体力だけが自慢だったドウェインも、ギルド長の仕事量の多さには辟易《へきえき》とするほど。

老いというのもあるだろうがまだ四十九歳。

まだまだ老いたなんて言いたくない——そんなことを考えながら椅子にもたれ掛かっていると、

扉がノックされた。

扉がノックされる用件は基本的に嫌なことしかなく、ドウェインは表情を歪《ゆが》めた。

新たな仕事が舞い込んでくるか、何か大きなトラブルが起こったかのどちらか。

どちらも嫌なのだが、強いて言うなら前者の方がまだマシ。

「……………入っていいぞ」

「失礼します。こちら討伐依頼で納品された魔物の部位です。間違いがないか確認お願いします」

「はぁー。何度も言っているだろうが、こりゃギルド長の仕事じゃないだろ。誰か他に魔物に精通している職員はいないのか？　本気で過労死しちまうぞ」

「魔物の一部分だけを見て、どの魔物か判別できる人間がいないんです。元一流冒険者で働いてくれる人を探してはいるのですが……」

「まぁ元冒険者で真面目に働く奴なんかいねぇか」

「はい。元冒険者だったギルド長に言っていいのか分からないのですが、冒険者は変な人が多い上に雑な性格をしていますので」

「完全に同意だな。……ッチ。てことは、もうしばらく俺がこの仕事をしなきゃなんねぇのかよ」

「すいませんがよろしくお願い致します」

そもそもドウェイン自身が発案したことであるため、文句を言うことはできない。

ドウェインが冒険者ギルドに入る前は、碌《ろく》に討伐依頼の確認を行っていなかった。

討伐の報告を誤魔化《ごまか》す者が多かったのを知っていたため、ドウェインが討伐した魔物の耳を持ち帰るという案を発案したのだ。

その結果、冒険者たちは不正をすることができなくなり、ドウェインのギルド内での評価が急上昇したものの……魔物の耳を見て判別する作業がドウェインにしかできないせいで、ギルド長になった今でも仕事が回ってくるという現状。

何度か直接指導したことはあるのだが、耳だけを見て魔物の判別をするというのはかなり難しいらしい。

大きく息を吐いたドウェインは諦め、今日も討伐依頼の証拠である耳の確認作業を行った。

「魔物の耳ばっか見ていると頭がおかしくなりそうだ」

そんなことをボヤキながら、カゴいっぱいに入った耳を確認する作業を行っていると、明らかに魔物の耳ではない大きな麻袋があるのが見えた。

知らずに頭ごと持ってくる冒険者がたまにいるのだが、今回もそれだろうとすぐに察した。

「頭なら素人でも判別つくから、俺に持ってこずに弾《はじ》いてくれと何度も言っているんだがな。あとで呼び出して説教だな」

生首を見なくてはいけないことに億劫《おっくう》になりつつも、ドウェインは麻袋に入った頭の確認を行った。

中に入っていたのはオーガの生首。

大きさから大体の察しはついていたが、ドウェインはそのオーガの生首になぜか目を惹《ひ》かれた。

いつもなら本物と分かった瞬間に麻袋に戻し、処分に回すという手順を踏むのだが、今回ばかりは吟味するようにオーガの生首を見ている。

「………なんだこの生首」

ドウェインがまず違和感を覚えたのは、死んだことに気づいていないようなオーガの死に顔。

そしてひっくり返して首の部分を見てみると、時空ごと斬り裂いたかのようなその接断面に思わず息を呑《の》んだ。

長年冒険者をやってきて、引退後もこうして冒険者ギルドに勤めて数多《あまた》の冒険者と接してきたドウェインだが、こんな鳥肌の立つような切断面は見たことがなかった。

そもそも断面をまじまじと見ようとすら思わなかったが、このオーガの生首は一種の芸術のような感覚でいつまでも見ていられる。

ハッと気づいた頃には一時間くらいが経過していた。

頭の中がぐちゃぐちゃでまとまっていない中、ドウェインは先ほどのギルド職員を慌てて呼び出した。

「ちょっと来い！　話がある！」

鬼の形相で呼びに来たドウェインに恐怖した様子のギルド職員に、まずはオーガの生首を見せた。

「このオーガの首に見覚えはあるか？」

「あ、あー……す、すいません！　頭は持ってくるなってことですよね。交ざっていたのを知らずにギルド長に渡してしまいました」

「それもそうなんだが、今はどうでもいい！　それよりもこのオーガの頭に見覚えはあるのか？」

「……？　見覚えはないですね。新人の職員が受付した奴だと思います」

「その新人をすぐに呼んで来い！　このオーガの首を持ってきた冒険者を見つけたい！」

溜まっている仕事を全て投げ出し、とにかくこのオーガの首を取った冒険者を探す。

なんで探すのかはドウェイン自身も分かっていないが、強いて言うのであれば本能が探せと叫んだから。

無茶苦茶ではあったが、ドウェインが本気なのを察したギルド職員がその新人を呼びに行こうとした時——受付嬢がノックもなしに部屋に入ってきた。

「おい、今は忙し——」

「オーガの群れが近づいてきているとの目撃情報が入りました！　数は百匹近くで、その集団の中に見たこともないオーガが複数交じっているとのことです！」

オーガの首を取った冒険者を探そうとしたところに、オーガの群れの接近。

頭がこんがらがりそうになったが、ひとまず今やるべきことを冷静に挙げた。

溜まっている業務の消化、オーガの首を取った人間の捜索、接近しているオーガの群れの対応。

ドウェイン個人としての考えなら優先すべきはオーガの首を取った人間の捜索だが、ギルド長としては接近しているオーガの群れをなんとかしなければならない。

人生で一番モヤモヤとした気持ちを抱えつつ、ドウェインはオーガの群れの接近に対する対策を練ることを決めた。

第四章 オーガの群れ

翌日。

昨日は食べ歩きを行ったことでリフレッシュでき、機嫌良い状態でジーニアを迎えに行ったのだが……酒場の前でジーニアと話している人物を見て、俺のテンションは一気に下がった。

「おい、なんで今日もいるんだよ」

「今日は一つお願いがあって来たの！　──私をパーティに入れてほしい！　きっと役に立ってみせる！　それで役に立つ代わりに……私に指導をつけてほしい！」

酒場の前にいたのは黒装束の女。

今日は勝負を仕掛けにきたわけではないようだが、パーティに入れてくれという同じくらい突拍子もない要求をしに来たようだ。

役に立つと言っているが、ジーニアとの二人パーティでも別に困っていないからな。

「無茶苦茶な理由で襲ってきておいて、パーティに加えてくれは無理がある。困っていないしな」

「そこをなんとかお願い！　知らないだろうけど、私は様々な冒険者パーティから誘いをもらうほどの人間なんだ！　ここで断ったら絶対に後悔する……はず！」

「なら、他のパーティに加わればいいだろ？」

「むむむ……」。嫌だ、私はこのパーティに入ると決めたんだもん！　ねぇ、ジーニアからも説得してよ！」

「えっ、急に私に言われても困るよ……。このパーティはグレアムさんがリーダーだしさ。グレアムさんに断られたら、アオイちゃんは諦めるしかないと思う」

「ジーニアとは友達になれたと思ったのにっ！　もういい！　勝手についていく！」

「いやいや、勝手についてくるのは許されないだろ」

俺の言葉を完全に無視し、ジーニアの後ろに張りついたアオイと呼ばれていた黒装束の女。

恐らく俺が来るまでの間に、互いに名前で呼び合う関係になっていたことに少々驚きを隠せない。

「分かった。今日も勝負を引き受けるから、勝負がついたらどっか行ってくれ」

「勝負はもうしなくていい！　勝てないのはもう分かったから！」

「一体なんなんだ。じゃあ何をしたらどっか行ってくれるんだ？」

「だからパーティに入れてほしいんだって！　自分で言うのはアレだけど、私は使える人間だぞ？」

「いや、だからパーティメンバーは求めていない……。これはいない者として扱うべきか」

「それはそれで大変な感じがしますけど……」

これ以上時間を使っていられないし、アオイのことは無視して冒険者ギルドに向かうことにした。

さすがに無視し続けて依頼を行っていれば、どこかで離れるしかなくなるはず。

そんなことを考えながら冒険者ギルドにやってきたのだが……今日は冒険者の数が異様に多い。

朝のこの時間帯はいつも人がいないのだが、夕時と同じくらいの人がいる。

「人が多いな。問題があった時は人が減っていたし、これはたまたま人が多いだけなのか？」

「どうなんですかね？　行き来が激しいように見えますし、何か問題が起こっていそうな気がしますけど」

「ふっふっふ。これは間違いなく緊急依頼が出されていると思う！　この人の多さから考えると、かなり危険な依頼のにおいがぷんぷんする！」

急に会話に割り込んできたアオイ。

俺たちよりも冒険者歴は長いようで、色々と知っている風な感じを出している。

俺は無視をすると決めたため、質問したい気持ちをグッと我慢したのだが……。

無視するという行為ができないジーニアは、何事もないかのようにアオイと会話を始めた。

「緊急依頼というと、この間の【不忍神教団《しのばずしんきょうだん》】の依頼のような感じのかな？」

「そう！　ただ……【不忍神教団】も最近の依頼だし、こんなに連続して緊急依頼が出されるのは記憶にないんだけどね！」

「グレアムさん、どうしますか？　緊急依頼を見てみますか？　それとも、無視して普通の依頼を引き受けますか？」

「通常の依頼の内容を見て決めようか。そもそも俺たちがその緊急依頼を受けられるかも怪しいしな」

「緊急依頼はEランク以上の冒険者なら誰でも受けられるよ！　その名の通り、緊急を要する依頼だから選んでいられないってのがあるから！」

かなり癪《しゃく》ではあるが、アオイの情報は昨日までルーキー冒険者だった俺たちにとってはタメになるものばかり。

ついさっき無視しようと決めたばかりなのだが、既に心が揺らぎ始めているのが分かる。

「Eランク以上なら、私たちでも受けられますよ！　せっかくの緊急依頼ですし、引き受けてもいいんじゃないでしょうか？」

「いいね！　私も一緒に受けられるし、ジーニアの意見に賛成！　……ただ、緊急を要するということはそれだけ危険ってことでもある！　めちゃつよのおっさんは大丈夫だろうけど、ジーニアは危ないかもしれない！」

「おっさんじゃなくて俺はグレアムだ。仮に危険な依頼だったとしても、俺がジーニアを必ず守る。まぁ、まだ依頼を受けるかは決めていないが」

「はい！　私もグレアムさんがいけると判断した依頼なら、何の心配もなく受けられます！」

ジーニアは満面の笑みを浮かべて、そう言ってくれた。

全面的に信用してくれているのが分かるし、将来あるジーニアの人生を考えても、その期待だけは絶対に裏切らないようにしなくてはならない。

とりあえず依頼の内容を確認してから、慎重にその緊急依頼を受けるか決めるとしよう。

人で溢《あふ》れている冒険者ギルドの中を進み、大きな掲示板に貼り出されている依頼を確認した。

でかでかと緊急依頼と書かれており、その依頼内容はオーガの群れの討伐。

ここでいうオーガというのはレッサーオーガだろう。

レッサーオーガは昨日倒したばかりであり、あの弱いレッサーオーガが群れているとはいえ緊急依頼とされているのを見ると、頭がこんがらがりそうになる。

単体ではEランクに昇格するための低難易度の依頼だが、オーガの群れとなると扱いが変わるのか？

「オーガの群れの討伐と書かれていますね。昨日、グレアムさんが倒したオーガのことでしょうか？」

「どうなんだろうな。もしかしたらレッサーオーガの方じゃなくて、俺が平原で見つけたオーガの群れのことかもしれない」

「あっ、遠征して倒そうとしていたオーガですか？　ということは、そのオーガの群れがビオダスダールに近づいているってことですかね？」

「俺はその可能性が高いと思っている。正直、レッサーオーガには物足らなさを感じていたし、討伐対象があのオーガの群れなら受けてもいいと思っているんだが、ジーニアはどう思う？」

「いいね、受けよう！　さっきも言ったけど、緊急依頼なら私も一緒に受けられるしさ！」

ジーニアに話を振ったのだが、間から割り込んできたアオイがそう答えた。

数秒前までは乗り気だったのだが、この一言だけで一気に依頼を受けるのを遠慮したくなるな。

「グレアムさんがいいと思ったなら、私は大賛成ですよ！　グレアムさんが言っていた本当のオーガも気になっていましたし、遠征も厭《いと》わない覚悟でしたから受けていいと思います！」

「ならEランクに昇格して早々だが、緊急依頼を受けるとしようか。アオイがついてくる気満々なのが少し嫌だが」

「なんでよ！　一緒に依頼を受けようよ！　そこで私がいかに使えるかを証明する！」

「……本当に証明しなくていいんだけどな」

「やなこった！　私をパーティに入れてくれるまではついていくから！」

アオイは俺にべーと舌を出しながらそう言うと、一足先に緊急依頼を受けに行った。

俺たちも少し遅れていつものソフィーの下に向かい、緊急依頼を受ける手続きを済ませた。


「うー、大分止められてしまいましたね。結構不安になってきちゃいました」

「ソフィーは俺たちを心配してのことだろうからな。ルーキー冒険者から脱却してもまだ半人前。今回の依頼は難易度が高すぎるって言っていたな」

「推奨はCランク冒険者以上と言っていましたもんね。オーガと聞いてそうでもないのではと思っていましたが、群れとなると全くの別物なんでしょうかね」

「分からない。忠告を素直に聞いて、依頼を受けるのをやめるべきだったか？　依頼を受けると言った時のソフィーの悲しそうな表情が忘れられない」

「そんなに心配しなくても大丈夫だって！　私は本当に一流の冒険者だから！　私とグレアムがいればなんとかなる！」

オーガについては一切心配しておらず、ソフィーとの関係が悪くなる心配をしていたのだが、的外れなことを言ってきたアオイ。

ただ……アオイは本当に有名だったらしく、一緒にいただけでいつもの嘲笑《ちょうしょう》混じりの視線ではなく、羨望《せんぼう》の眼差しのようなものを感じた。

【不忍神教団】の分隊にあっさりと捕まっていたし、俺との軽い戦闘でも強さを一切感じなかったから嘘《うそ》だと思っていたんだけどな。

もしかしたら、ピンチの時にだけ使える凄《すご》い能力を隠し持っているのかもしれない。

「ちゃんと無事な姿で帰還して、帰ったらソフィーに謝るとしよう」

「そうですね！　グレアムさんと、アオイちゃん。よろしくお願いします！」

「任せておいて！　オーガくらいならささっと倒しちゃうから！　その代わり……オーガを倒せたら私をパーティに加えてね！」

「俺以上にオーガを倒せたら、もちろん即加入を認めるよ」

「やったー！　グレアムよりたくさん倒したら絶対に入れてもらうから！　ガンガン倒していくぞー！」

アオイとそんなこんなやり取りをしているうちに、あっという間に平原に辿《たど》り着いた。

パッと見た限りでは冒険者がかなりウロウロしているものの、昨日となんら変わりないようにしか見えない。

とりあえず気配を探ってみるとしよう。

……………よし、昨日見つけたオーガの反応を見つけた。

昨日、感知した位置からはかなり近い位置に反応を感じ取ることができた。

「オーガの反応を見つけたが、昨日よりも結構近づいてきているな」

「やっぱりグレアムさんが感じ取ったオーガが、今回の討伐対象っぽいですね！」

「ただ……別の反応も手前に感じている。昨日倒したレッサーオーガの集団がオーガの前を進んでいる状態だ」

「それじゃオーガの群れは二つあるということでしょうか？」

「二つというか、前後で分かれて動いているって感じだと思う」

本隊はあくまでも後ろにいるオーガであり、レッサーオーガはオーガの指示によって前を進まされているはず。

俺たちの先にはアオイ程度の冒険者しかいないいし、統率が取れているオーガの群れと交戦したら簡単に全滅する可能性が高いな。

「さっきから何を言っているの？　私にも分かるように説明してよ！」

「とにかく急いだほうがいいってことだ。この平原にいる冒険者全員、オーガに蹂躙《じゅうりん》される可能性が高い」

「オーガに蹂躙される？　それは絶対にありえないって！　オーガなんてCランク冒険者なら簡単に倒せるし、群れだと戦うのは面倒だろうけど蹂躙されることはないよ！」

「どう思っても構わないが、俺とジーニアは先を急ぐ。無駄に人を死なせたくないからな」

「アオイちゃん、ごめんね！　そういうことだから私たちはちょっと急ぐ」

「本当にそのオーガが強いんだとしても、Eランク冒険者が向かったところでどうしようもないじゃん！　…………はぁー、仕方がないなぁ。私もついていってあげるよ！」

俺とジーニアは進む速度を上げ、あり得ないとケチをつけてきたアオイもなんだかんだついてきた。

常に気配を探って様子を窺《うかが》っていたのだが、つい先ほど前を進んでいる冒険者とレッサーオーガの群れの交戦が始まった。

俺たちはまだ十キロほど離れており、後続を進んでいるオーガの本隊は間もなく合流してしまう。

本気で飛ばせばまだ間に合うかもしれないが、俺の本気の速度にはジーニアがついてこられない。

人が死ぬのは避けたいが、俺にとってはジーニアを置いていくという選択肢は取りたくない……というよりも取れない。

抱っこさせてくれるならいいのだが、さすがに二回りも年下の女性に抱っこさせてくれとは言いづらい——が、それで人の命を助けられるなら頼むしかないな。

「……グレアムさん、大丈夫ですか？」

「ああ、大丈夫だ。実は俺たちの前にいる冒険者とレッサーオーガの群れが交戦を始めた」

「えー、もう始まっちゃったの！　うー、早く行きたい！」

「それなら一つ提案があるんだが聞いてもらってもいいか？　…………俺に抱っことおんぶをさせて向かわせてくれ」

俺の提案に対し、ジーニアとアオイは立ち止まって首を傾《かし》げた。

完全に変人を見るような表情であり、俺も一気に恥ずかしくなってくる。

「えっ？　だ、抱っこってどういうことですか？」

「そのままの意味だ。俺が二人を抱っことおんぶして走って前の冒険者に追いつく。というか、そうしないと前の冒険者たちが全滅する」

「前の冒険者たちが全滅ー？　さすがにありえ……ないよね？　私を怖がらせるためってことなら、本当にいらないいから！」

「こんな嘘をつくはずがない。いいから答えてくれ。時間がない。嫌なら悪いが二人はここで引き返してくれ」

「……分かりました！　抱っこしてください！」

ジーニアが両手を俺に向かって差し出してきたため、一呼吸置いてから片腕でひょいと持ち上げる。

あまりにも軽さにびっくりしたが、なんとか声は出さずに済んだ。

「アオイちゃん！　早くグレアムさんにおんぶしてもらって！」

「おんぶは別にいいんだけど、グレアムの言っていることが本当なら……」

「グレアムさんがいれば大丈夫だよ！　ここで待つより、グレアムさんの後ろの方が安全だから！」

傍《はた》から聞いている分にはかなり無茶苦茶な説得に聞こえたが、俺がゴーレムを倒したことや軽くではあるが実際に手合わせしたこともあり、その説得が響いたらしい。

アオイは小さく頷《うなず》くと、俺の背中に飛びついてきた。

「おいっ、苦しいから首に腕を回すな。肩を掴《つか》んでくれ。……もう怖くはなくなったのか？」

「ジーニアが言うようにグレアムが強いなら、その後ろが一番安全！　グレアムが弱いなら前の冒険者が全滅するって話は嘘！　そう自分の中で割り切った！」

「そうか。ただ……ついてくると決めたなら、焦って無暗《むやみ》に飛び出すのだけはやめてくれ。さすがに敵に特攻したら守れないからな」

「アオイちゃん！　グレアムさんの指示にだけ従っていたら大丈夫です！　本当に指示が的確で、私よりも私の体を動かすのが上手《うま》いんですから！」

さっきから俺を持ち上げてくれるのは嬉《うれ》しいが、ここまで手放しで褒められると恥ずかしくなってくる。

俺は二人を振り落とさないように気をつけながら、交戦している前の冒険者たちに追いつくために全力で走りだした。

全力で走ること約十分。

久しぶりに本気を出した気がするが、そのお陰でなんとか前にいる冒険者たちが死ぬ前に、レッサーオーガの群れを視界に捉えることができた。

そしてその群れのすぐ後ろからは、昨日も感じ取っていたオーガの群れの反応も感じ取れている。

数は二つの群れを合わせて八十体程度。

「なんとか後方にいるオーガが合流する前に、冒険者たちに追いつくことができた」

「……は、はひゃすぎ！　し、死ぬかと思ったでしょ!!」

背中に乗っているアオイが俺の頭をポカポカと叩《たた》いてきたが、正直、今は構っている時間がない。

まずは腕で抱えていたジーニアを下ろし、その後に背中にしがみついていたアオイも下ろす。

「ジーニアは大丈夫だったか？」

「は、はい。私は大丈夫れす！」

少し目を回しているようだが、ジーニアは自分の足で立つと剣を構えた。

あのレッサーオーガの群れを見てもやる気ということは、オーガが来るまではジーニアに戦わせるのもいいかもしれない。

とりあえず――前にいる冒険者たちにここから離れてもらわなくてはな。

オーガがいる後方の本隊が合流したら、一瞬で殺されてしまうし庇《かば》いながら戦うのは避けたい。

「おい！　聞こえるか！　冒険者たちはすぐに引き返してくれ！　後ろからオーガの群れがやってくる！」

俺は声を張り上げて忠告したのだが、誰一人として忠告には耳を貸さず、レッサーオーガの群れとやり合っている。

冒険者は合計で十二人。

恐らく四人パーティが三組いるんだろうが、対するレッサーオーガは四十体以上。

四体だけ倒すことができているようだが、交戦を始めて十分以上が経過しているのに四体しか倒せていない程度の冒険者は本気でお荷物となる。

誰一人として殺させないために退《ど》いてほしいのだが、俺の声は無視されているんだよな。

「これが最後の忠告だ！　これ以上残るなら命の保証はできないぞ！」

そこまで発したことで、ようやく一人の男が俺の方を振り返ってくれた。

俺の顔を見るなり口を大きく開けて驚き、その後すぐに全員に聞こえるように大声を上げた。

「おい！　例の片腕のおっさんルーキーだぞ！　……ん、ぷっ、あーはっはっ！　ルーキー冒険者が俺たちに忠告だとよ！　舐《な》められたもんだな！」

「あんまり構うな。最近Eランクに上がったみたいだし、調子に乗ってしまっている時期なんだろ。それよりもオーガの数が多いから集中しろ」

「ちょ、調子に乗っている時期！　うっ、……かーはっはっ！　腹がいてぇ！　おっさんなのに調子に乗っている時期って遅すぎでしょ！　笑って戦闘にならないからマジで帰ってくれって」

馬鹿にするように笑いだしたヒーラーの冒険者。

本当に帰ってやろうかと思ったが、馬鹿にされたぐらいで見捨てるのはさすがにだな。

「む、むきー！　なんなんですか！　あのアホ面《づら》のヒーラーは！　オーガじゃなくて私がぶっ飛ばしてやりますよ！」

「ジーニア、落ち着け。後方のオーガがもう見えてくる。余程《よほど》の馬鹿じゃない限りは、そのオーガの強さが分かればすぐに思い知る」

本当ならオーガの本隊が合流する前に逃げてもらいたかったのだが、危険が迫っていると分かっていないないなら仕方がない。

多少の失礼には目を瞑《つむ》り、俺はオーガの本隊が見えるまで少し待った。

最初に変化を見せたのは、冒険者たちと戦っていたレッサーオーガの群れ。

急に戦うことをやめると、一方的に攻撃を受けながらも無理やり前進するように一気に押し上げてきた。

そんな変な行動を取り出したレッサーオーガにチャンスとばかりに攻撃した冒険者たちだったが、薄っすらとだが奥から見えたオーガの本隊が視界に入った様子。

一目見ただけで、今まで戦ってきた魔物とは別種の怪物ということが分かる。

デカいだけでだらしない体型をしたレッサーオーガと対照的に、筋骨隆々の鍛え抜かれた肉体。体もレッサーオーガの一・五倍は大きく、手に持たれた鋼《はがね》のこん棒には様々な生物の肉片が付着しているのも分かる。

そんな後方のオーガの群れは基本的にレッドオーガで構成されていて、一番奥にはフレイムオーガの姿も確認できた。

「な、なんだ、この危険なにおいしかしない魔物は……!?」

「逃げ、逃げるしかない。で、でも、に、逃げられるのか？」

姿が見えてからあからさまに恐怖の感情を見せた冒険者たち。

実力差が分かっている分、無駄に突っ込んでいかないだけまだマシなのは間違いない。

「だから逃げろと言っただろ。あれが本来のオーガだ。俺たちの前にいる魔物はオーガと呼ぶのもおこがましいレッサーオーガだ」

「あれがオーガ……？　あんな化け物……み、見たことも聞いたこともないぞ!!」

「いいから逃げてくれ。戦いの邪魔になる」

「に、逃げろっていっても、後ろのオーガが邪魔して……」

振り返ってみると、冒険者たちの攻撃を気にすることなく無理やり前進して追い越していったオーガが、今度は反対を向き直しており、通せんぼうする形で構えていた。

レッサーオーガが足止めをし、その後ろからオーガの本隊が蹴散らす。

これがこのオーガの群れの必勝スタイルなのだろう。

レッサーオーガも俺が倒してもいいのだが、強敵と戦える貴重な機会でもあるしジーニアに戦ってもらいたい。

オーガの本隊が来るまでは、あと数分の猶予があるからな。

「ジーニアとアオイ。二人にはレッサーオーガを片付けてもらいたいんだが……無理そうか？」

振り返ってみるとアオイの膝は完全に笑っており、今にも腰を抜かしそうなほど震えていた。

他の冒険者も同じような状態になっており、腰が抜けて動けない冒険者も多数いる。

「ぐ、ぐれあむ！　ほ、本当にあの魔物と戦う気なのか？　ゴーレムを倒したのは見たが、命が惜しいなら絶対にやめておいたほうがいい！　さ、三人で、い、一緒に逃げよう！」

一人で逃げださず、三人で逃げようと提案したことは評価が上がる。

ただ、元々あのオーガを倒すつもりで昨日の依頼も引き受けたわけで、アオイには悪いがここで逃げるという選択はしない。

「大丈夫だ。レッサーオーガの群れはもちろん、迫ってきているオーガの群れよりも俺の方が……低く見積もって百倍くらいは強い。だから、ここにいる全員決して動かないでくれ」

「ふふ、アオイちゃん安心して大丈夫ですよ！　グレアムさんなら絶対に勝てますから！　ということで、私はレッサーオーガと戦います！　指示は出してもらえますよね？」

「よかった。ジーニアは戦ってくれるか。……今回は一から十まで全て指示を飛ばす。くれぐれも戦っている時の感覚を忘れないでくれ」

「はい！　指示をお願いします！」

動けないアオイや冒険者たちにはその場で待機していてもらい、俺はジーニアと共に後方に構えたレッサーオーガの元へと向かう。

先頭をジーニアに行かせて、俺は真後ろでいつも以上に正確な指示を飛ばすことに集中する。

「今回は何も考えなくていいから、俺の言葉だけに耳を傾けてくれ」

「分かりました！　私の操縦はグレアムさんに任せますね！」

俺を全面的に信頼してくれていないとできないことだが、さっきのやり取りで俺のことを信用してくれていると分かった。

これまでは一から十まで指示を出すのはよくないと思い、ある程度はジーニアの考えで動いてもらってきたが、一度くらいは最適な動きというものがどういったものなのかを体験してもらったほうがいい。

そのための最高のシチュエーションであるレッサーオーガの群れには、ジーニアの練習台となってもらう。

危ない時は魔法で助けられる準備だけは整え――俺はジーニアへの指示を開始した。

「体勢を低くして、正面のレッサーオーガに向かって突っ込め。そして俺の合図と共にバックステップを踏んでから、即座に右斜め前に滑り込む形で背後を取るんだ。三……二……一、今だ！」

正面のレッサーオーガが木のこん棒を振り下ろすタイミングに合わせてバックステップで回避させ、間を空けることなく背後を取らせる。

普段のジーニアなら回避した後に一息入れてしまうが、敵が攻撃した後は隙《すき》が生まれやすい。

流れるようなジーニアの動きについてこられず、完全に背後を取られたレッサーオーガ。

ここまで完璧に真後ろを突いてしまえば、もう何も怖いものはない。

「心臓目掛けて剣を突き立てろ」

ジーニアは俺の指示に即座に反応し、背中から剣を突き立ててオーガの心臓を捉えた。

ここで心臓を刺すことができなかったとしても、殺せていた体《てい》で俺が魔法でトドメを刺そうと思っていたのだが、やはり目が良いだけあって完璧に心臓を突き立てることができている。

一体目のレッサーオーガはあっさりと地面に倒れたが、すぐに左右にいた二体のレッサーオーガが詰め寄ってきていた。

これは——上手いこと二体の攻撃を利用できそうだな。

「ジーニア、すぐに集中。剣を抜いてすぐに攻撃に備えろ。俺の合図で後ろに二歩、右に三歩の位置に移動してから屈《かが》んでくれ。その位置に立ったら回避行動は取らなくていい。——いくぞ。……三……二……一。今だ」

二体のレッサーオーガが息を合わせたかのようにこん棒を振り上げたタイミングで、指定した位置にジーニアを移動させる。

立ち止まっていた標的が微妙に移動したことで、レッサーオーガも微妙に攻撃の向きを変えた。

攻撃を止めるほどの移動をしたわけでもないし、もう既にこん棒は振り下ろされている。

移動したジーニアに向かって二体のレッサーオーガは狙いを定め直し、思い切り振り下ろされたこん棒は――互いに打ちつけ合うようにレッサーオーガ同士にぶつかった。

まさに自爆といえる光景。

これを狙ったわけだが、ここまで上手くいくと滑稽すぎて面白い。

「す、凄い。必死になって避《よ》けなくても攻撃を躱《かわ》せる上、ダメージも与えられるなんて……！」

「集中を切らすな。まだ死んでいないぞ」

気を緩めたジーニアに声をかけてから、自爆した二体のレッサーオーガのトドメを刺させる。

これで三体のレッサーオーガを一瞬で倒すことに成功したが、まだまだ数が残っている。

今の調子でジーニアに指示を飛ばし、オーガの本隊が近づいてくるギリギリまで戦ってもらうとしよう。

「あ、あの女の子が、ひ、一人で倒しきったぞ！　おい、マジかよ！」

「あ、ありがとう。俺の救世主様だ！」

ジーニアに対する賞賛の声で沸き立っているが、当のジーニアは両膝を地面につけて脱力した状態で、大量の汗でびしょ濡《ぬ》れになっている。

ヘトヘトの状態ながらも周囲にいた大量のレッサーオーガを全て一人で殺しており、これ以上ない戦果を上げてくれた。

「……はぁー……はぁー。……ぐ、グレアムさん、あ、後はよろしくお願いします」

「ジーニア、よく頑張ったな。後は俺がやるから、そこで座っていてくれ」

ジーニアがレッサーオーガを倒しきったところで、ここでようやくフレイムオーガ率いるレッドオーガたちが目の前までやってきた。

大量のレッサーオーガの死体を見ても、何も気にしていないどころか嗤《わら》っているような姿を見る限り、フレイムオーガたちにとってレッサーオーガはどうでもいい存在だったことが分かる。

実際にレッサーオーガとオーガとでは、別種の魔物と言っていいほどの差があるため、同種という認識はゼロなのだろう。

まぁ俺にとっても、オーガたちの認識はどうでもいい。

「も、もう……め、目の前」

「ば、化け物！　く、来るな！」

「落ち着いてくれ。静かにしていたらすぐに終わる」

悲鳴を上げる冒険者たちを黙らせ、俺は震えが収まりかけているアオイに疲労困憊《ひろうこんぱい》のジーニアを託してから、戦闘準備を整える。

軽くジャンプをしながら首や肩を回し、準備運動を行う。

……体の調子はいいな。それに久しぶりに暴れることができそうな相手であり、非常に楽しみで仕方がない。

ただ、鬼人族とやらもいるのではと期待していたのだが、鬼人族の姿はないことが少しだけ残念。

まぁフレイムオーガがいてくれただけで十分だし、早速斬り殺していくとしよう。

刀の柄《つか》に手をかけ、斬り殺し始めようとしたそのタイミングで……急に別の案が浮かんだ。

——今日は魔法で倒していくか？

最近は片腕となってしまったこともあり、片腕での動きを試すためにずっと刀を使って魔物を倒してきたからな。

魔法の感覚を忘れないようにするという意味でも、今回は魔法を使って殲滅《せんめつ》してもよさそうだ。

さて、何の魔法で倒すかだが……得意な火属性魔法でいいか。

レッドオーガもフレイムオーガも火属性に耐性を持っているのだが、まぁフレイムオーガ程度の耐性じゃ関係ない。

久しぶりの魔法だし、相手に合わせずに得意な魔法を使いたいっていうのもある。

使う魔法も決めた俺は、早速人差し指を立てて魔力を集めてから炎を灯《とも》した。

——うん。今日は魔法の調子も良さそうだな。

この人差し指に炎を灯す行為はいつものルーティンであり、炎の発色が良いと大抵調子が良い。

今日は明るく灯っているため、魔力の調子がかなり良いと思う。

そのまま指先を先頭を歩いているレッドオーガに向け、灯した炎を撃ち込んだ。

撃ち込んだといっても弾丸のように速いわけではなく、ふわふわと綿毛のように飛んでいった綺麗な火の玉のような炎。

レッドオーガも簡単に避けることができただろうが、自分に火の耐性があることを知っているからか避けずに体に受け止めた。

俺の撃った炎はレッドオーガの左太腿《ふともも》に着弾し、淡く燃え始めた。

それでもレッドオーガの表情は変わらず笑ったままであり、一歩、また一歩と俺に向かって近づいてきたのだが——三歩目で早くも異変に気づいたのか急に立ち止まった。

太腿の炎はゆっくりであるが燃え広がっており、レッドオーガは今まで感じたことのない〝熱い〟という感情を生まれて初めて感じ取ったのだろう。

慌てて太腿の炎を消すように手で叩いたのだが、これが大きな間違い。

太腿の炎は叩いた手にも燃え移り、あっという間にレッドオーガの左足と左腕が真っ赤に燃え上がった。

あまりの熱さに耐えきれず、地面をのたうち回っているが炎は一向に消えることはない。

それもそのはずで、俺がレッドオーガに撃った炎は【浄火】という名前の魔法。

かつて必死に覚えた魔法で、魔物にのみ流れる魔素に反応して燃える炎であり、一度着火したら死ぬまで消えることのない火属性魔法。

発射速度が遅いというのと、膨大な魔力を練り込まないといけないというデメリットがあるものの、魔物以外のものは燃えないというメリットがあるため重宝していた。

すぐにこの魔法の特性に気づき、左脚を切り落としていればレッドオーガも助かったのだが、全身に燃え移ってしまったらもう遅い。

暴れ回ったことで近くにいた五匹のレッドオーガも巻き添えにしながら、あっという間に五匹のレッドオーガは丸焦げとなった。

「お前、王立の魔法学校に行っていたんだろ!?　ルーキーのおっさんが……か、怪物を燃やした今の魔法は何の魔法なんだ？」

「い、今のが魔法……？　あんなもの……み、見たこともない！」

興奮している様子の冒険者に対し、口の前に人差し指を立てて静かにするようにジェスチャーを行う。

大声で会話をしていた二人の冒険者は自分の両手で口を塞《ふさ》ぎ、何度も首を縦に振ってくれたため——これでオーガ討伐に集中することができる。

さて、四十体のオーガ対俺一人という構図だったこともあり、ここまで余裕そうな表情しか浮かべていなかったレッドオーガとフレイムオーガの方だが……。

理解できない魔法によってあっさりと五匹のレッドオーガが殺されたことで、いつの間にか真剣な表情へと変わった。

ここからは本気でかかってくるってことなんだろう。——が、もう遅い。

レッドオーガがのたうち回っているのを見ている隙に、俺は魔力を周囲に張り巡らせてオーガたちの包囲を完了させていた。

こうなってしまったら、【浄火】の唯一の弱点である速度が遅いということも弱点でなくなり、一方的に俺が魔法で攻撃するだけとなる。

「まずはそうだな……【浄火・狛犬《こまいぬ》】からいこう」

俺の呟《つぶや》きに反応したかのように、突如として六匹の犬の形をした炎が現れた。

地面を這《は》うように駆け回ってレッドオーガに詰め寄ると、鋼のこん棒による攻撃を楽々躱しながら次々に噛みついていく。

そして噛みつかれたオーガは一瞬にして燃え上がり、これまた消えない炎なのであっという間に焼死していった。

今の六匹の犬の操作は全て俺が行っているのだが、やはり魔法には腕の有無は関係なく、両腕あった時と変わらない操縦ができていたと思う。

オーガの反応が鈍かったっていうのもあるだろうが、今のところ魔法は片腕だろうが両腕だろうが一緒だな。

「それじゃ次は……【浄火・鸞鳥《らんちょう》】」

次に現れたのは炎で作られた大きな鳥。

太陽と被《かぶ》るように飛翔《ひしょう》してから大きな翼を広げ、固まって逃げているレッドオーガに向かって突っ込ませる。

今度は十四ほど巻き込んで全てを火だるまとし、次々にレッドオーガの焼死体が出来上がっていく。

魔力で包囲した段階でこうなることは分かっていたが、あまりにも一方的すぎて戦闘という感じはしないな。

ただ、疲れきっているジーニアが膝をついていることを考えると、手加減して戦う余裕もないのが現実。

一気に仕留めよう。そう思い立ち、最後に大技を放とうとしたのだが……。

このオーガの群れのボスであろうフレイムオーガは、これ以上逃げても無駄だと判断したようで、術者である俺に狙いを絞って攻撃を仕掛けてきた。

様々なスキルを発動させ、本気で一刻も速く俺を仕留めようと動いている。

本当はフレイムオーガを最後に殺すつもりだったのだが、こうなってしまったら先に殺さざるを得ない。

包囲していた魔力ではなく、俺自身に纏《まと》わせていた魔力を使って魔法を発動させる。

「【浄火・赤赫《せきかく》】」

フレイムオーガに向かって触手のように伸びていく無数の炎。

なんとか回避しようと必死に掻《か》い潜《くぐ》ろうとしているが、まずは足首に巻きつき、太腿、手、腕と俺が放った炎に捕まっていった。

それでも必死に足を運んで俺に攻撃しようと進んできていたのだが……とうとう全身に触手のような炎が巻き付き、フレイムオーガは絶叫と共に大炎上した。

少々気合い入れすぎてしまったようで、フレイムオーガは死体すらも残らないほどの消し炭となっている。

そんなフレイムオーガの最期を後ろで見ていたレッドオーガたちは、こん棒を投げ捨てて散り散りに逃げだしてしまった。

大技でまとめて燃やしたかったところだが、こうなってしまったら犬を使って追走するしかなさそうだ。

さっき使った魔法ではあるが、俺は仕方なしに【浄火・狛犬《こまいぬ》】を使ってレッドオーガの背を追いかけ、一匹残らず燃やしきった。

先ほどまで騒がしかった平原は嘘のように静かになり、ジーニアが斬ったレッサーオーガの死体と俺が燃やしたオーガの死体だけが残った。

無事に全てのオーガを倒しきったが……冷静になって考えると、魔法を使って燃やしたのはまずかったか？

全て黒焦げにしてしまったし、このレッドオーガの死体を見てもレッサーオーガとの違いが分からないだろう。

更にフレイムオーガに関しては、跡形も残らないほど燃やしきってしまったしな。

俺が楽しかったのはよかったが、久しぶりに魔法を使ったということもあり、少しだけやりすぎてしまったことを反省しなければならない。

そんな感想を抱いていると、後ろで俺の戦闘を見ていた冒険者たちの歓声が上がった。

「うおおおお!!　あの化け物の群れ相手を一瞬で蹴散らした！」

「すげえええええ！　あんなの初めて見たぞ!!」

「い、今の光景……ゆ、夢じゃないよな？」

「夢なわけあるか！　これだけ大勢で見ていたんだから！」

「なぁ、本当に冒険者になりたてのルーキーのおっさんなのか？　英雄譚《たん》から出てきた英雄だろ

!?」

「英雄だろ！　絶対にえいゆ…………って、それより、お、お前ヤバいぞ。さ、さっき馬鹿にしていただろ？」

「あっ、いや……だ、だって……ルーキーのおっさんだと思っていたから……。お、お前だって、調子に乗っている時期とか言っていただろ！」

「人のせいにするな。お前、土下座して謝ってきたほうがいいぞ」

「も、もちろん謝るけど……怒ってないかな。いや、助けに来てくれたのにあんな態度を取ったんだから怒っているよな」

ボルテージが最高潮まで上がった後、俺に失礼なことをしたことに気づいて徐々に熱が冷めていく冒険者たち。今は冷え冷えとなっている。

このまま帰ってやろうかとは一瞬思ったが、今は何とも思っていないということを伝えてあげるとするか。

俺は狼狽《うろた》えている冒険者たちに近づき、声をかけた。

「別に怒っていないぞ。だから気にしないでいい」

「──あっ、き、聞こえていたんですね！　あ、あの……本当にすいませんでした！　そして助けていただきありがとうございます！」

「謝罪も礼もいらない。俺は依頼を受けて、それを達成しただけだからな」

「強い上に優しいなんて……本当にありがとうございます！　この御恩はいつか必ずお返しします

ので！」

「何度も言うが礼は本当にいらない。ただどうしても返したいというなら、俺ではなく他の困っている人を俺の代わりに助けてやってくれ」

「「「…………おおー!!」」」

会話を聞いていた冒険者たちから、感心するような声が一斉に上がった。

俺を馬鹿にしていたヒーラーの男の目はキラキラと輝いており、まるで本当に英雄を見るような表情。

俺の言葉ではなく、おばあさんにかけてもらった言葉をそのまま伝えたのだが……妙にこっ恥《ぱ》ずかしくなってきた。

「――んんっ、それよりも帰りは送らなくても大丈夫か？　怪我《けが》とかしているなら街まで送るが」

「全員無傷ですので大丈夫です！　本当にありがとうございました！　え、えーっと、今更ですがお名前は何て言うんでしょうか？」

「グレアムだ」

「グレアムさんですね！　グレアムさんの先ほどの言葉、心に刻ませていただきます！　誰かのためになれるように生きますので！」

「……あ、ああ。それじゃ俺は先に帰らせてもらう」

キラキラと輝くような視線を浴びながら、俺は背中がこそばゆくなりながらジーニアとアオイの元へと向かう。

助けた冒険者たちの視線は気になるが、今はジーニアの確認の方が優先順位が高い。

大丈夫だとは思うが、体力ギリギリまで戦ってくれたからな。

俺の指示に従わなくてはいけないという状況も相俟《あいま》って、神経も大分擦《す》り減っただろうし、労《いたわ》ってあげないといけない。

「ジーニア、大丈夫か？」

「…………………」

目は完全に合っているのだが、一向に返事をしないジーニア。

筋肉系のダメージを負ったのかと心配になったが——。

「……あっ、すいません。後ろで休ませてもらったので私は大丈夫です！　それよりも——凄すぎました!!　あ、あれって全部グレアムさんがやったんですよね!?　あちらこちらから、芸術的な火の怪物がオーガたちを殺していったのを見て、もう放心状態になってしまいましたよ！」

元気だったのはよかったが……久しぶりにおかしなテンションのジーニアだ。

目がギンギンになっており、違う意味で心配になってくる。

「魔法で倒しただけだ。今までは刀を使っていたが、魔法の方も使わないと鈍《なま》ってしまうからな」

「なんでそんなに平然としていられるんですか!?　普通、魔法といったら火の玉を飛ばしたり、形を変えるにしてもせいぜい矢の形ぐらいじゃないですか!?」

「ですか？　と聞かれても、俺にとってはあれが普通だったからよく分からない」

魔法の練習が嫌いだったということもあり、姿形を変えることで気を紛らわせていたっていうのもあるが、そこまで珍しいことなのか？

矢の形に変えられるのであれば、犬の形にだって変えられるだろうし、これもジーニアがものを知らないだけだと俺は思っている。

「グレアムさんはいつも冷めていてギャップを感じてしまうんですが、今日はアオイちゃんがいますから！　冒険者歴がそこそこ長いと言っていたアオイちゃんにも話を聞きましょうよ！」

ジーニアからそう話を振られたのだが、膝立ちの状態のまま固まっているアオイ。

「おいアオイ、大丈夫か？」

近づき、声をかけたことでようやく体をピクリと動かした。

とりあえず気絶していたとかではなかったようで一安心。

「……さっきのは何？　一体何をしていたの？」

「さっきのっていうとオーガとの戦闘のことか？　ジーニアにも言ったが、普通に魔法で焼き払っただけだが」

「ふ、普通に魔法で焼き払っただけ？　まるでこの世の終わりを見ている気分だった。でも、ここにグレアムが立っているってことは、やっぱりあの炎はグレアムが使った魔法ってことなの？」

「ああ。さっきからそう言っているだろ」

「私を簡単にいなすことができる武術の達人かと思えば、ゴーレムを斬り殺す剣術の達人でもあり、見たこともないオーガを一方的に魔法で焼き殺した魔術の達人でもある。……グレアムは一体何者なの？」

若干、心配になるほど虚《うつ》ろな目でそう尋ねてきたアオイ。

ジーニアもテンションがおかしくなっていたが、アオイの方が心配になるほど変な状態になっている気がする。

「何者かと聞かれても、つい最近までルーキーだった冒険者としか言いようがない」

「………なるほど。答える気はないってことね。――もう決めた！　私は絶対にグレアムのパーティに入る！　駄目と言われても何が何でもパーティに加入する！」

見たことのないようなテンションの落ち方をしていたため少し怖かったが、一度俯《うつむ》いてから顔を上げた時にはいつものアオイのテンションに戻った。

パーティに加入するって言ってくるのは面倒くさいが、さっきまでの思いつめたような感じよりかは大分マシか。

「パーティの加入は認めないが、元気になったみたいでよかった。戦闘に参加しなかったんだから、オーガの死体の剥《は》ぎ取り作業は手伝ってもらうぞ」

「分かった！　耳を切っていけばいいんだよね？　私はオーガの焼死体が見たいから、あっちのから剥ぎ取る！」

「あっ、アオイちゃんずるいですよ！　私もそっちのオーガを近くで見たいです！」

駆けだしたアオイの後を追い、ジーニアも俺が殺したレッドオーガの死体の剥ぎ取りに向かった。

俺はジーニアが斬り殺したレッサーオーガの死体の剥ぎ取りを行うとするか。

冒険者たちの羨望の眼差しを受けながら、俺はレッサーオーガの耳を剥ぎ取って回った。

その後、無事にビオダスダールの街まで戻ってきた俺たちは、緊急依頼達成の報告のため冒険者ギルドにやってきた。

未《いま》だに冒険者ギルドは賑《にぎ》わっており、依頼を早めに片付けたこともあって、平原に向かおうとしている冒険者もちらほらと見えている。

「まだ依頼は出ているみたいですね。多くの冒険者がやってきてますよ」

「ここまでの道中でも、平原に向かっているたくさんの冒険者とすれ違ったしな」

ちなみにもうオーガがいないことをすれ違った冒険者に伝えたのだが、誰一人として信じてもらえなかった。

片腕のおっさんという特徴があるせいで、俺がルーキー冒険者だということが広まって、嘘を言っていると思われたのだ。

態度を改めてくれたがオーガとの戦闘前はヒーラーの男にも馬鹿にされていたし、俺の扱いはそんな程度。

俺としては特に困ることはないため、冒険者たちが今から向かったとしても構わないんだがな。

「そりゃこんな短時間で依頼が達成されたと思わないもん！　ゴーレムを倒したところをこの目で見た私でも、オーガの群れをものの数分で全滅させたって言われても信じなかったと思う！」

「あの戦闘を見られなかった人は本当に可哀想《かわいそう》です！　語り継がれている英雄譚から出てきたみたいな、本当に圧倒的な戦闘でした！　それと……ふふ、グレアムさんを馬鹿にしていた冒険者が歓声を上げたところは気持ち良かったです」

「戦闘中は本当にかっこよかった！　こうしてみると、本当に冴《さ》えないおっさんなのになぁ……」

「ジーニアは言いすぎだし、冴えないおっさんで悪かったな」

俺の顔をまじまじと見て、心の底からガッカリとしたような声を漏らしたアオイ。

自分でも冴えない顔をしていることは分かっている。

村にいた頃から、女性からモテた試しがないからな。

老人や子供からは好かれるのでよく声をかけられていたが、大抵は男の友人と酒を飲むことしかしていなかった気がする。

そんな会話をしている間に、依頼達成報告の受付の順番が回ってきた。

今朝のこともあったし、いつものソフィーに謝罪をしつつ報告をしたかったが、依頼の達成報告はこっちのみなんだよな。

「いらっしゃいませ。依頼報告ですね。納品がありましたら出してください」

「緊急依頼の達成報告に来た。この袋に討伐した証《あかし》が入っている」

「……緊急依頼のですか？　冒険者カードを見せてください」

俺の言葉を受け、道中でオーガの全滅を告げた冒険者たちと同じような表情を見せたギルド職員。

完全に信用していないようだが、まだEランクだし信用度が低いのは仕方がない部分ではある。

「Eランク冒険者。疑っているわけではないのですが、本当に討伐したのでしょうか？」

「本当に討伐していたぞ！　嘘じゃないことを私が証言する！」

冒険者カードを見せながら、俺とギルド職員の会話に割って入ったアオイ。

その冒険者カードは俺たちのただの白いカードとは違って、銀色に光り輝いている。

「あ、アオイさんですか！　アオイさんが言うのであれば間違いないですね。討伐証明の袋を頂いてよろしいですか？」

「もちろん。ここにオーガの耳が入っている」

俺はレッサーオーガの耳が入った袋を、アオイはレッドオーガの耳が入った袋を手渡した。

一応分けてみたものの、全身焼き焦がしてしまったせいで、耳だけでレッドオーガだと判別するのは不可能だと思っている。

フレイムオーガに関しては、文字通り消し炭にしてしまったしな。

今更、刀で斬り殺していれば報酬がもっともらえたのではと後悔しているが……悔やんだところでどうしようない。

切り替えて、認定されたぶんだけ報酬をもらうとしよう。

「確かにオーガの討伐証明は頂きました。こちらが今回の報酬となります」

「ありがとう」

明らかに膨れ上がっている麻袋を手渡され、俺はスカしながらお礼を言ったものの、顔はだらしなくニヤけていると思う。

手にズシリと感じる重さからして、いつもの報酬額とは桁が違うのだ。

「こちらの袋の確認が終わり次第、追加で報酬をお渡ししますので、また明日受け取ってください」

「えっ!?　まだ報酬をもらえるのか!?」

「え、ええ。緊急依頼は貢献度に応じて報酬が支払われますので」

「そうだったのか……。分かった。ありがとう」

これだけで終わりではなく、まだ追加で報酬がもらえるという話に我を忘れて声を荒らげてしまった。

スカしたことも完全に裏目に出たし、急に恥ずかしくなった俺は逃げるように冒険者ギルドから出た。

「いやー、報酬いっぱいでましたね！　これでお食事会が開けますよ！」

「そうだな。Eランク昇格祝いと緊急依頼達成の二つだし、前回よりも豪勢にいこう。あと、報酬の計算と分配もそこで行おう」

「ふへへ、楽しみですね」

「ああ、楽しみだ」

下品に笑うジーニアと顔を見合わせ、二人でいやらしい表情で笑い合う。

ただ、鬱陶《うっとう》しいほど絡んでくるアオイはなぜか一歩引いており、何やらタイミングを窺っているように見える。

「……？　何を急にモジモジしているんだ？」

「えー、いや帰るタイミングが分からなくて！　なんて声をかけて帰ろうか迷ってた！」

「えっ？　ここで帰っちゃうんですか？　一緒に討伐したんですし、アオイちゃんも食事会に来ませんか？」

報酬も分けていないし、俺もてっきりついてくるものだと思っていた。

急にしおらしくなるとか、本当によく分からないな。

「ジーニアはレッサーオーガの群れを全滅させて、あんなに大口叩いた私は何もできなかったし……」

「そんなことないよ！　私だって別にいなくてもグレアムさんが一人でできただろうし、アオイちゃんと同じ貢献度！　グレアムさんの戦いの話で盛り上がりたいし、一緒に来てほしいな」

「別に無理に来いとは俺は言わないぞ」

「行ってもいいなら……行く！　――これって正式にパーティに加入したってことだよね!?」

「それとこれとは別だろ。緊急依頼達成の――」

「みんなで食べるのが楽しみだー！　ジーニアとは色々と話がしたいし！」

「おい、無視するな」

なんやかんやありつつも、アオイも含めた三人で食事会を行うことになった。

二人でも楽しいが、祝い事は人数がいたほうが楽しいっちゃ楽しいからな。

先ほどの銀色の冒険者カードのこととかも聞きたいし、早速酒場に移動して食事会を行うとしよう。


「今日は色々と酷《ひど》い騒ぎだったみたいじゃねぇか！　また緊急依頼が出されたんだろ？」

「ああ、本当に大騒ぎだったぞ。お前は遠征に行っていてラッキーだったな」

「なんでだよ。俺も緊急依頼を受けたかったわ！　お前は受けることができたんだろ？」

「受けたけど、向かう前に依頼が達成されちまったんだよ。誰か知らないけど、即解決しちまったらしい」

「は？　そんなことあるのか？　緊急依頼って簡単に解決できないから、緊急依頼って形で依頼が出されるんだろ？」

「さあな。何があったのかは詳しく分からない。だから、何か情報が手に入ると思って酒場に来たってのもある」

いつもの酒場でいつものように、様々な卓で噂話《うわさばなし》がされていた。

そして今日のトレンドはもちろん、今日の緊急依頼について。

依頼が出されてから半日も経《た》たずに依頼が完了され、意気込んでいた冒険者たちの大半が拍子抜けする結果となった。

先ほど起こったことということもあってまだ何の情報も出ておらず、あちこちで様々な憶測《おくそく》が飛び交う中——酒場に妙にスッキリとした表情をした二人組が来店した。

「本当に凄かったな。あの戦闘を生で見られたのは奇跡に近かっただろ。今でも目を瞑ると光景が頭に浮かぶ」

「本当だな。これまで英雄って言葉を気楽に使っていたが、あれこそがまさに英雄なんだと実感した」

「お前は許してもらったしな。他人事《ひとごと》のように聞いていたけど心臓が口から出るほど緊張したわ」

何やら気になる単語がいくつか飛び交い、入店してきた態度も相俟って今日の依頼について何かを知っている冒険者なんじゃないかと酒場にいた人間は察した。

「本当に死んだと思った。あれだけの力を持っていた人にあんな言い草してしまっていたんだからな。優しかったからよかったものの……もう二度と人を下に見ることはしないと俺は決めたよ」

「あの言葉もよかったよな。あれぐらいの広い心を持っていないと、強くはなれないっていうのが分かったわ」

「強さは絶対に追いつくことはできないだろうけど、心持ちぐらいは真似しないといけないよな」

「俺たちだけじゃなくて、助けられた冒険者全員がそう思っていたんじゃないか？」

「絶対に思っていたと思う。去った後も全員がその場でしばらく放心していたしな」

それっぽい話をしているが、核心とまではいかない内容。

耳を澄まして盗み聞きしていた冒険者たちがもどかしく思っている中、痺《しび》れを切らした冒険者の一人が話しかけに向かった。

「ちょっと話に割り込んですまねぇが、お前たちは緊急依頼に行っていたのか？」

「ん？　――ああ。何もしていないけど、その現場にはいたぞ」

「それは本当か!?　なら、詳しい話を聞かせてくれ！　緊急依頼を受けたものの、よく分からないうちに達成されていて納得がいってねぇんだわ」

「別に構わないが……信じられない話だと思うぞ」

信じられない話と聞き、全員の期待度が一気に高まった。

近くにいた卓の冒険者だけでなく、この店内にいた全ての冒険者がこの話を聞こうと一気に静まり返り、男の話に耳を傾けた。

「信じられない話ってのはどういうことなんだ？　聞かせてほしい！」

「緊急依頼は知っていると思うが、その内容はオーガの群れの討伐。ちょうど冒険者ギルドにいた俺たちはその緊急依頼を即受注して、オーガの群れが目撃されたとされる平原に向かった」

「へー、運が良かったんだな。本当にオーガの群れってことなら、これだけ美味《うま》い依頼はないだろ」

「俺たちもそう思って依頼を引き受けたんだ。実際に平原を闊歩《かっぽ》していたのはオーガの群れで、数は……確か四十四くらいだったな」

「数は多いが、まぁ四十なら他の冒険者と力を合わせれば倒せるか」

全員が相槌《あいづち》を打つほど話に熱中していたが、今のところ〝信じらない話〟という部分が見えてこない。

話を聞いていた冒険者たちはモヤモヤとしつつも、ヒーラーらしき男の話に黙って耳を傾けた。

「俺たちもそう思ってオーガの群れとの交戦を開始したんだが、戦闘を開始して十分ほどが経過した時、奥から異様な魔物の群れが現れた」

「異様な魔物の群れ？　見たことがない魔物だったのか？」

「俺は聞いたことも見たこともない魔物だったな。筋骨隆々で、いとも簡単に捻《ひね》り潰《つぶ》されてしまうだろうということが、その姿を見た瞬間に分かった」

「あの魔物は本当にヤバかった。俺は思い出すだけで今でも体が震える」

ヒーラーのような男に賛同した戦士の男の手は、確かに小刻みに震えていた。

そんな魔物と出会ったことがないため、にわかには信じがたかったが、この反応を見る限りでは本当なのかもしれないと全員が薄々感じ取った。

「そんな一匹でも危険な魔物の群れが現れて、どうやって生き残ったんだ？　オーガの群れとも交戦していたんだろ？」

「ここからが信じられない話になる。……ルーキーのおっさんを知っているか？」

「もちろん知っている。少し前まではみんなから散々馬鹿にされていたしな。……何か関係があるのか？」

「ああ。ルーキーのおっさんことグレアムさんが現れて、全ての魔物を一瞬で殺し尽くしたんだ。見たこともない魔法で、見たこともなかった凶悪な魔物を一匹残らずだ!!」

その時のことを思い出したのか、興奮したように力強く話したヒーラーの男だったが、周囲の反応はいまいちであり、白けた感じとなった。

ルーキーのおっさんといえば、最近Eランクに上がったばかり。

未知の魔物を倒せる実力はないだろうし、そもそも刀を持っているとおり魔法使いではないのだ。

真剣に話を聞いていたのに作りの悪い創作話を聞かされ、酒場から重苦しいため息が漏れた。

「はぁー、くだらねぇ。真剣に聞いたのが馬鹿だったぜ。ルーキーのおっさんが未知の魔物を撃退？　魔法を使った？　作り話をするにしてももう少し上手く作ってくれ」

「あぁ？　作り話なんかじゃねぇ！　今話したのは全部本当の話だ！」

「はいはい、もういいよ。話に割って入って悪かったな。後は好きなだけそっちで話していてくれて構わない」

「んだと、テメェ――」

「おい、ちょっとやめとけ。信じられないのも仕方ないだろ。俺たちも向こうの立場なら信じてないだろ。お前は直接馬鹿にしていたわけだし」

「……それはそうだけどよ。あれだけの偉業を成し遂げて、こんな反応されるのは……ムカつくだろ！」

「いずれ分かる時がくるだろ。俺たちは俺たちで、誰かの役に立てることを考えようぜ」

こうして盛り上がり欠けていた話は嘘と認定され、酒場ではまた別の噂が話しだされた。

これを切っ掛けにルーキーのおっさんの面白可笑《おもしろおか》しい創作話が、一部の冒険者の間で流行《はや》るのだが――事実は小説よりも奇なり。

そんな創作話よりもぶっ飛んだ実話により、ここにいる冒険者たちも度肝を抜かされることになるのだが……それはもう少し後の話。

ルーキー冒険者用のEランク依頼をこなしながら、これまでとは考えられないほど充実した毎日。

こんな日々が延々と続けばいいのにと思ってしまうほど、グレアムさんと依頼をこなす時間は私にとっては至福の時間だった。

『好き』という感情が芽生えないよう、尊敬の念を抱くことで無駄な感情には自分なりに対処。

この幸せな時間を守るためには感情を殺すことも厭《いと》わない覚悟だったのだけど……グレアムさんと私のパーティにアオイちゃんが加わることになってしまった。

アオイちゃんは天真爛漫《てんしんらんまん》で決して悪い子ではなく、こんな私にもフランクに接してくれる良い子なのだけど、パーティに加入させるのは少しだけ嫌だった。

可愛《かわい》い女の子ということに加え、アオイちゃんも私と同じグレアムさんに助けられた境遇。

『好き』という感情を殺したと言っておきながら、出会ったばかりのアオイちゃんに嫉妬するというあるまじき状態。

グレアムさんもあまり乗り気ではなく、ホッとしたのも束《つか》の間《ま》。

無理やりにでもついてくるとのことで、アオイちゃんが私たちについてくることとなった。

少しモヤッとした感情が出てきてしまったけど、そんな私の嫉妬の感情は冒険者ギルドの異変によって掻《か》き消えることとなった。

朝にしては異常な量の冒険者たちが冒険者ギルドに詰めかけており、私もグレアムさんもすぐに異変が起こっていることに気がついた。

冒険者歴の長いアオイちゃんの説明で、この異変の正体は緊急依頼が出されたことだと分かり、ソフィーさんには止められてしまったものの私たちも緊急依頼を受けることに決めた。

これまでのルーキー専用の依頼とは違い、今回の依頼は高ランク冒険者が受けるようなもの。

ソフィーさんが説明してくれたように危険でしかない依頼なのだろうけど……私はグレアムさんがいれば大丈夫という気持ちが強い。

【不忍神教団】やゴーレムへの対応を見てしまったら、私でなくともそう思ってしまうと思う。

心臓の鼓動が速くなるのを感じつつも、落ち着いてはいるという不思議な感覚の中、私たちはオーガの群れが現れたという平原へと向かった。

フワフワとしている状態で平原に着いたのも束の間、何かを感じ取ったグレアムさんの進言で急いで先へと進むこととなった。

グレアムさんに抱きかかえられたことに嬉しくなる間もなく、体感したことのない凄《すさ》まじい速度で移動が開始。

叫ぶことすらもできないまま、あっという間に目的地に着いたのだけど……そこで目にした光景はまたしても衝撃的なものだった。

レッサーオーガの群れと、その後ろに控えている本物のオーガの姿。

グレアムさんはレッサーオーガを見て、オーガとは名ばかりの別種の魔物だと口を酸っぱく言っていたけど、その言葉が本当だったのだと何も知らない私でも分かるほどの別の姿をしている。

全長三メートルを超え、更に筋骨隆々の鍛え上げられた体。

雰囲気もこれまで対峙《たいじ》した魔物とは違い、強烈な〝死〟のにおいがプンプンと感じられる。

体色も危険なドス黒さを兼ねた赤。

全てにおいて危険だということを本能が感じ取っており、実際に隣にいるアオイちゃんは足が震えて動けなくなっている。

私はまだ魔物に疎いのと、全面的にグレアムさんを信頼しているから立っていられたけれど、グレアムさんがいなければアオイちゃん以上に酷い状態になっていたと思う。

先にこの場所に着いていた冒険者たちに再三において逃げるよう忠告していた中、もう一度だけ逃げるよう伝えたグレアムさん。

本物のオーガを見て、怖気《おじけ》づいた冒険者たちは今度こそグレアムさんの言葉を聞いて退避を開始した。

早くグレアムさんの言うことを聞けってずっと思っていたけど、決して口にはせずに私はグレアムさんの後ろでジッと指示を待つ。

今回もゴーレム戦と同じく、グレアムさんが戦うのを眺めるだけだと思っていたのだけど……グレアムさんからの提案は驚くものだった。

「ジーニアとアオイ。二人にはレッサーオーガを片付けてもらいたいんだが……無理そうか？」

少し前の私なら絶対に断っていた提案。

だけど……グレアムさんが傍《そば》にいてくれるのであれば、多少の無理もカバーしてくれる。

そう考えたら、挑戦してみない手はない。

「ぐ、ぐれあむ！　ほ、本当にあの魔物と戦う気なのか？　ゴーレムを倒したのは見たが、命が惜しいなら絶対にやめておいたほうがいい！　さ、三人で、い、一緒に逃げよう！」

「ふふ、アオイちゃん安心して大丈夫ですよ！　グレアムさんなら絶対に勝てますから！　ということで、私はレッサーオーガと戦います！　指示は出してもらえますよね？」

「よかった。ジーニアは戦ってくれるか。……今回は一から十まで全て指示を飛ばす。くれぐれも戦っている時の感覚を忘れないでくれ」

「はい！　指示をお願いします！」

こうしてグレアムさんの指示でレッサーオーガと戦うことになったのだけど、この一戦が私の人生を大きく変える戦いとなった。

聞くことだけに集中し、一から十までグレアムさんの指示に従って動く。

タイミングも全て指示してくれるため、私は何も考えずに動いていたのだけど――あまりにも簡単にレッサーオーガの攻撃を避けることができ、そしてあまりにも簡単にレッサーオーガを仕留めることができる。

私一人では絶対に味わうことのできなかったであろうこの景色があまりにも楽しい。

動きは全てグレアムさん任せということもあって、いつも以上に全てが〝視《み》えている〟。

私に斬られ、苦悶《くもん》の表情で倒れていくレッサーオーガ。

レッサーオーガが握っているこん棒の形状から、体のどの部分が急所なのかもなぜか分かる。

そんな状況にドンドンと私の感覚は研ぎ澄まされていき、終《しま》いには目の前のレッサーオーガだけでなく、視界に捉えている全てのレッサーオーガの動きが視え――この場にいる全てのレッサーオーガの動きを読んで、グレアムさんが私に指示を飛ばしていることが分かった。

グレアムさんの凄さ、そして戦闘の楽しさと奥深さ。

それからグレアムさんのような圧倒的な力を持っていなくとも、私の力だけでレッサーオーガ程度なら圧倒できるということが分かった。

この時だけは色恋なんて頭から消え去り、私は戦闘での興奮で感情がおかしくなりかけた。

私が明確に強くなりたいと思ったのはこの経験をしたからであり、私は少しでもグレアムさんに近づくために——興奮で震える手を握り締め、本気で自分を鍛えると心に決めたのだった。


「ふぅー。とりあえずこれでオーガの群れの方は大丈夫か。緊急依頼ってのはどうしてこんなに面倒臭いのかね」

誰もいない静かな部屋に疲れきったギルド長であるドウェインの声が響いた。

仕事が溜《た》まっている中で緊急事態が起こり、その対応に追われて徹夜で作業に明け暮れていた。

緊急依頼とはその名の通り緊急を要する依頼で、冒険者ギルドから報奨金が出される。

そのため手続きが非常に多く、緊急を要する案件なのにすぐには依頼を出すことができないのだ。

「上の守銭奴をどうにかしないといけないが、さすがに俺がどうこうやれることじゃねぇな」

ドウェイン自身も緊急依頼については諦めており、もう面倒くさいものと端《はな》から割り切っている。

時間は無駄にかかってしまったが諦めていたため、イラつき自体は一切なかった。

それよりも、ようやくオーガの首を斬った人物を探せるという嬉しさが勝っており、徹夜明けにもかかわらずこのまま捜査を行おうとしたタイミングで、またしても部屋の扉がノックされた。

先ほど緊急依頼についての諸々《もろもろ》の手続きが終わり、やっと作ることができた自由時間。

ため息しか出てこないドウェインであったが、二度目のノックでさすがに返事をした。

「失礼します。緊急でご報告があります。オーガの――」

「ちょっと待て。さっき色々と手続きが終わったばかりだよな。休憩させてはくれないのか？」

「すいません。緊急を要することなので報告させてください」

緊急を要すること。

その言葉を聞いた瞬間、ドウェインは心臓が痛くなって胸を強く押さえた。

今一番聞きたくなかった言葉であり、これでオーガの首を斬った人物の捜索が更に後回しになることが確定。

この用件が済んだら、数日間の休暇を取ろう。

ドウェインは心の中でそう決めてから、わざわざ訪ねてきたギルド職員に話を促した。

「分かった。用件を話してくれ」

「先ほど出した緊急依頼ですが、達成したとの報告がありました。ギルド長にも確認してもらいたく、訪ねさせていただきました」

「はぁ？　依頼を出したのは朝だぞ。まだ昼前で達成されるわけがないだろ」

百匹近い数のオーガが近づいてきているとの報告を受けていた。

だからこそ、ドウェインはわざわざ緊急依頼を出したのだ。

この短い時間での達成報告となると、虚偽のものか目撃情報が嘘だったかの二択となる。

「ですが、本当に依頼の達成報告があったんです。しっかりと討伐証明も受け取っています」

「その達成報告をしてきた冒険者って誰なんだ？」

「中年ルーキー冒険者と、Bランク冒険者のアオイですね」

おっさんルーキー冒険者。

ビオダスダールの冒険者ギルドに勤めている者ならば、さすがに全員が知っている冒険者。

冒険者たちの間でも噂になっており、嫌でも耳に入ってくる情報。

ドウェインはすぐに命を落とすと予想していたのだが、思っていた以上に優秀だったようで、最速に近い速度でEランクに昇格した。

「中年ルーキー冒険者は置いておいて、アオイが絡んでいたなら納得だな。前回の【不忍神教団】の時もアオイの活躍だったよな？」

「はい。自分では倒していない――的なことを言っていましたが、交戦して追い払ったと記録されていますね」

アオイもまた冒険者たちの間で話題になっていた人物。

新たな英雄の誕生だと騒ぎ立てていたが、ドウェインが見た限りではその器ではなかったと記憶していた。

もちろんソロでBランクまで登り詰めた実力は買っており、【不忍神教団】を追い払った実績も考慮した上での評価。

ただ、今回のオーガの群れを短時間で蹴散らしたのもアオイなのだとしたら、過小評価していたと評価を改め直さなくてはならない。

「とりあえず討伐証明を見せてくれ」

「分かりました。こちらの袋に入っています」

オーガの首を斬った人物と同じくらいアオイに興味が湧いたため、さっきまでのイライラはいつの間にか消え去っていた。

ギルド職員からパンパンに詰まった麻袋を受け取り、早速中身の確認を行う。

「……本当に全部オーガの耳だな。特殊個体も目撃されていたって言っていたが、その耳も受け取っているのか？」

「もう一つの袋の方に入っているはずです」

普通のオーガの耳の確認を終え、別で分けられていた袋の中身を確認する。

何てことなく袋の中身を確認したのだが、その中に入っていた魔物の耳を見て、ドウェインは思わず声を上げてしまった。

「な、なんだ！　この異様な状態は！」

「何か変だったんですか？」

「変も何も……全てが丸焦げになっている」

「あー、誤魔化《ごまか》すためにやったんでしょうか？　普通のオーガを特殊なオーガだと思わすため――みたいな」

ギルド職員が言っているような可能性もあるのだが、それにしては焼け方に違和感がある。

どのオーガの耳も全く同じ焼け方になっており、中までしっかりと焦げているのだ。

一度こういった不正をした冒険者がいたのだが、その時は表面だけ焦げており中は生焼けの状態だった。

超高火力の魔法でないとこういう焦げ方にはならず、緊急依頼を出してから達成までの短さを考えると、細工する時間などないことは容易に想像できる。

ただ……アオイが魔導士だという話は聞いたことがないのが引っかかっている点。

「その可能性は薄いと思う。ちなみに被害はどれくらい出ているんだ？」

「三十人以上の冒険者が死んだとの報告を受けています」

「は？　この短期間で三十人以上死んでいるのか？　ますます訳が分からなくなってくる。……とりあえず現場に行かないと駄目だな」

「戦闘が行えるギルド職員を集めておきます。すぐに向かいますか？」

「ああ、今すぐに向かう」

オーガの首を斬った冒険者探しどころじゃなくなってきてしまったが、こっちはこっちでとてつもない大物のにおいがプンプンと漂っている。

剣術の超人に加え、恐らく魔法を扱う超人まで同時に現れた。

ドウェインはこの身が一つしかないことを残念に思いながら、オーガの群れが現れたという現場へと向かった。

魔法によって焼かれた可能性が高いと見ていたドウェインは、魔法を扱うことのできる職員を二人連れてきていた。

平原にはオーガの群れが侵攻してきたとは思えない静けさがあり、すれ違う冒険者たちの気の抜けた顔を見る度、オーガの侵攻があったこと自体が嘘なのではないかと思えてきた。

「それにしても珍しいですね。ギルド長がわざわざ部下を引き連れて現場検証なんて」

「確かに。面倒くさがって現場検証は避けますもんね。誰かを引き連れるっていうのもあまりないことですよね？」

「面倒くさいんじゃなくて、仕事量的に不可能なんだよ。お前たちが俺の仕事の半分を引き受けてくれるなら、いつでも現場検証でも行ってやるって」

「無理ですよ。耳だけ見て魔物の種類を当てるとか正気の沙汰じゃありませんし。一時間見ているだけで気分が悪くなってきます」

「俺だって気分が悪くなりながらやってんだよ。んで、二人を連れてきたのは魔法について聞きたいことがあるからだ。俺もそれなりに精通しているつもりだが、今回は正直見当もついていない」

二人が知っているとも思えないのだが、王立の魔法学校出身のためドウェインよりは知識がある。

それに三人寄れば文殊《もんじゅ》の知恵とも言う。

何かしらの発見があるかもしれないため、ドウェインは駄目元で二人を現場まで連れてきた。

「ギルド長でも見当がついていないって相当ですね。冒険者に関する知識ならズバ抜けているのに」

「ここ数日で訳の分からないことが連続して起きている。俺もまだまだなんだなって痛感させられているな。……それより、討伐報告があったのはこの辺りのはずだよな？」

「ええ。――あっ、あそこの人が集まっているところじゃないですか？」

職員の一人が指さした方向を見てみると、確かに十数人の冒険者たちが集まっていた。屈《かが》んでいることからも地面に転がっている何かを見ている様子。

ドウェインたちは走ってその場所に近づき、冒険者たちが何に集まっているのかの確認に向かった。

「冒険者ギルドの者だ。ちょっとどいてくれ」

「調査に来ました。確認させてください」

冒険者ギルドの特権を使い、集まっていた人たちに退《ど》いてもらって前へと出た。

全員の視線が向いていた足元に目を向けると、そこにはオーガの大量の死体が転がっていた。

「うわー……。凄いですね。大量のオーガが殺されています」

「この死体の感じは……一瞬で多くのオーガが殺されているな」

「そんなことまで分かるんですね」

「死体が一カ所にまとまっているからな。耳が切り取られたところを見る限り、俺のところに持ってこられたオーガの死体か」

斬り殺されたオーガの死体ということで、一瞬オーガの首を斬った人物と同一人物の仕業かと思ったのだが、残念ながらドウェインの予想は外れた。

腕の立つ冒険者が殺したことは間違いないが、斬り口は至って普通で若干の拙さまで見える。

それに燃えたような死体もないし、あの耳も後から作り出されたもの。

そう判断しかけたところで——前方を指さして職員の一人が大きな声を上げた。

「ギルド長！　あっちにも死体が転がっていますよ！」

俺は首を上げて前方に目を向けると、確かに黒焦げの何かが前方に転がっているのが見えた。

手前に人が集まっていたため、前にしか死体が転がっていないのかと思い込んでいた。

「あっ、そっちのは見てもおもんないっすぜ？　黒焦げただけの死体で何も分からんから」

どいてくれた冒険者の一人が親切心でそう忠告してくれたのだが、ドウェインは思わず睨《にら》みつけてしまった。

もう少し若かった時なら三流冒険者は黙っていろと怒鳴っていただろうから、一応これでも成長はしている。

冒険者の忠告を無視し、ドウェインたちは前に転がっているオーガらしき魔物の死体に近づいていく。

一歩、そしてまた一歩と近づく度に、その魔物の死体の異様さにゾワゾワと鳥肌が立っていくのが分かった。

気がついた時には走りだしており、ドウェインは転がっている真っ黒な魔物の死体に近づき、食い入るように凝視し始めた。

「急に走りだしてどうしたんですか！？　何か分かったことがあったんですか？」

「焼かれた死体ですかね？　魔法によるものでしょうか？」

「お前たちはこの死体を見て、恐ろしいほどの異常性に気がついていないのか？」

鬼気迫る表情でギルド職員にそう質問したドウェイン。

ただ、二人のギルド職員には高火力で焼かれた死体ということ以外は何も分からなかった。

「…………すいません。ちょっと分からないですね」

「まず、この死体の焦げ具合を見ろ。こうやって崩しても崩しても、中まで燃えきっている。お前はあっちに転がっていたオーガの死体に魔法を放って、ここまで焦がし尽くすことはできるか？」

「……いえ、無理です。ということは、思っている以上の超火力魔法で殺されたってことですかね？」

「うーん。ここまで黒焦げにさせるとなると、【フレイムストーム】とか【スターバースト】とかでしょうか」

「でも、どちらも上級魔法ですよ。これだけ連発することなんて可能なんですかね？」

逃げたオーガをも追いかけるように燃やしたようで、広範囲にオーガらしき魔物の死体が転がっていた。

最低でも十発は魔法を放たないと、これだけの数の死体は作り出せない。

ドウェインはそこまで思考したところで、この平原の一番おかしくて言い表せなかった違和感の部分にようやく気がついた。

体は急に勢いよく震えだし、その異様な光景の正体を頭で理解したドウェインは思わず涙が溢れてきた。

これが何の涙かは一切説明がつかない。

凄すぎる光景に感動した——というのが、今のドウェインの感情を表したできる限りの説明だろう。

「ギルド長……ど、どうしたんですか？」

「何か変なところがあったんですか？」

「………こ、この平原をみ、見てみろ」

「平原……ですか？」

「い、言っていただろ。ここまで焦がすのであれば、上級以上の火属性魔法を使わなければならないと……！　な、なのにだ……この草原には一切燃えたような跡が残っていない!!」

ドウェインの魂の叫びに、ようやく平原の異様さに気がついた二人のギルド職員。

もはや想像の範疇《はんちゅう》を越えた現象であり、ドウェインは興奮なのか恐怖なのか体の震えと涙が止まらなくなっていた。

「ど、どういうことなんですか!?　べ、別の場所で殺してから、ここに持ってきた……とか？」

「そ、それはありえないと思いますよ。だ、だって、死体はここで焼け死んでいますから」

「と、とにかく聞き込みからだ。絶対にこの魔法を使った人間を探し出す！　なんとしてでも会わないといけない!!」
三人して体を震わせながら、ドウェインの叫びに頷いた。
オーガの生首を見た時も衝撃だったが、今回の衝撃はそれ以上。
ドウェインの中での優先順位はこちらになり、全力で探し出す決意を固めた。
まずは手始めに集まっていた冒険者たちに聞き込み調査。
それからアオイも呼び出して話を聞くことを決めた。

第五章 ◆ 実力の証明

Eランク昇格のお祝い兼、緊急依頼の祝勝会を行った翌日。

俺たちは朝早くから集まり、冒険者ギルドへと足を運んでいた。

ちなみにアオイはおらず、昨日たらふく酒を飲んでいたからまだ寝ているはず。

アオイを待ってあげてもいいのだが、今すぐにでもソフィーに謝罪がしたいため待たずにギルドへと向かう予定。

「ふぁーあ。筋肉痛が酷《ひど》くて、昨日はよく眠れませんでした」

「悪いな。緊急依頼で大金を稼ぐことができたし、本当は休日にしてもよかったんだが……」

「ソフィーさんに謝らないとですもんね！　無事に達成できたとはいえ、押し切ってしまったモヤモヤがありますし、眠いって理由だけで先延ばしにはできません！」

「ジーニアもそう言ってくれるのは助かる。少しでも早く謝りに行きたかったから」

今日冒険者ギルドに行くのは、依頼を受けに行くというよりも謝罪をしに行くという意味合いが強い。

仲違《なかたが》いしたまま日を置きたくなかったからな。

俺は少し緊張した状態で歩みを進め、冒険者ギルドに着いた。

二十年以上揉《も》め事なんて縁がなかったから、謝罪を行うこと自体が少し怖い。

「……いつもの受付にいますね。謝りに――って、グレアムさん少し緊張していますか？」

「あ、ああ。許してもらえなかったことを考えると体が固まる」

「ふふ、大丈夫ですよ！　ソフィーさんは優しいですし、謝ったら許してくれます！　あんな強そうなオーガの群れの前では飄々《ひょうひょう》としているのに、ソフィーさんに謝りに行くのに体が強張《こわば》るって不思議ですね！」

「オーガの群れは別に怖くないからな……」

情けなくもジーニアに先導してもらい、ソフィーの受付にやってきた。

いつものように元気な挨拶がなく、俺の心臓はエンシェントドラゴンを目の前にした時よりも、確実に速く動いている。

「ソフィーさん！　昨日は本当に申し訳ございませんでした！」

「忠告を無視して本当にすまなかった。許してもらえるか分からないが、申し訳なかったという気持ちだけは伝えたくて今日は来たんだ」

「……………………」

腰を九十度に曲げ、誠心誠意心からの謝罪をしたのだが、ソフィーからの返答はない。

俺の心臓は音が外に漏れているのではと思うぐらい、激しく動いている。

「…………はぁー。そんなに謝られたら怒れないじゃないですか！　私がどれだけ心配したと思っているんですか!?　お二人共、ちゃんと反省してください！」

「本当にごめんなさい！　もう忠告を無視して依頼は受けないと、昨日しっかり話し合って決めました！」

「むー……。それなら私は許すしかありませんね！　まぁ許すとか許さないとか言える立場じゃないんですけども！」

俺はこの間も頭を下げ続けていたのだが、許すという言葉を聞けて心の底から安堵《あんど》した。

恩人でもあるソフィーに許されないままだったら、確実に精神が参ってしまっただろう。

「許してもらえてよかったです！　ほら、グレアムさん。許してもらえましたよ！　……って泣いていますか!?」

「い、いやすまん。ちょっと本気で安堵してしまった」

「泣かないでくださいよ！　私が悪者みたいになっちゃうじゃないですか！　それに心配をしていただけで、本気で怒っていませんからね！」

許すという言葉を聞いた瞬間に、軽くではあるが涙がこぼれてしまった。

泣くつもりではなかったのだが、どうも村を出てから涙脆《もろ》くなった気がする。

「すまない。安心して本当に少しだけ泣いてしまっただけだ。改めて許してくれてありがとう」

「うぅー、ここまで不安にさせてしまったとは思っていませんでした！　私の方こそ仕事を斡旋《あっせん》する受付嬢という立場を無視して、依頼を受けたことを怒るなんて愚行をしてすいませんでした！」

「ソフィーさんが謝るのはやめてくれ。俺とジーニアの身を案じて怒ってくれたのは分かっている。これからも危険だと思ったことには本気で怒ってくれたら嬉《うれ》しい」

「そう言ってくれるなら……これからも本気で止めさせていただきます！　とりあえずこれで今回

の件はチャラにしましょう！」

笑顔でそう言ってくれたソフィー。

この太陽のような笑顔を見られて本当によかった。

またしても泣きそうになったが、さすがにこれ以上の醜態は見せられないため、死ぬ気で踏ん張って涙腺を塞《せ》き止める。

それから俺たちはソフィーにおすすめの依頼を見繕ってもらい、清々《すがすが》しい気持ちで冒険者ギルドを後にした。

「いやぁー、許してもらえてよかったですね！」

「本当によかった。これまでの人生で一番怖かったかもしれない」

「さすがに嘘《うそ》ですよね？　——と言いたいところですが、あの様子を見る限りでは本気でしたよね！　無敵のグレアムさんの弱点がソフィーさんとはちょっと面白いです」

「何も面白くないぞ。本当に怖かったんだからな」

そんな会話をしながら冒険者ギルドから門に向かっていると、後ろから聞き馴染《なじ》みのある声が聞こえてきた。

「み、見つけた——！　置いていくなんて酷すぎる!!　この薄情者がー！」

声の主は慌ててやってきたであろうアオイであり、起きてから飛び出してきたようで、髪の毛は爆発しているし服装もいつもの黒装束ではない。

顔を真っ赤にしており、起こしてもらえなかったことに対して怒っている様子。

「別に簡単な依頼を受けただけだぞ。それに……アオイはまだパーティに加入していないしな」

「まだ言うかー！　私は昨日で加入したの！　次置いていったら許さないから！」

朝から大声を上げながら怒るアオイと共に、俺たちは受けた依頼へと向かったのだった。


あっという間に一週間が経過した。

この間は特に変わったことなんかはなく、依頼をこなす日々を過ごしていた。

Eランクの依頼にも一切苦戦せず、ここまでは順調に行きすぎているくらい順調に来ている。

ジーニアとアオイの二人で魔物を倒しており、オーガの群れ以降俺の出番が一度も訪れていないのは少し寂しくはあるのだが……。

ジーニアは毎日驚くレベルで成長していて、レッサーオーガの群れを撫《な》で斬《ぎ》りにしてから完全に覚醒したように思える。

まだアオイの域には届いていないが、いずれ追いつくのではと思うほどの戦いっぷり。

対するアオイも、猛追してくるジーニアに負けないように鍛錬を行っている様子。

センスはあるがサボリがちだったアオイが本気になったことで、こちらもグングンと伸びているように俺の目には映っている。

この二人の成長を近くで見守るのは本当に楽しく、このまま心地の良い日々を送るだけでも十分すぎるのだが……俺はかなり前からやりたいことが一つあった。

お金も安定して入ってきたということもあり、その提案をジーニアにするため今日は酒場に集まってもらっている。

「今日はグレアムさんから大事なお話があるんですよね。……なんか緊張してしまいます」

「ああ。わざわざ時間を作ってもらって悪かったな。今日は二人に話しておきたいことがあって呼ばせてもらった」

真面目な表情で姿勢良く座っているジーニアに対し、アオイはおつまみを食べながらお酒を飲んでおり、俺としては割と真面目な話をするつもりだったため少々気が散る。

「……アオイは話を聞く気がないなら離れた席に移動してくれ」

「話を聞く気があるって！　――あっ、追加でビールください！」

言った傍《そば》から追加でビールを注文したアオイ。

こうなったら気にするだけ無駄なため、いないものとして話を進めるとしよう。

「もうアオイは無視して話を進める。いきなり本題に入るがいいか？」

「えっ！　ちょ、ちょっと待ってください！　ちょっと深呼吸させてください！　すぅー………はぁー、………い、いいですよ」

なぜか神妙な面持ちで大きく深呼吸を始めたジーニア。

何か深刻に捉えているようだが、そんな重大でもないため俺は間を空けず本題に入った。

「Eランクに昇格してからも問題なく依頼をこなせているよな？　お金の方にも余裕が出てきて、自由な時間を使っても問題ないぐらいには安定してきたと思っている。そこでだが――俺は『善行』を始めようと思っている」

「はっ、はぁー……よかったぁ。真剣な話と言っていたのでパーティを解散するって言いだすのかと思っていましたよ！　…………え？　でも、ぜ、善行ですか？　善《よ》い行いをするってことですよね？」

心臓に手を当て、大きく息を吐き出したジーニア。

それから俺の切り出した〝善行〟の部分に引っかかったようで、安堵から困惑の表情に切り替わった。

「さすがにパーティの解散は俺から申し出るつもりはないから安心してくれ。――そうだ。善い行いをしようと思っている」

「善い行いでしたら、すればするほどいいと思っているんですが、具体的に何をするんでしょうか？」

「そこについては俺も悩んでいる最中だ。とにかく困っている人を助ける。これはビオダスダールに来る前から決めていたことなんだ」

フーロ村からビオダスダールまでの道中の村で出会ったおばあさん。

怪しい風貌の俺に優しくしてくれ、その時に言われたのが『恩を返したいなら、ワタシの代わりに他の困っている人に優しくしてあげてくれ』。

この言葉をかけられた時から、いずれ誰かの役に立ちたいと思っていた。

そしてソフィーが俺に目をかけてくれ、人一倍優しくしてくれたというのも……俺のこの気持ちに拍車をかけた気がする。

「んー？　依頼を受けるってだけじゃ駄目なの？　冒険者ギルドには困っている人が依頼を出すん

でしょ！　だったら、依頼をこなしていれば困っている人を助けることになるんじゃない？　オーガの時もグレアムは冒険者を助けたわけだしさ！」

「それについては俺も考えていたし、こうして実際に依頼を受けて達成しているんだが……なんとなく違う気がしている。そもそも依頼に見合う金銭をもらっているし、俺の方が助けられている感覚があるからな。依頼はあくまで仕事であり、善行ではないと俺は思う」

対価を受け取っている時点で善行とは呼べない気がしている。

具体的にはまだ何も決まっていないが、とにかく困っている人の力になりたいと考えている。

「無償で誰かの助けになりたいってことですよね？　グレアムさんらしくていいと思いますよ！　ただ……具体的に何をするんでしょうか？　なんにせよ、私もお手伝いさせていただきますが！」

「いや、さすがにジーニアの手を煩わすことはできない。善行は俺一人でやるつもりで、これからは毎日のように依頼を受けることができないって話をしたかっただけなんだ」

「むー。依頼をしないならやることなくて暇ですし、私だって善行したいです！　そもそもグレアムさん、まだ何をするか決めていませんよね？」

「決めていないが、それはこれから決める予定だ。ジーニアはその間にお菓子作りをしたらどうだ？」

お菓子職人が夢と語っていたし、空いた時間は夢を追うために使う。

ジーニアのためを思ってその提案をしたのだが、頬《ほお》をパンパンに膨らませて怒ったような表情を見せた。

「お菓子作りはもちろん興味はありますが、今は考えていません！　中途半端だとどちらにも失礼ですし、今は冒険者業のことだけを考えたいんです。だから、意地でもグレアムさんのお手伝いをしますからね！」

「あっはっは！　ジーニアいいね！　そういうことなら私も手伝うよ！　なにより面白そうだし！」

ジーニアの意見にアオイも乗っかり、二人して手伝うと言い始めた。

二人の手を煩わせたくはなかったのだが、ここまで言ってくれるなら……手伝ってもらうか？

「そうまで言うなら……手伝ってもらっても大丈夫か？」

「もちろんです！　最初から手伝う気でしたから！」

「私も手伝うからね！　で、話は戻るけど何をするの？」

「だから、それはまだ決めていない」

「それじゃ、このままの流れで何をするか話しましょうか！」

なんというか大事《おおごと》になってきた気がしないでもないが、二人が一緒にやってくれるのなら楽しくなりそうではある。

楽しく善行ができるのであれば、これほど両者にとってｗｉｎ‐ｗｉｎなことはないからな。

ジーニアは紙とペンを取り出すと、出た案をどんどんと書き出す準備をしてくれた。

そもそも適当に街を歩いて、困っている人を助ける――ぐらいのざっくりとしたイメージしか持っていなかったのだが、善行をするといっても何をするかはしっかり決めておいたほうがいいのか。

「ちなみにだが、街の中で困っている人がいたら声をかけて助けるとかじゃ駄目なのか？」

「ビオダスダールでは兵士が見回りをしていますし、私たちがやる必要はないと思いますよ？　どうせなら私たちにしかできないことをやりませんか？」

俺たちにしかできないこと——か。

そういうことなら、やはり魔物退治ぐらいしか思いつかないが……。

「はい、はーい！　普通に魔物退治でいいと思う！　グレアムは魔物を探し出せるし、街に近づいている魔物を倒すっていうのはどう？」

「それはそれで冒険者の仕事を奪うことにならないか？　俺も魔物退治しか思いついていないんだが」

「なら……強い魔物に狙いを絞るというのはどうでしょうか？　危険すぎて依頼にも出されていない手出しができない魔物が結構いますよね？」

「あー。街の近くでいうと旧廃道の『死の魔導術師』とか、北の山岳地帯にいる『シルバーゴーレム』とかはそうだね！」

旧廃道の死の魔導術師？

もしかしてあのデッドプリーストだったりするのか？

「あれ……？　アオイちゃん、旧廃道の『死の魔導術師』ってアンデッドの魔法使いみたいな魔物のこと？」

「うーん、見たことないけど、そうだって噂《うわさ》があるね！　昔から近づくだけで死ぬって言われている場所で、姿なき者に殺されるって話だよ！」

その情報を聞き、俺はジーニアと目を合わせて頷《うなず》いた。

アオイが言っているのは、間違いなくあのデッドプリーストのことだろう。

「その魔物なら会ったことがあるぞ」

「えっ!?　グレアム、旧廃道に行ったの!?」

「ああ、ジーニアと一緒になんとなく行ったんだ。別に大したことない魔物だったけどな」

「はぁー!?　大したことない魔物なわけないじゃん！　Aランク冒険者でも討伐不可って言われている魔物だから！」

「……じゃあ別の魔物なのか？　特徴は一致していると思ったけどな」

「私は同一の魔物だと思いますけど……。あの魔物を思い出すだけで鳥肌が立ちますし、たまに夢で見ることがありますから！」

そんな大層な魔物ではなかったけどな。

これはアオイを連れて、もう一度デッドプリーストの元に行ってもいいかもしれない。

「さすがのグレアムでも、『死の魔導術師』と出会っていたら生きていないと思——いや、グレアムなら楽に倒してもおかしくないのかな？」

「とりあえず何でも言うことを聞くって約束をさせたから、一度旧廃道に行ってみないか？　もし俺の言っているデッドプリーストとアオイの言っている『死の魔導術師』が同一の魔物なら、善行の方は依頼にも出せない厄介な魔物を倒すっていうのでいいかもしれない」

「旧廃道には絶対に行きたくないけど、グレアムと強い魔物を倒すのは面白そう……！　一緒にいれば私も英雄の一員になれるかもだし！」

完全に邪《よこしま》な気持ちでついてこようとしているアオイ。

大々的な宣伝をするつもりはないが、危険な魔物を倒していたら自然と有名にはなってしまうかもしれない。

「あくまでも善行なんだから、邪な気持ちは捨ててほしいんだけどな」

「私は善行がしたいっていうよりも、グレアムとジーニアといたら楽しそうって気持ちの方が大きいんだもん。それに偽善だったとしても、やらないよりはマシでしょ？」

うーん……そう言われると、気持ちの部分はどうでもいい気がしてきた。

アオイに言いくるめられるのは癪《しゃく》だが。

「あっ！　そうだ。今思い出したんだけど、ギルド長がグレアムとジーニアに話があるんだって！」

「は？　急に話がぶっ飛んだな。なんで急に思い出したんだ？」

「いやさ、ギルド長なら何か手伝ってくれるかもしれないと思ったタイミングで、急に思い出した！　依頼には出していないだけで、危険な魔物の色々な情報を持っていると思うから！　ギルド長の方から話があるって言ってくれたんだし、ギルド長にも話すだけ話してみたら？」

「それは良い案かもしれない。Eランクのおっさんの言うことを相手にしてくれるかが不安だが」

「大丈夫だって！　私がついていれば、ギルド長も無下《むげ》にはできないから！」

ここで例のギルドカードを自慢げに見せてきた。

アオイが割と有名な冒険者というのは、正直俺にとってはかなりありがたい。

「なるほどな。それで、ギルド長が俺に何の用があるんだ？」

「詳しくは分からない！　ただ、この間の緊急依頼について話が聞きたいってさ！　時間がある時でいいから冒険者ギルドに来てくれって！」

「なるほど。なら、明日にでも行くとするか。ジーニアも大丈夫だよな？」

「もちろん大丈夫ですよ！　でも、私に話を聞かれても困るんですけどね……」

「実際にレッサーオーガの群れを倒したのはジーニアだからな。話を聞きたいってのも頷けるだろ」

「私ですけど、あれは私が倒したとは言えませんよ！　全てグレアムさんのお陰です！」

「いや、そんなことないよ！　傍《そば》から見ていたけど、ジーニアの動き凄《すご》かったし！　私なんかその場で動けずにいたんだよ？　グレアムの指示だったとしても、その通りに動くのって難しいんだから！」

「え、へへ。……そ、そうなんですかね？」

アオイに手放しで褒められ、顔がにやけてしまっているジーニア。

戦闘経験が少ないのにあれだけ動けたのは本当に凄いし、ジーニアにはもっと自信をつけてもらいたい。

俺は胸の内でそんなことを考えつつ、アオイと共にジーニアを褒めまくった。


翌日。

今日はアオイに言われた通り、ギルド長に会いに冒険者ギルドへとやってきていた。

昨日は何だかんだ夜遅くまで飲み明かしたこともあり、アオイは酷く眠そうにしている。

「うぅ……、なんで二人はケロっとしてるの？　お酒が残っているから頭が痛くて仕方ないんだけど！」

「私はセーブしながら飲んでいました！　グレアムさんはお酒も強いですよね？」

「昔からよく飲んでいるからな。二日酔いになったことは一度もない」

「すっご。戦闘だけじゃなくてお酒も強いのズルい！」

「別にズルくはないだろ。それよりギルド長に会うんだからシャキッとしてくれ」

「いやいや、そんな大層な人間じゃないから大丈夫だって」

長と付くくらいだし、偉い人だと思っていたのだが……アオイの感じはかなり適当。

結構緊張していたのだが、そこまで気張らなくていいのか？

アオイが適当な感じのまま職員と会話を行ってから、通されたギルド長室の中に入っていった後を追い、俺とジーニアも部屋の中に入った。

ギルド長室の中は想像とは全く違い、様々な書類が積み上がっていてぐっちゃぐちゃ。

わざわざ呼んだのだから、もう少し綺麗にしておいてくれと思わなくもないが……これだけ汚いと綺麗にすることもできないんだろうな。

「アオイか。わざわざ来てくれたんだな」

「呼ばれたからね。ちゃんとグレアムも連れてきたから」

「ほー、初めまして。俺はこの冒険者ギルドのギルド長を務めているドウェインという。君がEランク冒険者で……オーガを倒したと噂のグレアムか」

椅子に座りながら自己紹介してきたのは、ガッシリとした体型で精悍《せいかん》な顔つきの男性。

年齢は俺よりも若干上のようで、白髪交じりの髪の毛と髭《ひげ》が目立っている。

それから他の冒険者たちと比べても実力を兼ね備えているようで、なかなかの風格を持っているな。

さすがに体の衰えはありそうだが、昔はかなり戦えていたと思う。

「ああ、俺がグレアムだ。今日は俺とジーニアに話を聞きたくて呼んだんだよな？」

「そうだ。話が早くて助かる。アオイから話を聞いたんだが、オーガを倒したのは本当に君なのか？」

その瞳は完全に疑っている人の目であり、俺が倒したとは少しも思っていない様子。

最近Eランクに上がったばかりのおっさんだからっていうのもあるが、一発ではまぁ信用されないだろうな。

「本当に俺が倒した。別に信じなくてもいいが、討伐証明はしっかりと渡したはずだ」

「…………本当のことなのか？　討伐証明も確認したし、現場検証も行ったが……グレアムということに関してはいまいち信用しきれていない。オーガを燃やした魔法をというのは今使えるのか？」

「もちろん使える。ここで放っていいのか？」

「い、いや！　ここで使うのはさすがにやめてくれ。外で見たいんだが、今から大丈夫か？」

わざわざ外に行くのは面倒くさいが、ギルド長とは仲良くしておいたほうがいいからな。

【浄火】なら部屋の中でも使えると言っても、火属性魔法を部屋の中では使わせてくれないだろう。

「ああ、大丈夫だ。外で魔法を使わせてもらう」

「そういうことならよかった。それじゃ外に行こう」

「ねぇー、私とジーニアはここで待っていていい？　どうせ戻ってくるんでしょ？」

「ギルド長がいいっていうならいいんじゃないか？」

「別に構わないぞ。用があるのはオーガを倒したというグレアムだけだからな」

「やったー！　ジーニア、一緒に待っていよう！」

「本当についていかなくていいんですかね？　グレアムさん、大丈夫ですか？」

ジーニアはかなり心配そうな表情で俺を見つめている。

そこまで心配されることなのかと思ってしまうが、俺が人見知りなのを知っているしジーニアなりの気遣いだろう。

本音を言うのであれば、ギルド長と二人きりは嫌だしな。

「俺は大丈夫だ。どうせ魔法を見せたら戻ってくるし、二人は依頼でも見繕っていてくれ」

「分かりました。それじゃお気をつけて行ってきてください！」

アオイとジーニアとここで別れ、俺はギルド長と共に門を通って街の外へと出てきた。

ギルド長の特権なのか、いつもは並んで外へと出るのだが、今回は列を素通りして優先的に外へと出してもらい、人気《ひとけ》のない場所まで歩く。

「さて、この辺りでいいか。グレアム、ここで見せてもらってもいいか？」

「もちろんだ。それじゃ早速使わせてもらう。――【浄火】」

指先に炎を灯《とも》した後、一匹目のレッドオーガに放ったように、俺はギルド長に向かって撃ち込んだ。

ちなみに炎の色はかなり淡く、今日は魔法の調子がかなり悪い。

「……ん？　この小さな【ファイアーボール】がオーガを燃やした炎だと？」

「そうだ。この魔法でオーガを燃やした。アオイやジーニアに聞いてみれば分かる」

「……にわかには信じることができないな。触れてみても大丈夫か？」

「もちろん大丈夫だ。人間に害は及ばないからな」

俺に許可を出されてから、ギルド長はふわふわと綿毛のように飛ぶ【浄火】に殴るように触れた。

【浄火】はギルド長の拳が触れた瞬間、シャボン玉のように綺麗に霧散し一瞬で消え去った。

「な、なんなんだ……これは。――俺をおちょくっているのか？」

「別におちょくってなんかいない。この魔法の炎は魔物のみを燃やす炎。人間が触れたところで害がないだけだ」

「そんな眉唾のような話を信じろっていうのか？」

「別に信じたくないなら信じなければいい。言葉で説明するのも面倒くさいから実戦で見せたい。魔物がいれば一発で分かるだろ？」

「……くっそ、嘘なのか本気なのか分からねぇ」

「嘘つく意味がない。――おっ、ちょうど南東の方角に通常種のゴブリンのような反応がある。使って見せようか？」

「ああ、本当なら見せてくれ」

割とメジャーな魔法だと勝手に思っていたが、アオイや周囲の冒険者たちも驚いていたし、俺以外使い手がいない魔法なのか？

普通の魔法に狛犬《こまいぬ》や鸞鳥《らんちょう》のように姿形を変化させるオリジナル要素を入れたって認識だったが、俺が想像している以上に【浄火】自体が珍しい魔法である可能性が出てきたな。

そんなことを考えながら、俺はゴブリンの反応があった場所まで向かう。

ギルド長はひたすら険しい顔で何かを考えており、喋《しゃべ》りかける雰囲気でもなかったためここまで無言。

この無言の圧は非常に居心地が悪く、やはりジーニアについてきてもらえばよかったと思っていると、気配を察知したゴブリンの姿が見えた。

「ゴブリンが見えた。早速使うぞ」

「……ああ。使ってくれ」

ギルド長の返事を確認してから、俺はゴブリンに向かって【浄火】を放った。

先ほどギルド長に向かって使った時と同じように、ふわふわと綿毛のように飛ぶ【浄火】の魔法。

そして、俺たちに気づいて襲いかかってきたゴブリンに触れた瞬間――大炎上。

ゴブリンが弱すぎるということもあるが、あっという間に黒焦げとなった。

「どうだ？　嘘は言っていなかったろ？」

「…………………………」

これでギルド長に信用してもらえる。

そう思って振り返ったのだが、ギルド長は口を開けたまま固まっており、完全に放心状態となってしまっていた。

「……ギルド長？　大丈夫か？」

「ほ、本当に跡形もなく燃えた……。い、一体どんな魔法なんだ？　俺は長年冒険者をやってきたがありえない！　魔物だけを燃やす魔法？　原理も仕組みも全く分からねぇぞ！」

放心していたかと思いきや、興奮した様子で急に肩を掴《つか》んできた。

その急変ぶりに恐怖を覚えるが、ひとまず引き剝がして落ち着かせる。

「少し落ち着いてくれ。一気に質問されても返答できない」

「す、すまねぇ！　ただ……俺はあんな魔法を見たことがない。グレアム、お前は一体何者なんだ？」

「何者と言われてもな……。辺境の村からやってきたおっさんとしか答えようがない。逆に何が凄いのか教えてほしいぐらいだ」

「嘘を……ついているわけじゃなさそうだな。その村について詳しく教えてほしい。いや、教えてくれるよなァ!?」

ギルド長の熱気が凄《すさ》まじく、額からは汗がダラダラと流れ始めている。

ギルド長室からここに来るまでの間は、常に眠そうにしていてテンションも低かったため、その豹変《ひょうへん》ぶりにはさすがにドン引いてしまう。

それにしても……フーロ村について教えてほしい、か。

ジーニアには軽く話したことはあったが、ガッツリと話すのはこれが初めてかもしれない。

話すにしてもこんな場所ではなく、落ち着いて話せる別の場所がいいのだが……この熱量で来られたら、ここで話さざるを得ないか。

「別に構わない。俺はフーロ村という王国の外れにある村から来た」

「フーロ村……？　冒険者時代に色々な街や村を回ったし、ギルド長になってからも様々な地名を耳にする機会があったはずだが……一度も聞いたこともない村だな。本当に王国にある村なのか？」

「本当に辺境にある村だから多分としか答えようがないが、村にいた人たちも王国の中にあるって認識でいた」

「うーむ……。位置的にはどの辺りか分かるか？」

ギルド長は腰に付けていたホルダーから折りたたまれていた地図を取り出すと、地面に広げて俺に見せてきた。

事細かに描かれた地図ではあるが、村を出た時も地図なんて持たず、魔王領から反対をひたすらに進んできただけだからな。

「地図の見方が分からないんだが……恐らくこっちの方面だと思う」

依頼を受けて覚えた方角を頼りに、なんとなくの方面を指さして教える。

恐らくだが地図にも載っていないほどの端にあるため、こっちの方にあるだろうということぐらいしか俺にも分かっていない。

「地図に載っていないのか。ただ……こっちの方角といえば、魔王領の方じゃないのか？」

「あー、魔王領の方面で合っている。他の村や街よりも、圧倒的に魔王領の方が近かったからな」

「…………んはは、くっ、あーはっはっ！　これは凄いな！　魔王領付近は立ち入ることすら禁忌とされている場所。その付近に村があり、グレアム……いや、グレアムさんだな。グレアムさんのような人がそんな辺境の村に隠れていたなんて！」

もう完全にテンションがぶっ壊れており、変な笑い声を上げだしている。

何が何だか分からないのだが、さん付けになったことからも悪い感情を抱かれているわけではないはずだ。

「禁忌とされていた場所なのか。そりゃ誰一人として村に訪れる者がいないわけだ」

「そんな辺境の村でどうやって暮らしていたんですか？　食べ物を確保するのにも大変でしょうし、魔物だって大量にやってきたでしょう」

「ギルド長の方が俺よりも年齢は上だろうし、今更敬語を使わなくていいというか、やめてくれ。……食料は自給自足。魔物も村のみんなで手分けして倒していたって感じだな」

「そういうことなら……話し方は変えずにいかせてもらう。心の底から敬っていることは覚えておいてほしい」

「俺は別に敬われるような人間じゃない」

「あんな魔法を使えてそんな言葉が出てくることに本当に驚くな。それにしても自給自足で、魔物も村人たちだけで倒していたのか……。全員グレアムさんのように強いのか？」

そんな質問には思わず首を傾《かし》げてしまう。

俺以外の村人も戦えてはいたが、強かったかと言われたら……何とも言えない。

使っていた家を譲り渡した双子の姉妹は強かったと言えるが、他の村人たちはせいぜいアオイくらいの実力だろう。

あの戦力でよく村を守りきれたと、今更ながらに思ってしまうな。

ギリギリすぎたフーロ村での生活を思い出しながら、ギルド長からの質問に返答する。

「俺以外に二人だけ強い人間がいた。その二人が成長したと思えたからこそ、俺はこうして村を出てこられたって感じだな」

「グレアムさんが強いと断言できるレベルの人間が二人……。ますます興味が出てきたし、一度行ってみたくなってきた」

「さすがに遠すぎておすすめはできないな。ビオダスダールの街から二週間以上は余裕でかかるぞ」

途中からはかなり早歩きで進んでいたし、思っている以上に遠いと思う。

村に着いたとしても何にもないどころか、この辺りと比べると出現する魔物が圧倒的に強いし、俺にとっては思い入れの強い村ではあるが本当に行く価値はない村だからな。

「そんなに遠いのか……。なら、グレアムさんが帰郷する際についていかせてほしい！　案内がないと辿《たど》り着くことすら不可能に思えてきた」

「地図もないし、案内がなければ確かに無理だろうな。ただ、本当に何もない村だぞ？」

「何もないわけがないと俺は確信している。そうでなければグレアムさんのような人間は現れないからな。とにかく……今日は本当に凄いものを見せてもらえた。握手してもいいか？」

「もちろん構わないが、ギルド長は本当に変わっているな」

「グレアムさんだけには言われたくないが、握手をしてくれるなら何でも構わない」

俺は手を差し出すと、俺の手を両手で握ってきた。

――おお、思っていた以上に良い手だな。

未《いま》だに鍛錬を怠っておらず、長年剣を振り続けたことが分かる手のひら。

ギルド長の手を握りながらそんな感想を抱く。その後、俺は手を放そうとしたのだが……ギルド長は俺の手を放そうとしない。

握手のために握っているとかではなく、何やら俺の手を確認するように強弱をつけて握っているのだ。

色々と変だと思っていたが、アオイ以上に変わった人物かもしれない。

「……………なぁ、いい加減離してほしいんだが」

「あっ、すまねぇ！　驚いてつい――グレアム、ひ、一つ聞いてもいいか？　もしかしてだが……………剣も使えるのか？」

「いや、剣は使えない。見たら分かると思うが俺は刀を使う」

剣を使えないと言った瞬間はホッとした表情を見せたのだが、刀を使うと言った瞬間に激しくまばたきをし始めると、再び額から大量の汗が吹き出し始めた。

もうこの展開はお腹いっぱいなのだが、また何かしらの発作が起こっているのだろう。

「か、刀を使う……。手を握った瞬間に、俺は雷に打たれたような感覚に陥った！　ぐ、グレアムさんは、魔法だけでなく刀も扱えるのか？」

「扱えると言っていいとは思う。腕を失くした影響は大きいが、それでも普通に戦えるくらいには刀は扱える」

「魔導士じゃなくて魔法剣士……？　いや、魔法剣士があんな魔法を使えるわけがない。い、意味が分からねぇ。本気で意味が分からない」

ぶつぶつと独り言を呟《つぶや》きながら、ガタガタと震えだしている。

ここまで動揺していると本気で心配になってくるし、こんな人物がギルド長でいいのかという疑問が生まれてくる。

剣を振ってきていることは分かったし、実力もあって選ばれたのだろうが……ギルド長に対する心配を通り越して、ビオダスダールの冒険者ギルドそのものが心配だな。

「魔力には限度があるし、魔法だけじゃ戦っていけなかったからな。近接戦を磨くのは割とあるあるだと思うぞ」

「…………くっ、あっはっは！　あれだけの魔法を使えて近接戦まで磨くのがあるある？　面白い冗談にしか聞こえないんだが、あの手は間違いなく剣を握り続けてきた者の手。……急なお願いなんだが、俺と一戦交えてもらえないか？」

「刀を使わずならいいが、刀を使ってということなら無理だな。人相手には刀は振らないと決めている。見たいなら、さっきと同じように魔物相手になら見せることは可能だ」

「この身で体験したかったのだが、グレアムさんが嫌だというなら無理は言えない。よければだが魔物を刀で倒すところを見せてくれ」

ギルド長は頭を深々と下げ、俺にそう頼んできた。

面倒くさいという気持ちはあるが、頭を下げられたら断ることはできない。

俺は先ほどと同じように周囲を索敵すると、すぐ近くにゴブリンの反応を見つけた。

魔法で焼き殺したゴブリンの仲間かもしれないな。

反応があった場所まですぐに移動を開始すると、あっという間にゴブリンを視界に捉えた。

本当にこの辺りには通常種ゴブリンしかおらず、近づいた俺にも気づかずのんきに果実を食べている。

「ゴブリンを見つけた。刀で殺すから見ていてくれ」

「よろしくお願いする。絶対に見逃さないようにまばたきもしない」

さて、どうやって殺すかだが……一番楽なのは飛ばす斬撃。

ジーニアといる時は基本的にこれで魔物を狩っているし、いつもの流れで魔物を殺すことができる。

ただ、ギルド長に見せるとなったら、直接斬り裂いた方が見栄え的にもいいと思うが……。

いや、通常種ゴブリンなら飛ばす斬撃でいいか。

柔《やわ》いとはいえど、直接斬ったら刀の手入れをしなくてはいけなくなる。

面倒くささが勝った俺は、飛ばす斬撃でゴブリンを殺すことに決め——間髪いれずに正面にいるゴブリンに斬撃を飛ばした。

抜刀と同時に納刀も行われ、斬られたゴブリンの上半身は回転しながら宙を舞った。

斬られたことも理解していないようで、果実を口にしたまま素っ頓狂《すっとんきょう》な表情を浮かべた状態で地面に倒れて絶命した。

魔力の調子は悪かったが、体のキレはかなり良い感じだな。

これでよかったのか分からないが、俺は振り返ってギルド長の顔を見たのだが……ギルド長はまさかの号泣。

涙がボロボロとこぼれており、拭《ぬぐ》う素振りも見せずにただゴブリンの死体を見つめていた。

泣く場面なんて一個もなかったはずだが、考えられるのは殺されたゴブリンに同情したとか――か？

元冒険者と言っていたし、魔物の討伐依頼を出している冒険者ギルドの長を務めていて、そんな感情を持つわけがないはずだが、それ以外に泣く理由が俺には思いつかない。

「……す、凄すぎる。今のは魔物を〝斬った〟んだよな？　……いや、斬ったんですよね？」

「ああ、刀で斬った」

「風魔法を刀に纏《まと》わせて、刀を振った勢いに乗せた風魔法で魔物を両断？　い、いや、魔力は感知できなかった」

「単純に斬撃を飛ばしただけだ。そんな回りくどいことではない」

「斬撃を飛ばした……だけ？　会話が成り立たなすぎて感情がおかしくなってしまいそうですよ。

少しだけ冷静になる時間を頂けますか？　明日には全てを整理しますので……グレアムさんは街に戻ってくれて大丈夫です」

「本当に大丈夫なのか？　明らかに様子がおかしく見えるが」

「大丈夫です。ご心配をおかけして申し訳ございません」

深々と頭を下げてきたギルド長を見て、どうしたらいいのか迷いながらも俺は言われた通り一人で先に戻ることにした。

一刀両断されたゴブリンを泣きながら眺めているギルド長を複雑な心境のまま残し、俺はビオダスダールの街にひとまず戻った。

モヤモヤした気持ちが残ったままだが、とりあえず冒険者ギルドでジーニア、アオイと合流しよう。

本当はギルド長に善行についての相談もしたかったのだが、あの訳の分からないハイテンション状態じゃ話なんてできないだろうからな。

ゴブリンを討伐した場所から去り、ビオダスダールの街に向かっていると……何やら覚えのある気配が街の中にあるのを感じ取った。

街を出た時は感じなかったため、ゴブリンを狩っている間に街に来たんだろうか。

とりあえず入門検査を行い、街をうろついている覚えのある気配の元に一直線で向かう。

騒ぎになっていないし、暴れに来たわけではないと思うが……なんでいきなり街にまでやってきたのかが謎。

「おい、デッドプリースト。街まで来て何やっているんだ？」

俺が声をかけると、体を跳ねさせて驚いたデッドプリースト。

そう。なぜか街に入り込んでいたのは――旧廃道の主であるデッドプリーストだった。

以前も使っていた透明化の魔法を使っているお陰で、周囲の人間には気づかれていないようだが、俺から見てみれば丸見えの状態。

こんなに魔力が漏れ出ているのに、周囲の人間が気づいていないことの方が不思議なんだがな。

「あっ、グレアム様！　私を見つけてくださったんですね！」

「おい、大きい声を出すな。ここじゃなんだから場所を移そう。ついてきてくれ」

周りの人間が気づいていないということは、このままデッドプリーストと会話を続けたら俺がおかしな人間ということになってしまう。

悪目立ちは避けたいため、俺はデッドプリーストを連れて安宿に戻ってきた。

本当は冒険者ギルドに向かい、ジーニアも交えて話をしたかったところだが……冒険者ギルドじゃデッドプリーストに気づく人間がいてもおかしくないからな。

魔物を街に引き入れたと思われたら終わりのため、仕方なく俺が寝泊まりしている安宿まで連れてきたのだ。

狭い部屋のため、二人して立った状態だがこれで話を進めるしかない。

部屋の中に魔物と二人きりという特殊な状況だが、俺はデッドプリーストに話を振った。

「さて、色々と聞きたいことがあるんだが……街に何をしにやってきたんだ？」

「グレアム様に会いに来たのです！　早急にお耳に入れたい情報がありまして、危険を冒して街までやってきました」

何か企《たくら》んでいるのかとも思ったが、どうやらそんな感じではなさそうだ。

アンデッドのくせに妙に瞳がキラキラとしているし、表面上かと思いきや本当に服従している様子。

「てっきり襲いにでも来たのかと思ったが、俺に話があって街まで来たのか」

「お、襲うだなんて……やめてください！　グレアム様の力を見て、反抗しようだなんて微塵《みじん》も思いませんよ！」

「それなら別に構わないが、わざわざ街にまで来て聞かせたい話っていうのは一体何だ？」

「いきなりですが本題に入らせていただきますね。まずは……この辺りでは西のバーサークベア、南のレッドオーガ、北のシルバーゴーレム。そして東は私が長として、魔物たちを統治している形なんです」

「ん？　急にどうした」

「最後まで聞いてください！　えっと……それでですね、この四匹の力が拮抗《きっこう》していたお陰で、魔物たちの間で何も起きることがなく比較的平和に暮らせていたのです。それがつい先日、南のレッドオーガが何者かに倒されてしまったのです！　そのせいでこの辺り一帯の均衡が崩れ、色々と荒れだしまして……。本当に傍《はた》迷惑な奴が現れやがって！」

先日、南のレッドオーガがやられたって……多分だが、俺が倒したオーガだよな？

俺がやったと告白する前に悪口のようなものを言い始めたため、完全に名乗り出る機会を失ったのだが、ここはさすがに言わないと駄目だろう。

「すまないが、そのレッドオーガの群れを壊滅させたのは俺だ」

「――へっ？　……えっ!?　ぐ、グレアム様がやったことだったのですか？　だ、だったら何も悪くありませんね！　私のようにすぐに屈服せず、やられたオーガが全部悪いのです！」

とんでもない手のひら返しに思わず笑ってしまう。

先ほどまで恨み節を聞かせておいて、この方向転換はさすがに無理がありすぎる。

「別に俺が悪いで構わない。何も知らずに殺してしまったわけだしな」

「いやいや、グレアム様が間違っていることなんて何もありません！　レッドオーガもこの街を落とそうという動きを取っているという話もありましたし、グレアム様もそれで討伐なされたのですよね？」

「まぁそうだな。オーガが侵攻してきたという話を聞いて、討伐に動いたって感じだ」

「やっぱりそうだったのですね！　よかった……。やはり悪いのは全部レッドオーガです！」

何がよかったのかさっぱり理解ができないが、デッドプリーストの反応が面白いからいいか。

それよりも一つ気になっていることがあって、ビオダスダールにいた人たちはレッサーオーガとレッドオーガの区別がついていなかったのだが、デッドプリーストはしっかりレッドオーガと呼んでいること。

魔物の間では、レッドオーガとレッサーオーガが別種だと分かっているのかを尋ねてみたい。

もし別種だと分かっているのであれば、レッドオーガではなくフレイムオーガが一匹交じっていたことも伝えたほうがいいはずだからな。

「それよりも一つ聞きたいことがある。レッドオーガというのは魔物の間では当たり前の共通認識なのか？」

「ええ、そうですね。レッドオーガはオーガの上位種です！」

「へー。じゃあ緑色のあの魔物もオーガではあるのか」

「いえ、別の魔物って認識ですよ。見た目から能力まで何もかも違いますからね」

「なるほど。魔物の区別ができているのであれば、もう一つ伝えておくことがある。レッドオーガの群れを殲滅《せんめつ》した時、フレイムオーガが一匹交じっていた。これはデッドプリーストも把握していた情報か？」

「フレイムオーガが交じっていた!?　……ということは、急に侵攻を始めたのはフレイムオーガが生まれたからってことか。こ、これはすぐに情報を回さないと――いや、グレアム様が先か！」

俺の情報を聞いた瞬間に慌ただしくなり、デッドプリーストは部屋から飛び出そうとしたが思いとどまった様子。

命乞いをしてきた時から思ったが、本当に魔物らしくない魔物だな。

「わざわざ来て俺に伝えたかったのは、レッドオーガが何者かに殺されたから気をつけてくれってことだろ？　把握したからもう行っても大丈夫だぞ」

「いえ、そのこともあるんですが……。レッドオーガがいなくなったことで、空いた南のエリアを狙って魔物たちの動きが活性化し始めているんです！　バーサークベアも動きだしていて、この街の北西に位置するエリアを拠点にしているバーサークベアが取りに動くとしたら――」

「この街を通ることになるのか？」

「さすがグレアム様ですね。話が早くて助かります！　そういうことですので、ひとまずバーサークベアには気をつけてください！　フレイムオーガを倒したグレアム様にはいらぬ心配だとは思いますが」

「いや、わざわざ情報を伝えに来てくれて助かった。近いうちに今度は俺から足を運ぶ」

「いやいや！　グレアム様のお時間を取らせるわけにはいかないので私が来ま――」

「いや、お前が街に来て見つかった時の方が面倒くさいから俺が行く。お前はもう行って大丈夫だぞ」

「分かりました！　旧廃道でお待ちしております！　それでは失礼致します！」

ペコペコと何度も頭を下げてから、部屋から飛び出していったデッドプリースト。

何から何まで嵐のような奴だったな。

それにしても、オーガの群れを倒したことで魔物たちの動きが活発化してしまった……か。

仕方ないとはいえ俺の責任でもあるし、最初の善行は活発になり始めた魔物たちを抑えることでいいかもしれない。


翌日。

昨日はあのあと冒険者ギルドに戻り、ジーニアとアオイと合流。

二人が待っている間にソフィーが見繕ってくれていた依頼をこなし、一日が終わった。

俺は依頼をこなしている間も、頭の中はデッドプリーストから聞いた情報で頭がいっぱいだった。

ギルド長とも話がしたいため、もう既に落ち着いたであろうギルド長と話をするべく、一人で冒険者ギルドに向かう。

ギルド長が既に話を通してくれていたようで、特に何も聞かれることはなくすんなりとギルド長室まで来ることができた。

「グレアムさん、来てくれましたか」

テンションは落ち着いているようだが目は腫れぼったく、昨日はあの後もかなりの時間泣いていたことが分かる。

敬語はいらないと言ったのに敬語を使っているし、こうしてパッと見ただけでも引っかかる部分が多々あるな。

「話の途中だったし、さすがに来ないという選択肢はない。それよりももう落ち着いたのか？」

「ええ。昨日は取り乱して申し訳ございませんでした。一日お時間を頂いたことで、しっかりと自分の中で整理することができました」

「それならよかったんだが……その敬語はどうにかならないのか？　俺よりも確実に年上だろうし、敬語を使われるのはかなりの違和感を覚える」

「そんなそんな……！　グレアムさんのような素晴らしいお方に、タメ口で接するなんて滅相もありません！」

腫れぼったい目をキラキラとさせながら、まるで英雄のように扱ってくるギルド長。

まだゴブリンを倒しただけだし、英雄扱いされるようなことはしていないため本当にやめてほしいんだけどな。

「そんな俺からの命令ってことでも駄目か？　俺に敬語を使わないでくれ」

「――うっ！　……うぅ、分かりました。グレアムさんの頼みとあれば、敬語は使わないように努力します」

「そうしてくれるとありがたい。ギルド長に敬語なんかを使われたりした日には、また変な目で見られるからな」

「グレアムさんを変人扱いした人間がいれば、俺がボッコボコにした上で冒険者ギルドから追放しますよ？」

「本当にやめてくれ。なるべく波風立たせずに生きていきたい」

フーロ村という小規模なところでも、英雄扱いされるのは大変だったからな。

旧友がいたからなんとかなっていたが、これだけ大規模な街で英雄として祭り上げられたら、普通に買い物をすることすらできなくなるだろう。

「そういうことでしたらやめさせていただきます。――んんっ、それじゃ早速に本題に入りたいのだが、俺から質問をしてもいいか？」

「もちろん構わない。そのために一人で来たし、何でも聞いてくれて構わない。答えられない質問もあるだろうけどな」

「ありがとう。それじゃ早速いくつか質問させてもらう。まずは——どうやってその圧倒的なまでの魔法と剣術を磨いたのかを教えてほしい」

圧倒的なまでの魔法と剣術。

昨日のギルド長の反応である程度想像をしていたが、俺はビオダスダールでも強者の部類に入るのか。

ギルド長は無数の冒険者を見てきたわけだし、そのギルド長が言うのであればほぼ間違いない。というか、アオイが本当にBランクということを知った時に自分で気づいてもよかったな。

「昨日も話したと思うが、魔王領の隣ということで魔物が強かったんだと思う。村の周辺じゃゴブリンの通常種なんて見たことがなかったしな」

「ゴブリンの通常種を見たことがない……。フーロ村の周辺ではゴブリンが生息していなかったのか？」

「あー、いや。ゴブリン自体はいたが、ブラックキャップという種類のゴブリンがほとんどだったな」

「ブラックキャップ……？　冒険者も長年やっていたが、そんなゴブリン聞いたこともない」

「黒い体に加えて黒い帽子を被《かぶ》っているゴブリンで、見た目自体はほとんどゴブリンと変わりはないが……とにかく強い」

この間、相対したフレイムオーガと同等ぐらいの強さを持っていた。

その上で隠密が上手《うま》いこともあって、探し出すのも苦労したり不意を突かれたことを思い出す。

「グレアムさんがそこまで言うのなら、相当厄介な魔物だったんだな。ちなみに一番強い魔物の襲撃は何だったんだ？」

「一番強い魔物？　それはエンシェントドラゴンだな。俺の左腕がないのはエンシェントドラゴンにやられたからだ」

「エンシェントドラゴンも聞いたことがないが……ドラゴンといえば、一匹で大都市を滅ぼすことができると言い伝えられている魔物だよな？　グレアムさんはドラゴンすら倒していたのか。……本当に今まで無名だったのが信じられない」

普通のドラゴンはあまり苦労せずに倒せたが、エンシェントドラゴンは本当に強かったな。

俺が死んでいてもおかしくない激闘であり、失ったのが左腕だけで済んだのもラッキーだったと今でも思う。

懐かしいフーロ村での出来事を自分でも思い出しながら、話を続ける。

「と、まぁそんな環境下で生きてきたから、自然と強くなったんだと思う」

「なるほど。強くならざるを得ない環境だったってことか。グレアムさんの強さの秘密は理解できた。もっとその時のことを聞きたいが……次の質問に移らせてもらう。なんでそれだけの実力を持っていながら、ルーキー冒険者でスタートしたんだ？　片腕のオールドルーキーとして、冒険者たちから馬鹿にされていたという話もちょくちょく俺の耳に届いていた」

「なんでと言われてもな……。生まれてから一度も村から出たことがなかったし、そもそも俺自身が自分のことを強いと思ったことがなかった」

「エンシェントドラゴンなる魔物を倒したことがあったのにか!?」

「なにせ、本当に狭い村だったからな。他の村や街でも現れる魔物だと勝手に思っていた」

外部の情報がなかったから、これぱかりは仕方がない。

広い世界にはもっと強い魔物がわんさかいると本気で思っていた。

「そこまで情報がないというのは凄いな。グレアムさんほどの力を持っていても、上には上がいると思えるのだからな」

「ちなみにだが、俺の強さってどれぐらいなんだ？　Aランク冒険者に匹敵するぐらいの力はあるのか？」

「Aランクだなんてそんなそんな！　確実にSランク冒険者の力はある！　いや……Sランク以上といっても過言ではない。とにかく俺は元Aランク冒険者だったから分かるが、グレアムさんの力は確実に王国一だ！」

ギルド長がここまで言ってくれるのであれば、少しは自信を持ってもいいのかもしれない。

さすがに王国一は言いすぎだと思うがな。

「そう言ってくれるのは自信になるな。実はだが、この街の付近にいる危険な魔物の討伐を行おうと考えているんだ。その手伝いをギルド長にもお願いしようと思って、昨日は訪ねたんだが……よければ手伝ってくれないか？」

「付近にいる危険な魔物といえば、死の魔術師とかか？　もちろんだが、グレアムさんの頼みとあれば手伝わせてもらう！　ちなみに……めちゃくちゃ言いにくいのだが、俺を同行させてもらうことはできるか？」

体を机から乗り出し、俺の提案に対してそんな提案をしてきた。

ギルド長がついてくるってことだよな？

アオイで手一杯だし、できれば同行は避けてほしいところだが……手伝いをお願いしているわけだし、ここを拒否するのは気が引ける。

「邪魔にならないようにならなら構わない。その代わり、ギルド長として色々と手伝ってもらうがいいか？」

「もちろんだ！　何でも言ってくれ。基本的に何でもできると思う」

「それなら早速だが……西のバーサークベアについて、知っている情報を全て欲しい」

「バーサークベアか。この街から北西に向かって進んだところにある、ヘストフォレストという森の奥地に生息している魔物だな。全長は五メートル以上と言われている巨大な熊のような魔物」

「ヘストフォレストか。早速行ってみてもいいかもしれないな」

「ちなみにだがバーサークベアが生息していることから、ヘストフォレストには冒険者であろうと立ち入りを禁止している。そのため俺も森の情報はほとんどないんだが大丈夫か？」

「森の位置さえ分かれば大丈夫だ。索敵も得意だからな」

「グレアムさんには余計なお世話だったか。とにかくバーサークベアを討伐するなら、ぜひ俺も同行させてほしい！　討伐した暁《あかつき》には、冒険者ギルドで大々的に宣伝することを約束する！」

胸をトンと叩《たた》いてそう言ってくれたギルド長だが、宣伝はやめてほしいところ。

何度も言うが、過度に英雄扱いされるのは避けたいからな。

自然と名が売れてしまう分には仕方がないが、極力自ら名を売ることはしたくない。

知る人ぞ知る良い人ぐらいの扱いが、俺としては非常に楽なのは今の生活で分かっている。

「あくまでも善行としてやることだから、過度な宣伝とかはしなくていい。というかしないでほしい。この年で目立っても何一ついいことがないからな」

「そんなことはない……はず。街を歩くだけで感謝されるしグレアムさんほどの力があれば、今からでも未来永劫《えいごう》語り継がれる武勇伝を残すことができると思っている！」

「感謝をされるためにやるわけじゃないし、街を歩くだけで指をさされて感謝される生活は息苦しい。俺は普通に酒だって飲むし、買い食いだってしたいからな。とにかく、過度に目立ちたくないからギルド長も秘密裏に動いてほしい」

「せっかくグレアムさんを知ってもらえる機会なのに、もったいないと思ってしまうが……グレアムさんの望みというのであれば分かった」

残念そうにしながら、渋々了承してくれたギルド長。

とりあえず、これでギルド長との話は一段落ついただろう。

「理解してくれて助かる。それじゃバーサークベアを討伐する日にちが決まり次第、またギルド長室に来させてもらう」

「ああ。まだまだ聞きたいこともあるし、いつでも待っている。用がなくても好きなタイミングで来てくれ」

「用がなければさすがに来ないが、何かあった際は遠慮なく訪ねさせてもらう」

俺はギルド長にそう告げ、冒険者ギルドを後にした。

昨日、面倒くさがらずに実力の一端を見せたからか、全面的に協力してくれそうだし良い関係性を築くことができたと思う。

冒険者ギルドのギルド長が手伝ってくれるのであれば、これほど頼もしいことはない。

様々な情報も集まってくるだろうし、その情報をもとに魔物退治以外の善行も積むことができそうだ。

ほくほく顔で冒険者ギルドを出た俺は、ジーニアとアオイが待っているであろう酒場へと歩を進めた。


レッサーオーガとの戦闘を経験してから、自分でも分かるくらいに私は成長することができている。

あの日を境に戦闘が楽しいと思えるようになっており、怖いという感情も徐々にだけどなくなってきた。

この感情がいい方向に進んでいるのかは分からないけれど、以前は怖さで足がすくんでしまうことが多々あったけど、戦闘においてその感情を抑えられるようになったのは良い変化だと思っている。

「さて、今日の依頼は終わったし……二人に稽古《けいこ》をつけようか」

「グレアムさん、ありがとうございます！　よろしくお願いします！」

「やったー！　この間の指導内容がいまいち分からなかったから、早く色々聞きたかったんだよ！　まずは私からでいいよね!?」

「私も色々と聞きたいことがあります！　なので、私からでお願いします！」

「そう焦らなくても、順番に教えるから大丈夫だ」

手を上げながら前に出たアオイちゃんに対抗するように、私も身を乗り出してグレアムさんの前に出る。

こういう行為は私らしくないことは分かっているのだけど、アオイちゃんにだけは負けたくないという気持ちが強く、体が勝手に対抗してしまう。

「焦ってるんじゃなくて、早く教えてもらいたいの！」

「同じ意味だろ。とにかくまずはジーニアからだな」

「ありがとうございます！　準備しますね！」

「えー、なんでー！　いっつもジーニアばっかりでズルい！」

「アオイは後から加わったんだし、ジーニアを優先するのは当たり前だろ」

理由はどうあれ、私を優先してくれたことが本当に嬉しい。

ニヤニヤしているのがバレないように気をつけながら、私は指導してもらう準備をする。

「準備はできたか？　今日は前回同様に目の使い方についての指導をしたいと思っているが大丈夫か？」

「もちろん大丈夫です！　前回の指導を受けて実戦で試したんですが、色々と分からない点もあったので教えてほしいです！」

「なら、まずは分からない点の解消からいこうか」

それから私は、グレアムさんから徹底的に指導してもらった。

グレアムさんは強いだけでなく指導するのも本当に上手で、それまで首を捻《ひね》りながら戦っていた部分が嘘のようにすぐ理解することができた。

とにかく言語化が上手く、初心者の私でも分かるように説明してくれる。

「――と、こんなところだな。ジーニアは目が良すぎるから、必要以上に敵の情報を手に入れてしまう。その情報の取捨選択ができるようになれば、もっともっと強くなれるぞ」

「情報の取捨選択ですか？　なんだか難しそうですね」

「何も難しくはない。最初は重要な情報だけを選んで見ていけばいいだけだ。例えばだが……敵の体の重心がどう傾いているのかとか、体のどこに力が入っているのかとか。この二つの情報だけでも意識して集めるようにしたら、相手の攻撃が手に取るように分かるようになるはずだ」

「重心の傾きと力が入っている部分……ですか」

「さすがに言葉だけじゃ分からないか。実戦形式でゆっくりとできるようになっていこう」

「はい！　ありがとうございます！」

軽く笑顔を見せながら、優しく声をかけてくれたグレアムさん。

無表情が多いのだけど、こういったふとしたタイミングで笑顔を見せてくれる。

私がそんな笑顔に見惚《みと》れていると……アオイちゃんが割り込んできた。

「ねぇねぇ！　まだなの!?　早く教えてほしいんだけど！」

「まだです！　アオイちゃんはもう少し待つことを覚えてください！」

「ぶー！　ジーニアも待てなかったくせに！」

野次を飛ばしているアオイちゃんを気にせず、グレアムさんからの指導を受ける。

分かりやすい重心移動を行いながら攻撃をしてくれ、私はそれに対応するという形で何度も繰り返していく。

そのお陰で重心のかかり具合を正確に読めるようになってきており、次に取る行動や動ける範囲まで分かるようになってきた。

「やっぱりジーニアは筋がいいな。もう見えるようになってきている」

「グレアムさんの教え方が上手いからです！　今はもっと戦えるような気がします！」

「実際に戦えると思うぞ。後は相手の筋肉の動きも見られるようになるといいな。そうすればレッサーオーガぐらいなら、俺のアドバイスなしで倒せるようになる」

あのレッサーオーガを私だけの力で倒せるようになる。

その言葉だけでワクワクを抑えられない。

「それじゃ続きの指導を――」

「もうさすがに駄目！　もう私の番！」

「アオイちゃん、もう少しだけ待ってて！」

「さすがにもう待てない！　次は私の番！」

「ジーニアと交代でアオイへの指導だな」

「うー……。分かりました」

「そんなに落ち込まなくてもまたすぐに指導する」

「絶対にお願いしますよ！」

掴みかけていたし、すぐにでも次の指導を受けたかったけど、グレアムさんに言われてしまったら仕方がない。

私は先ほどグレアムさんに教わったことを反復しつつ、アオイちゃんへの指導を羨《うらや》ましげに見つめ続けたのだった。

第六章　ベルセルクベア

ギルド長との話し合いから三日が経過した。

今日はデッドプリーストに約束していた通り、俺の方から一度旧廃道へと足を運ぶ予定。

「いよいよ死の魔術師に会いに行くんだよね！　出会ったら死ぬと言われている魔物がどんなのか楽しみ！」

「私は怖いですけどね……。前の印象が強すぎて、もう鳥肌が立っています」

「ジーニアは大丈夫だろう。向こうは完全に服従していると思うぞ」

「いえいえ、私にはしていないと思いますよ。魔物ですし、きっとグレアムさんの前だけのポーズです」

「そうだとしたら、今回で分からせてやればいい。レッサーオーガ以降、数段飛ばしで強くなっていっているからな」

「えへへ、それも全てグレアムさんのお陰です！　レッサーオーガ戦後の指導以降、どうこの目を使ってどう体を動かすのが正解なのかが、まだ確実ではありませんが見えているんですよね」

ジーニアが自ら言っている通り、本当にレッサーオーガ戦後の成長は凄《すさ》まじい。

元々戦闘に向いている良い目を持っていると思っていたが、その目の使い方を理解したことで、ようやく体も追いついてきた感じがあるのだ。

「ルーキーに毛が生えたような動きだったのに、あの一戦でCランク冒険者ぐらい動けるようになったもんね！　いいなぁ……私もグレアムの指導でもっと強くなりたいぁ……」

チラチラと俺の顔を見ながら、わざとらしい口調で言葉を漏らしたアオイ。

この間も指導したように、指導することは別に構わないのだが……ジーニアのように上手《うま》くいくことは滅多にない。

というか、フーロ村でもここまで急激に成長した人を見たことがなかったし、たまたまジーニアに才能があったというだけだと思う。

あまり過度な期待をされたら困るが、アオイも善行を手伝ってくれると言っているし、戦闘の指導くらいならいつでもやるつもりだ。

「指導ならするぞ。その代わり、過度な期待はしないでくれ。ジーニアはたまたま上手くいっただけで、元々のポテンシャルが高かっただけだ」

「私にポテンシャルなんてないですよ！　本当にグレアムさんのお陰です」

「やったー！　じゃあまたお願いするね！」

そんな会話をしつつ俺たちは廃道を抜け、旧廃道へと足を踏み入れた。

旧廃道に入ると一気に気温が下がり、暗いのも相俟《あいま》って不気味な雰囲気が出始めている。

「うっわぁ……！　初めて来たけど、めちゃくちゃ怖い！　いかにもな場所じゃん」

「確かに雰囲気だけはあるな。でも、恐れる必要は全くないぞ」

無駄に怯えているアオイに声をかけつつ、旧廃道の奥を目指して歩いていくと、あっという間に例のゴミ溜《だ》まりまでやってくることができた。

旧廃道では魔物が襲ってこないし、程よく涼しいこともあって非常に歩きやすい。

そんな感想を抱きながらゴミ溜まりに目を向けると、中心にデッドプリーストが立っているのが見えた。

その横には前回斬り殺したのと同種のゴーストウィザードが二体おり、こちらを向いて頭を下げている。

「グレアム様、わざわざ足をお運びいただきありがとうございます！　何もお出しできないことをお許しください！」

「別に期待していないから気にしなくていい。それよりも、前回は慌てて帰ったが大丈夫だったのか？」

「それが……少し厄介なことが分かりまして、フレイムオーガだけではなかったんです！」

「ん？　どういうことだ？」

「レッドオーガの群れにフレイムオーガが誕生したということを聞いて、私はすぐに手下のアンデッドを使って調査を行ったところ……シルバーゴーレムのところではゴールドゴーレムが誕生しており、バーサークベアのところではベルセルクベアが誕生していました！」

デッドプリーストの言っている意味をいまいち理解できていないのだが、東西南北でそれぞれ統治していた魔物たちの上位種が同じタイミングで生まれたってことか？

「何か色々とにおうな。東のエリアを統治するデッドプリーストの上位種は生まれていないのか？」

「残念ながら、私たちの群れだけは大きな変化がありませんでしたね。他とは違い、デッドプリーストが群れではなく私一人しかいないというのが関係しているのかもしれませんが」

「そうなのか。デッドプリーストの上位種も生まれていれば、その理由が分かりそうだと思ったんだがな。ちなみに理由については何か知っているのか？」

「噂《うわさ》の段階ですが……魔王軍を名乗る者が接触して回っているという話を聞きました」

魔王軍。その言葉を聞いて、思わず体の力がグッと入った。

フーロ村にいた時は何度も襲撃され、何度も命の危険を感じた相手。

特に最後の襲撃は本当に死闘であり、つい体の力が入ってしまうのも無理がないだろう。

「ぐ、グレアムさん、大丈夫ですか？　な、何か雰囲気が怖くなりました……！」

「さ、殺気が漏れている感じがする！　か、体が震えるからそれやめて！」

「あっ、すまない。つい力が入って、気配が漏れ出てしまっていた」

ジーニアとアオイに注意されたことで、普段抑えている気配が漏れ出てしまっていたことに気がつく。

魔王軍との戦闘を思い出して、気配を抑えるのを無意識にやめてしまっていた。

「ぐ、グレアム様！　わ、私たちに向けた気配じゃありませんよね!?　既に死んでいる身なのですが、体が震えて仕方がありません」

正面を向き直してみると、デッドプリーストが後ずさりしながらブルブルと体を震わせていた。

殺気を向けられたと思わせてしまったようだ。

これは今後も気配が漏れ出ないように気をつけなくてはいけない。

とりあえず逃げようとしているデッドプリーストに説明しよう。

「二人にも説明したが、つい漏れ出てしまっただけだ。デッドプリーストに向けたものでもない」

「そ、それはよかったです。……ただ、普段は気配を抑えているんですね」

「気配を垂れ流して良いことなんてないからな。当たり前だが意図的に抑えている」

村にいた時、子供からはよく泣かれてしまい、女性からは避けられていたからな。

村の英雄と讃《たた》えられながらも、そんな扱いを受けていたことを気にして意図的に抑えるようになった。

それからは子供に好かれるようになったし、無意識下でも抑えられるぐらいには極めたつもり。

……まぁ女性からは気配の有無関係なしに、避けられ続けてはいたのだが。

「それよりも話の続きを聞いてもいいか？　魔王軍を名乗る者についての情報が欲しい」

「すみません。私の方も噂程度しか情報が手に入っておらず、本当かどうかもまだ分からないんです。ただ、上位種が一気に誕生したことを考えても、関わっている可能性が高いとは私も思っております」

「……そうか。情報がないなら仕方がないな」

魔王軍は野放しにしてはいけないと、俺が一番よく知っている。

こうなってくるとフーロ村も心配だが……あの二人がいれば、まぁまず大丈夫だろう。

「とりあえず私の方から伝えたい情報は以上です。グレアム様からは何か用がありましたでしょうか？」

「ああ。一応バーサークベアを討伐することを伝えておこうと思って来たんだ。討伐してしまっても大丈夫だよな？」

「もちろん大丈夫です！　グレアム様がやることに間違いはございませんので！」

「いや、そういうお世辞を聞きたくて来たんじゃなくて、他への影響を考えて大丈夫かどうかを聞きに来たんだ。俺がレッドオーガの群れを殲滅《せんめつ》したことで、魔物たちが活発になり始めてしまったんだろ？」

俺がそう尋ねると、今度は真剣な表情で考え始めた。

「お世辞ではなく、本当に大丈夫だと思いますよ。今はレッドオーガの群れという一つが欠けたことで、その空いた椅子を巡って争いが起こっていますが、バーサークベアもシルバーゴーレムも倒してしまえばその争いも消えますので」

「なるほど。残りも倒してしまえば関係ないということか」

「ええ。空いたところは私が責任を持って管理致します。私が美味《おい》しいポジションにいるように見えるかもしれませんが、グレアム様の意向に沿って動かしますので実質的にグレアム様が統治する形にできます」

「別に統治したいという欲はないし、魔物たちを従えるとなれば悪い噂も流れそうだから避けたいが……一切の危険がなくなるっていうのはいいかもしれない。アンデッドならほぼ寿命に無限だろ？」

「そうですね。やられない限りは死ぬことはないと思います！」

これで方針は完全に決まったな。

バーサークベア、シルバーゴーレムの二種類の魔物の討伐。

上位種もいるようだが、フレイムオーガと同等ならまず負けることはないはず。

依頼もこなしつつになるだろうが、なるべく早く倒せるように動きたい。

「それじゃ俺が討伐した後の統治はデッドプリーストに任せることにした。……そういうことなら、名前をつけたほうがよさそうだな。デッドプリーストって無駄に長いし毎回呼ぶのは大変だ」

「えっ!?　な、名前を頂けるのですか？」

「そんな驚くようなことなのか？」

俺の気配を見て後ずさりしていたデッドプリーストだが、名前という言葉を聞いた瞬間に身を乗り出してきた。

そんな大層なものではないと思うのだが、魔物にとっては特別とかなのだろうか。

「グレアム……！　名前なんてつけて大丈夫なのか？　ネームドの魔物ってめちゃくちゃ強いって聞いたことがあるぞ」

「いや、名前をつけた瞬間に強くなるってことではないだろ？　ビオダスダールの街の人らがデッドプリーストを死の魔術師と呼んでいたように、強い魔物には名前がつくみたいな感じじゃないのか？」

「あれ？　んー……そういうことなのかな？」

「いや。俺もよく分からないけど、名前をつけたぐらいで一気に強くなることはないだろ」

そう結論づけた俺は、デッドプリーストに名前を授けることに決めた。

さて、どうやって決めようか。

デップ、ドリー、リースト。

どれも良いが、さすがに安直すぎるかもしれない。

「……決まった。今日からお前はベインと名乗れ」

「ありがとうございます。今日からベインと名乗らせていただきます」

ベインがそう言った瞬間、俺の体から大量の魔力が抜け出ていくのが分かる。

初めての現象であり、訳が分からずベインを見てみると……ベインの気配がみるみると強くなっているのが分かった。

頭で理解ができず、久しぶりにパニックになっている。

ベインが何かしているようでもないし、これは一体どうなっているんだ？

「ちょ、ちょっと待て。一体どうなっている？」

「魔物にとっての名前というのは、力を分け与える意味も持つのです！　ですので、グレアム様の力が私に流れているって感じですね！」

「聞いてねぇぞ。魔力の放出が止まらない……！」

どんどんとベインに流れていく魔力を――俺は無理やり塞《せ》き止めることでどうにかして防いだ。

このままでは全ての魔力を持っていかれかねなかったが、長年培ってきた魔力操作でなんとか止めることができた。

「はぁー、はぁー。本当に焦った」

「グレアムさん、大丈夫ですか!?」

「あ、ああ。なんとか止めることができたが……おい、ベイン。なんで説明しなかった」

「すみません。私も話を聞いていただけで初めてのことでして……。ただ、生まれ変わったみたいに体から力が漲《みなぎ》っております。グレアム様、本当にありがとうございます！」

「…………悪気がなかったのならもういい」

「ありがとうございます！」

アンデットとは思えないほど、キラキラと輝いていて肌艶も良くなったように見えるほど。

軽い気持ちで名づけてしまったが、まさか魔物に名前を与えるとこんなことになるとは思っていなかった。

そもそも魔物と交流すること自体普通はあり得ないことだし、知られていないのが当たり前か。

アオイが止めてくれた時に素直に聞くべきだったが、ベインは喜んでいるようだしまぁいいか。

「とりあえず俺たちはもう行く。バーサークベアとシルバーゴーレムは倒すからな。あと、魔王軍の者とやらには気をつけてくれ。ベインに近づく可能性は十分にあるからな」

「はい！　必ず追い返します！　どうかグレアム様もお気をつけてください」

俺の魔力を奪い、元気モリモリになっているベインに見送られ、俺たちは旧廃道を後にした。

魔力は寝れば回復するからいいのだが、今後は絶対に気をつけないといけない。

名づけについては置いておいて、明日以降のことを考えるとしよう。

とりあえず明日は普通に依頼をこなし、明後日からバーサークベアの討伐のためにヘストフォレストに向かおう。

戻ったらギルド長に報告をし、俺たちも色々と準備をしなくてはいけないな。

怒涛《どとう》の展開にのんびりとした生活が一変した感じはあるが、これはこれで楽しいからいいだろう。

ジーニアとアオイもついてきてくれるみたいだし、二人の経験の場にもなったら嬉《うれ》しい。

翌日。

バーサークベアの討伐を明日に控えているが、今日は普通に依頼を受ける予定。

三人で冒険者ギルドへと向かい、ソフィーに依頼を見繕ってもらう。

「グレアムさん、いらっしゃいませ！　今日も依頼を受けに来たんですか？」

「ああ。何か良い依頼はきていないか？」

「採取依頼なら面白そうなものがありますよ！　南東の森でスイートピーが大量発生しているみたいでして、そのお陰で〝麗しの蜜〟が取れるらしいんです！」

「へー。その麗しの蜜とやらの採取依頼があるのか？」

「はい！　報酬も高くて、余分に採取できた時の恩恵も大きい！　南東の森ですし、安心して向かうことができます」

「そういうことなら、麗しの蜜の採取依頼を受けさせてもらう。ジーニアとアオイも大丈夫だよな？」

「はい！　もちろん大丈夫ですよ」

「大丈夫！　麗しの蜜も気になるし！」

「分かりました。それでは受注手続きをさせていただきますね！」

南東の森といえば、グレイトレモンを採取した森。ジーニアが簡単に倒せる魔物しかいないため、今回の依頼は半分遊びのような感じになってしまうだろう。

ただ、明日が本番のようなものだし、今日はこんな感じの依頼でよかったと思う。

受注手続きをしてくれたソフィーにお礼を伝えてから、俺たちは冒険者ギルドを後にして南東の森へと向かった。

軽く雑談しながら歩を進めること約一時間。

あっという間に南東の森に辿《たど》り着いた。

軽く索敵を行っているが、やはり強い気配は一切感じない。

「なんというか……普通に楽しくて気が抜けてしまいそうです！」

「明日はバーサークベアと戦うんだよね!?　こんな森で採取依頼なんか受けていていいのか心配になっちゃうんだけど！」

「いつも通りで大丈夫だ。準備は昨日のうちに済ませてあるし、今日は普通に依頼をこなそう。今日のせいで気が抜け、明日二人が駄目だったとしても、俺がなんとかするから安心してほしい」

「グレアムさんなら、本当に一人でどうにかできちゃいますもんね」

「頼もしくも聞こえるし、悔しくも聞こえる！」

変な心配をしている二人と談笑しながら、南東の森の中を進んでいく。

久しぶりに来たけど、危険のない森というのは素晴らしいな。

かなりの声量で談笑しているのだが、魔物が襲ってくる気配すらない。

「それにしても麗しの蜜ってどこにあるんですかね？　アオイちゃんは何か知っていますか？」

「さあ？　そもそも採取依頼なんて受けたことがなかったし、その手の情報は何にも持ってない！　でも、スイートビーって魔物が大量発生している影響って言っていたし、その魔物を探せば見つかるんじゃゃない？」

「確かにその可能性が高いだろうな。蜂みたいな魔物って言っていたし、見ればすぐに分かると思うんだが……もう少し奥に行かないといないか？」

「グレイトレモンが生えていた辺りにいそうじゃないですか？　花を咲かせていましたし、蜂なら花に寄ってきますよね？」

「なら、その辺りまでひとまず行ってみるか」

アオイの情報をもとにジーニアが助言をくれ、その助言を頼りにグレイトレモンが生《な》っていた場所までひとまず向かう。

一応スイートビーの気配を探ってはいるんだが、気配が弱すぎるのか捉えることができないんだよな。

まぁ時間はいっぱいあるわけだし、ハイキング気分で楽しみながら探せばいいだろう。

目的地に向けて森の中を歩きながら話に花を咲かせる。

「こうして南東の森を歩いていると、グレアムさんとグレイトレモンを採取したのが遠い昔のように感じます」

「確かにそうだな。あの時は本当に右も左も分からなかったが、ジーニアのお陰で色々と知ることができた」

「それは私の台詞《せりふ》ですって！　私の人生はグレアムさんと出会って一気に広がりました」

「……なに二人で感傷に浸っているの？　全然会話に交ざれないんだけど！」

「アオイちゃんだって、少しずつ人生が変わってきていますよ！　パーティを組んだことなかったんですもんね？」

そういえばそんなことを言っていたな。

ソロで冒険者をやっていて、Bランクにまで上り詰めたエリートとか何とか。

「そういえば、なんでパーティを組んでなかったんだ？」

「いらないと思っていたから！　私一人で強くなってきたし、一人の方が圧倒的に楽だからね！」

「なら、なんで俺たちのところに転がり込んできたんだ」

「そりゃあ、グレアムが圧倒的に強いからに決まってるじゃん！　一緒にいれば得になるって初めて思った人だったから！　……それと、ジーニアと一緒にいるのも楽しかった」

「えへへ、私もアオイちゃんと一緒にいるの楽しいですよ！」

二人して照れながら、互いに互いを褒め始めた。

性格が真逆のように思えるし一見相性が悪そうなんだが、この二人はかなり仲が良い。

出会った当初から普通に仲良くしていたし、ジーニアにつられるようにしてアオイを受け入れたようなものだからな。

会話に交ざれないとか嘆いていたくせに、今度は二人だけで会話を始めたせいで俺が会話に交ざれなくなってしまった。

二人の会話を流し聞きしつつ、歩いていると……正面にグレイトレモンの生っている木が見えてきた。

そしてジーニアの読み通り、グレイトレモンの周辺を飛翔《ひしょう》している蜂のような魔物の姿があった。

「あの飛んでいるのがスイートビーか？　ジーニアの読み通りだったな」

「よかったです！　スイートビーを追っていけば巣が見つかって、その巣から麗しの蜜が手に入るんですかね？」

「ソフィーはそう言っていたけどね！　とりあえず追ってみようよ！」

蜜を集めている大量のスイートビーを遠くから見守り、移動を開始した個体の後を追う。

後を追っている俺たちに気づく様子はなく、グレイトレモンの生っていた場所から移動を開始して約十分。

あっさりとスイートビーの巣を見つけることに成功。

大きな木の根元付近に穴があり、その中に巣が作られているらしい。

大量のスイートビーが出入りしていているが、【浄火】を使えば簡単に燃やし尽くすことができる。

「スイートビーは俺が倒してしまっていいよな？」

「大丈夫ですよ！　スイートビーと戦って何か得られるとは思えませんので」

「うん！　グレアム、やっちゃって！」

念のため二人の許可を取ってから、俺は指先に魔力を集めて炎を灯《とも》す。

うーん……今日も明るい色をしており、魔力自体の調子は良くなさそうだ。

ただ、この程度の魔物なら調子の良し悪しは関係ない。

俺は木の根元に作られているスイートビーの巣に向かって、【浄火】を撃ち込んだ。

綿毛のようにフワフワと飛んでいる炎は巣から出ようとしていたスイートビーに当たり、一気に燃え上がった。

燃えたスイートビーが暴れ回ったことで、巣の中にいた他のスイートビーにも炎が燃え移り、一気に巣の中にいたであろうスイートビーたちが燃えていった。

「おおー、改めて凄《すご》い魔法！　これだけ燃えているのに巣は一切燃えていない！」

「そういう魔法だからな。魔力の消費量が多いこと以外は使い勝手が非常に良い」

「近接戦も強くて、こんな魔法も使えるんですもんね。そういえば魔力の方はもう大丈夫なんですか？　昨日、デッドプリーストのベインさんに魔力を吸われたんでしたよね？」

「寝たから完全に回復している。ただ、昨日は本当に久しぶりに焦ったな……」

あそこまで魔力をゴリゴリと削られたのは、これまで一度も経験したことがなかった。

名づけだけであんなことになるとは思っていなかっただけに、誇張抜きでエンシェントドラゴンに片腕取られた時ぐらい焦ったかもしれない。

そんな昨日のことを思い出しているうちに、巣に籠《こ》もっていたスイートビーたちが全て燃えたらしい。

赤く燃えていた炎が消えており、綺麗な巣が丸々残っている。

「あっ、もう巣から取り出しても大丈夫なんじゃない？　スイートビーがいなくなった！」

「木の周りを掘って取り出してみるか」

三人で手分けをし、空となった巨大なスイートビーの巣を掘り出すことにした。

木に隠れるように巣が作られていたため、想像していた以上の大きさに困惑する。

「巣のまま持って帰るか、それとも蜜だけ取り出すか。どうする？」

「蜜を取り出すっていっても、蜜の取り出し方を知っているの？」

「私は知らないですね。巣を切って、自然と垂れてくるのを待つ——みたいな方法だったとおぼろげな記憶はあるんですが……」

「なら、持って帰ったほうが得策か。二人で俺の荷物を全部持ってほしい。なんとか背負えるように紐《ひも》で固定して、無理やり持って帰る」

「分かりました！　私とアオイちゃんで手分けしてグレアムさんの荷物を持ちつつ、道中で現れた魔物の処理も行います！」

「うん！　任せておいて！」

俺は邪魔になりそうな荷物を全て渡し、巨大な巣を背負って南東の森からの脱出を試みた。

重さはなんてことないんだが、とにかく大きいせいで持ち運びづらく、絶対に落とさないように気をつけながら、ビオダスダールの街へと戻った。


「はぁー。本当に大変だった」

「グレアムさん、お疲れさまです！　今まで受けた依頼で一番大変だったかもしれませんね」

「ああ、採取依頼って意外と大変なものが多い気がする。その分楽しさもあるんだけどな」

「あのオーガの群れの討伐より巣を運ぶほうが大変っていうのがおかしいんだよ！　まぁグレアムがおかしいのは前から知っているけど！」

アオイにチクリと毒を吐かれた気がするが、言い返すほどの余力も残っていないため、一直線で冒険者ギルドへと向かった。

依頼内容は、麗しの蜜の採取。

巣を丸ごと持ってきているため、これで依頼達成なのか分からないが、この巣の中には確実に蜜が入っているため失敗ということはないはず。

巨大な巣を担いでいるため、すれ違う人たちの視線を集めながらも冒険者ギルドに到着。

依頼納品受付に向かったのだが、受付に立っていたギルド職員は巣を見ると目をまん丸くさせて驚いた表情を見せた。

「な、なんですか！　その巣は……！」

「スイートビーの巣を持ってきた。麗しの蜜の採取の依頼を受けたんだが、蜜の採取方法が分からなかったんだ」

「……な、なるほど。ちょっとギルド長を呼んできます」

困惑した様子のギルド職員はそう言うと、裏へと消えていった。

ギルド職員には俺の顔が知られているため、困った時はギルド長を呼びやすくなっているのだと思う。

ギルド職員が裏に消えていってから一分も経《た》たずに、奥から出てきたのはギルド長。

ここに来るまでの速度から、ギルド長が俺のことを最優先にして動いてくれているのが分かる。

「おお、グレアムさん。今日はどうしたんだ？」

「麗しの蜜の採取しようと思って、スイートビーの巣ごと持ってきたんだ」

「なるほど。それでその巨大な巣を持っているってことか。それにしても……麗しの蜜を採取するために、巣ごと持ってくるとは規格外もいいところだな」

「普通の採取方法とは違うのか？」

「ああ。普通はスイートビーを殺して、スイートビーが持っている蜜を集めるっていうのが一般的だな。二十四も倒せば、小瓶分くらいの蜜は採取できる」

「そうだったのか。採取方法を詳しく聞くべきだったな」

思い返せば、ソフィーはスイートビーから蜜が採取できると言っていた。

Eランクの依頼で巣ごと持ってこいってのはありえないし、冷静に考えれば分かったことか。

「まぁ巣から純度の高い蜜が採れるから、巣ごと持ってくることができるならそれに越したことはない。とりあえず蜜は冒険者ギルドで取り出しておくから、数日後にでも依頼分を抜いた残った蜜を渡す」

「わざわざ手間取らせてすまないな。よろしくお願いする」

「気にしなくていい。グレアムさんは冒険者ギルドにとって……いや、この国にとって重要な人物だからな。それよりも、最終確認だが明日はついていっても大丈夫なんだよな？」

「ああ、ついてきても構わない。色々と案内をお願いするつもりだから、明日はよろしく頼む」

「こちらこそよろしく頼む。……震えるほど楽しみだ」

ギルド長はニヤリと笑ってそう言うと、巨大な巣をギルド職員と一緒に運んで裏へと消えていった。

とりあえず依頼はこれで達成。

残った蜜もくれるようだし、大変だったが結果的にはよかったんじゃないだろうか。

「これで依頼達成ですね！　やっぱり採取依頼は楽しくて好きです！」

「今までソロだったから、二人の言っている意味が分からなかったけど……確かに楽しかったかも！」

「明日に向けて、いい気分転換になったな。それじゃ二人共、明日はよろしく頼む」

「はい！　任せてください！　無事に倒しましたら、祝勝会をしましょうね！」

「いいね、祝勝会！　みんなでパーッとやろう！」

緊張感のない二人だが、まぁ俺がついていれば大丈夫なはず。

明日のバーサークベア討伐に向け、今日は早めに帰るとしよう。

麗しの蜜を採取した翌日。

ジーニア、アオイと合流し、俺たちは冒険者ギルドには寄らずに街の門にやってきていた。

いつもならば冒険者ギルドに行くため流れで向かいそうになったが、今回は依頼ではなく善行でバーサークベアを倒しに向かうのだ。

果たしてこれが善行と呼べるのかは未《いま》だ疑問ではあるが、危険な魔物を倒すことで救われる命があるのであれば善行だろう。

そんなことを考えながら歩いていると、俺たちよりも早くやってきていたギルド長の姿が見えた。

服装が冒険者ギルドにいる時とは違い、質の高い防具に腰に差してあるのは黒いロングソード。

長年愛用しているのが一目で分かる良い剣だ。

それから大きなリュックを背負っており、荷物がパンパンに詰められているのが膨れ具合から分かる。

対する俺たちは、舐《な》めているように思われても仕方がないくらい普通の格好。

バーサークベアの群れの中から、ベルセルクベアが誕生したといっても所詮《しょせん》はフレイムオーガ程度。

そこまで気合いを入れる必要はないと判断したのだが、ギルド長のガチな装備を見ると少し不安になってくる。

「ギルド長、待たせて悪かったな。それにしても凄い装備だな」

「グレアムさん、おはよう。俺もちょうど着いたところだから気にしなくていい。装備に関しては、立ち入り禁止区域だから本気の装備で来たんだが……ちょっと場違いだったか？」

「いえ、私たちがおかしいのだと思います！　グレアムさんと一緒にいすぎて麻痺《まひ》している感じがありますから」

「まぁでも、実際にグレアムがいたらなんとかなるし、軽い装備の方がいいでしょ！」

「重い荷物を持っての移動は慣れているから、俺のことは気にしなくて大丈夫だ。それじゃ早速だがヘストフォレストに向かおう」

「ああ、案内をよろしく頼む」

大荷物のギルド長を先頭に、俺たちはビオダスダールの街を出発してヘストフォレストへ向かった。

途中まではしっかりと舗装された道が続いていたのだが、次第に砂利道に変わっていき、いつの間にか草木に覆われた獣道《けものみち》のようになっている。

街からはそう離れていない場所なのだが、この変わりようってことは本当に誰一人として近づいていないんだな。

「凄い道ですね！　普通なら引き返すような道ですよ」

「確かにそうだな。ギルド長がいなければ辿り着くことすら無理だったかもしれない」

「そんなことはない。比較的近いし、地図読みができれば誰でも森に行くことはできる。――ほら、もう入口が見えてきたぞ」

二メートル近い草を掻《か》き分け、ギルド長が指をさした方向に大きな森が見えてきた。

真っ昼間なのに夜のように暗い森であり、危険な魔物がいるとか関係なしに近寄りがたい森だな。

昨日、穏やかな南東の森に行ったからか、落差でより不気味に見える気がする。

「凄い暗い森ですね。南東の森は自然豊かって感じですけど、ここは自然が行きすぎて不気味です」

「日が差し込まないほど木々が生い茂っているんだろうな。道もほぼないし、進むのすら大変そうだ」

「森の先導は俺がやらせてもらう。長いこと冒険者をやってきただけあって、こういった場所の探索もしてきているからな。三人の誰かにはランタンを持ってもらいたいんだが……」

「灯りなら魔法でいいだろう。わざわざ片手を塞《ふさ》ぐ必要がない」

ギルド長の発言に被《かぶ》せるように、そう提案してから【ライト】の魔法を唱えた。

久しぶりに使ったため、自分でも驚くほど明るくなってしまったが、高い位置に浮遊させることで疑似的に日の光の代わりにできる。

「うっわ、凄い明るいです！　グレアムさんはこんな魔法も使えるんですね！」

「洞窟とかは暗いから断念していたけど、魔法使いがいればこんなに楽に探索できるんだ！　今までソロで冒険者やっていたことを後悔し始めちゃうんだけど……！」

「……い、いや、グレアムさんが特別なだけだぞ。明るくさせるためだけに魔法を使うなんて、滅多なことがない限りやらない。魔力ももったいないし、戦力が一人減ってしまうからな」

「戦力が一人減る？　どういうことだ？」

「……ん？　俺は魔法を使えないから分からないが、魔法を唱えている最中に、別の魔法は唱えられないんじゃないのか？」

「いや、別に一気に複数の魔法を唱えることはできるぞ。――【ウォーターボール】【ウインドボール】【ファイアーボール】【ストーンボール】」

俺は【ライト】の魔法を使いながら、四元素の基礎の魔法を同時に発動させた。

空中に放たれた四つの球状の魔法。

別の方向から弧を描くように飛んできた魔法の球は、俺の真上でぶつかると激しい音を立てて爆発した。

戦闘では一切使うことのない魔法だが、芸術性が高く非常に気に入っている。

フーロ村の子供たちにこの技を見せると喜んでくれたため、三人も喜んでくれると思ったのだが
……ギルド長もジーニアもアオイも口を開けて放心状態となっていた。

口をあんぐりと開けたまま、言葉を発さない三人。

痺《しび》れを切らした俺が、ギルド長に感想を求めた。

「ほら、普通に複数詠唱はできるだろ？　やろうと思えば今みたいな緻密な動きもできるようになる」

「…………い、いやいや絶対におかしい！　ありえないですよ！　魔法を同時に四つ……いや、【ライト】の魔法も合わせて五つか。五つも同時に使うことができるなんて俺は聞いたこともありませ

ん！　それに——なんですか？　あの巨大な球状の魔法は!!　【ファイアーボール】とか言っていましたが、あんな唸《うな》るような業火球を見たことないです！」

「ギルド長、少し落ち着いてくれ。また敬語に戻っているぞ」

「……す、すまねぇ。驚くことが多すぎて、グレアムさんを前にすると別の意味で頭に血が上ってしまう」

顔を真っ赤にして興奮していたギルド長を一度落ち着かせる。

本当にすぐ興奮しだすし、ギルド長は元々こういう性格なのかもしれない。

「でも、本当に凄かったですよ！　あんな魔法の使い方もできるんですね！」

「あんな凄いことができるなら、私も魔法を習得すればよかった！」

「今使ったのは初級魔法だから、覚えようと思えばすぐにできるようになるぞ」

「いやいや！　グレアムさんの真似は絶対にしないほうがいい。俺は数多《あまた》の冒険者を見てきたが、グレアムさんは規格外にぶっ飛んでいるからな！　本当の初級魔法はもっと弱っちい魔法だ！」

未だ興奮気味のギルド長は、俺の魔法を見て羨《うらや》んでいる二人に強くそう忠告した。

【浄火】は難しいかもしれないが、魔法の複数詠唱に関してはコツさえ掴《つか》んでしまえばすぐなんだけどな。

まぁここでギルド長に食ってかかり、時間を無駄に消費をするのはアホらしい。

今回の目的は魔法ではなく、ヘストフォレストの先にいるバーサークベアの討伐だ。

「俺が複数詠唱が可能ということは分かってもらえただろうし、とにかく先に進もう。このままじや入口だけで一日が終わってしまう」

「確かにそうだ……な。さっきも言ったが俺が先導するから、明かりの確保はグレアムさんに任せた」

「私とアオイちゃんはどうすればいいでしょうか？」

「俺とギルド長の間に入って進めばいい。魔物が出たら、二人には積極的に戦ってもらう」

「了解！　一体どんな魔物が出るのか楽しみだ！」

一度仕切り直してから、俺たちはヘストフォレストを進み始めた。

立ち入り禁止の場所ということもあって森の中は一切整備されていないのだが、自信満々に言っていただけあり、ギルド長の草木を切り開きながら進む手際が非常に良い。

あっという間に人一人分の道が作られていき、後方を進む俺たちはストレスなく森の中を進めている。

それから魔物どころか獣の気配すらないまま一時間ほど進んだタイミングで、ようやく獣道のような場所に抜け出た。

「ふぅー、思っていた以上に大変だったな。ただ、これでようやくヘストフォレストの中に入ったって言えるだろう。ここからは一気に遭遇する魔物の数が増えると思うぞ」

「先導をさせて悪かったな。お陰で楽に進むことができた」

「グレアムさんに無理を言ってついてきたんだから、これぐらいのことはさせてもらう。それよりも本番はここからだ。俺も多少は戦えると思うが、ブランクもかなりあるから戦力としては期待しないでくれ」

「その点は大丈夫だ。ジーニアもアオイもしっかり戦えるからな」

「そうそう！　道中の雑魚は私とジーニアで倒す！　ギルド長は後方で休んでて！」

「ですね！　指導していただいた成果をグレアムさんに見せます！」

ジーニアは気合いが入っているようだが、オーガ戦からそこまで日は経っていない。

良いところを見せようとしすぎて空回りする可能性もあるため、いつでもサポートできるように準備はしておこう。

「早速だが……右前方から何かがこっちに向かってきている」

「ゴブリンを見つけた時も薄々感じていたが、グレアムさんは本当に索敵も一流なんだな。俺も必死に気配を探っているが、近づいてくる魔物の気配を感じ取れていない」

「コツとしては五感に頼らず、第六感で見極める感じだな。慣れてくればギルド長もできるようになる」

「慣れてくればって、俺はもう慣れの段階を越えて引退した身なんだけどな……」

索敵も複数詠唱と同じく、そう難しいことじゃないんだけどな。

フーロ村でも、索敵に関しては子供でも習得できていた。

双子の姉妹は俺以上に索敵に優れているし、やり方を知らないだけだと俺は思っている。

そんなことを考えていると、こっちに向かってきていた魔物が姿を現した。

「この魔物はバトルエイプだ！　しかも群れかよ……。討伐推奨ランクCの強敵だぞ！」

「さすがはギルド長だな。魔物の知識が段違いだ。手前に三匹で、奥に四匹いるが……奥のは離れているから気にしなくていい。三匹なら二人だけで戦えるか？」

「もちろんいけます！　今回はグレアムさんの指示もいりません！」

「ジーニアが二匹？　それとも私が二匹？」

「私に二匹やらせてください！　一瞬で終わらせてみせます」

二人でやりとりを行い、担当する魔物が決まったらしい。

レッサーオーガがEランクであり、バトルエイプなる魔物はCランクと二つも上だが……今のジーニアならやれるだろう。

サポートの準備は一応しつつも魔物の強さが推し量れているため、俺は比較的安心しながら二人の戦いに目を向けた。

ギルド長が心配そうに見つめる中、まず動きだしたのはアオイ。

バトルエイプにクナイを投げつけると、クナイの持ち手の部分に巻き付けていた粘着性のある糸で一気に縛り上げた。

巻き取られた形となったバトルエイプを無理やり二体から引き剥《は》がし、アオイは一対一となる形をあっという間に作り出してみせた。

このよく分からない小道具の扱いといい、ここまでのスムーズな動きはさすがBランク冒険者と言える。

ジーニアの方は数的不利という状況も相俟って、二体の出方を窺《うかが》っている状態。

出方を見てから、倒せると思ったタイミングで一気に仕留めに動くのだろう。

ジーニアがそんな受けの姿勢を見せていることから、最初に動きがあったのはアオイの方だった。

巻き付けていた糸のようなものは簡単に引き千切られ、興奮した様子のバトルエイプはアオイに向かって突っ込んでいった。

「アオイ、直情型の魔物だぞ」

俺のアドバイスに親指を立てて返事をすると、バトルエイプの動きを読みきり、小太刀で額を斬り裂く。

決して深い傷ではないのだが、上手く目を斬りつけていたようで、戦闘開始から即座にバトルエイプの視界を狭めて見せた。

片目はまだ残っているのだが、素早い動きを長所としているアオイ相手に片目の負傷はあまりにも致命的。

常に斬り裂いた右目側に潜り込むように立ち回り、アオイはスキルを使うことなく一方的にバトルエイプを倒してみせた。

「はい、一丁上がり！　手応えなしかなー！」

危なげなく勝利を収めたアオイは、笑顔でVサインをしてきた。

経験を積むいい機会だと思っていたが、相手がちょっと弱すぎたな。

アオイには、この先にいるバーサークベアと戦ってもらうのもいいかもしれない。

余裕の戦いっぷりを見てそんなことを考えながら、視線をジーニアに移す。

二匹のバトルエイプに対し、受けの姿勢で様子を窺うように戦っていたジーニアだったが、どうやらもう動きを見切ることができたらしい。

口角を上げて微笑《ほほえ》むと、二匹のバトルエイプの攻撃を未来が見えているかのように先読みしながら避《よ》け、その攻撃の勢いを利用して首を刎《は》ねてみせた。

ジーニアの目には何が見えているのか分からないが、刃を関節に入れるのが非常に上手く、ジーニア自身は一切力を込めることなく二匹のバトルエイプの首が落ちる。

強さだけでなく、華のある戦いを見せるようになったジーニア。

俺と出会う前まではゴブリンに負けていたとは思えない成長っぷりであり、バーサークベアがバトルエイプと似たタイプならば、ジーニアにも戦ってもらってもいいかもしれない。

「グレアムさん、無事に倒しきりました！」

「見ていたが楽勝だったな。アオイもジーニアも完璧な立ち回りだったぞ」

「この程度の魔物を倒したぐらいじゃ、私は満足してないけどね！　道中に出てくる魔物は私とジーニアで全部狩るから！」

頼もしい言葉に俺は微笑みながら頷《うなず》いていると、戦闘中は無言を貫いていたギルド長がバトルエイプの死体のもとに歩いて向かっていった。

「素晴らしい太刀筋だな。俺はてっきりオーガの群れを斬ったのもグレアムさんだと思っていたが、焦げていないオーガを斬ったのはジーニアだったのか」

「オーガの群れ？　あー、レッサーオーガの群れですか。そうですね。グレアムさんに一から十まで指示してもらってでしたが、私が斬ったやつだと思います！」

「データ上では冒険者になったばかり。グレアムさんと組んでから依頼達成率が百パーセントに跳ね上がったことからも、グレアムさん頼りのルーキー冒険者だと思っていたが……この若さでこの強さは間違いなく逸材だ」

俺のことを褒められたわけではないのだが、自分が褒められた時以上に嬉しい。

ジーニアの成長速度をずっと誰かに自慢したかったため、数多の冒険者を見てきたであろうギルド長に見せ、そして褒められたのはよかった。

「えへへ、大袈裟《おおげさ》ですしそんなことないです！　もし本当に強くなれているのであれば、全てグレアムさんのお陰です！」

「そんなことはない。フーロ村でも戦闘を指南することはあったが、ジーニアは確実に才能がある」

「才能がない人間はいくら指導されようが伸びない。グレアムさんの力もめちゃくちゃ大きいのは事実だろうが、ジーニアは自信を持っていい」

「……うへへ、そ、そうですかね？」

ジーニアは照れくさそうにしつつ、変な笑い方を見せた。

そんなジーニアをアオイは羨ましそうに見つめている。

「ジーニアばっかり褒められていいなー！　私もなかなか頑張ったと思うんだけど！」

「アオイも頑張っていたが、余裕のある相手だったからな。強敵と出会った時にしっかり評価する」

「よーし！　ならガンガン進もう！　バーサークベアも私が倒すから！」

アオイは一人気合いを入れると、ヘストフォレストをズンズンと進み始めた。

二人の指導も目的の一つではあるが、一番の目標はバーサークベアの群れの討伐。

気を引き締め直して、ヘストフォレストを進むとしよう。


バトルエイプとの戦闘から、約二時間ほどが経過した。

依然として深い森が続いており、進むにつれて出現する魔物の数も増えてきた。

遭遇した魔物は言っていた通り、ジーニアとアオイの二人で倒してしまっているため、ヘストフォレストに入ってからは俺とギルド長は何もしていない。

正確にはギルド長は地図読みをしてくれているため、俺は本当に短いアドバイスと【ライト】の魔法を使っているだけ。

善行をしたいと言いだしたのは俺なのに、一番何もしていない人になっているのはどうかと自分でも思うが……。

俺の役目はバーサークベアの群れの中に現れたベルセルクベアの討伐であり、それ以外はお守《もり》のようなもの。

二人が強くなる機会を与えるのも立派な善行であると思っているため、二人が頑張っているところを温かい目で後方から見ている中、俺はようやくバーサークベアと思われる反応を捉えた。

オーガよりも若干強い反応が複数あり、その反応の中心にフレイムオーガと同等の反応がある。

バーサークベアを見つけたことを報告するため、俺はジーニアとアオイが現在戦っているベノムフロッグを斬り飛ばした。

俺が横入りしたことに対し、ジーニアは頬《ほお》を膨らませてこっちを見てきたが、一切気にせずに報告を行う。

「バーサークベアの反応を見つけた。この先から真っすぐ俺たちの方に進んできている」

「えっ！　バーサークベアの気配を見つけたんですか!?　どれくらいで接敵するのでしょうか？」

「多分だが、一時間後くらいだと思う。オーガの時と同じように、俺が二人を抱っこすれば五分で着くけどな」

「げっ！　あれはもう嫌だ！　速すぎて本気で死ぬかと思ったもん！」

「わ、私ももう嫌ですね……！　有事の際は仕方ないですが、積極的にはやりたくないです」

「抱っこってなんだ？　俺はちょっと興味があるんだが」

二人は表情を暗くさせて嫌がる中、ギルド長だけ興味を示してキラキラとした目で俺を見てきた。

期待しているギルド長には悪いが、自分よりも年上のおっさんを抱っこして全力で走るのは避けたい。

「二人が嫌っていうなら、このまま歩いて向かおう。進むにつれて魔物の数が多くなってきたと思っていたが、どうやらバーサークベアたちから逃げている魔物たちだったたっぽいな。この先もバーサークベアから逃げるように走っている魔物の反応がいくつも感じられる」

「ということは、この先も魔物との連戦ってことですね。ベノムフロッグをグレアムさんに倒されてしまいましたし、その八つ当たりとしてまだまだ倒しまくります！」

「私もジーニアには負けていられないからね！　出現する魔物もいい具合に強いし、新技の練習台になってもらう！」

バーサークベアの情報を聞いても、怯える様子を見せなくなったのは頼もしい。

アオイは直接見たらまた日和《ひよ》ってしまう可能性もあるが、ひとまず道中は心配しなくてよさそうだな。

「若いって羨ましいな。こういう若さに勝てないと思って、冒険者を引退した時のことを鮮明に思い出した」

「俺も年だし、ギルド長の気持ちはよく分かる。一応教えている立場ではあるが、教えられることもかなり多いしいい刺激になっているからな」

「……いや、グレアムさんにだけは分かってもらいたくないし、多分分かっていないと思う。この二人の若さよりも、グレアムさんの実力の方が数百倍は驚いたからな」

俺は同じおっさんとして共感したのだが、ギルド長は片手を突き出して拒絶してきた。

少し寂しい気持ちになりつつも、バーサークベアの反応の元を目指して歩みを進めていく。

反応を感じ取ってから、更に歩くこと一時間。

俺が見立てた予想通り、すぐ近くにバーサークベアの群れがいる。

相当な巨体のようで、こっちに向かって進んできているのが地面の揺れで分かる。

ここまで一切苦戦することなく、会敵した魔物を退けてきたジーニアとアオイだったが、さすがにこの揺れには動揺している様子。

「こ、これって……バーサークベアが歩いているから揺れているんですか!?」

「そうだと思うぞ。地震がこんな長時間続くわけがないしな」

「グレアム、もしかしてだけど……オーガより危険？」

「反応はオーガよりも強い。ただ数は二十四と少ないし、従えている魔物もいないから総合的にみたら変わらないと思うぞ」

「長年冒険者をやってきたが、生きているバーサークベアを見るのはこれが初めてだ！　文句なしの推奨討伐ランクAの魔物。更に、今回はその上位種のベルセルクベアがいるんだろ？　ギルド長の仕事は死ぬほど大変だが、これほどまでにギルド長をやっていてよかったと思ったことはない！」

萎縮《いしゅく》している二人とは違い、この揺れに対して興奮し始めたギルド長。

本当に興奮するタイミングが読めないし、バーサークベアが近づいてきている揺れで興奮するのだとしたら、やはりド級の変態である可能性が高まった気がする。

「ギルド長も戦いたいとかあるのか？　戦いたいのなら、一対一の状況を作るぞ？」

「いや、今の俺では恐らく倒せない。それに俺が一番見たいのは……そんな超ド級の魔物をグレアムさんがどう倒すのか——だ。今の俺はバーサークベアにもベルセルクベアにも興味はなく、グレアムさんにしか興味がない」

真っすぐな目でヤバいことを言いだしたギルド長。

やはりギルド長はド級の変態だったということで、俺は聞こえなかったフリをする。

そして、近づいてきている方向に目線を向け、もうすぐ姿が見えるであろうバーサークベアに集中した。

木をへし折りながら姿を現したのは、灰色の毛を身に纏《まと》ったクマのような魔物であるバーサークベア。

目は血走っており、口元からは牙を覗《のぞ》かせている。

体長は六メートルほどと、レッドオーガやフレイムオーガと比べても桁違いに大きい。

半開きの口からはダラダラと涎《よだれ》が垂れ出ており、視界に入った俺たちを捕食しようと一気に動きだした。

「どうする？　アオイとジーニアが戦うか？」

そう声をかけたのだが、二人からの返事はない。

登場の仕方もド派手だったたし、オーガ以上の圧を受けて一瞬ではあるだろうが萎縮してしまっているようだ。

こうなったら仕方がないが、一匹目は俺が倒すとしよう。

【浄火】の魔法で焼き殺してもいいが、せっかくこれだけの巨体の魔物相手なら肉弾戦を行いたい。

刀も抜くことはせず、拳を構えて固まっている二人の前に出る。

肉弾戦を行うというのに片腕しかないのはネックだが、この程度の相手ならば片腕でも十分。

大口を開け、舌を伸ばしながら食いつくように襲いかかってきたバーサークベアに対し、避けることをせずに真っ向から殴り合いを仕掛ける。

動きは遅いが、巨体なだけあって勢いはある。

俺はニヤリと笑ってから、大口を開けて噛みついてきた顔面に拳をぶっ放した。

鼻と前歯の間に拳がクリーンヒットし、若干の重みを感じながらも拳を振りきる。

殴るという行為を久しく行っていなかったため、爽快感が凄まじい。

回転しながら吹っ飛んでいったバーサークベアを見て、更に血が滾《たぎ》ってきた。

次はハイキックを浴びせてもいいし、ボディブローを効かせても面白そうだ。

軽くステップを踏みながら、バーサークベアが起き上がって再び攻撃してくるのを待っていたのだが……いつまで待っても起き上がる気配がない。

「……ん？　バーサークベアはなにしているんだ？」

「グレアムさん。そのバーサークベア、もう死んでいるぞ」

ぽつりと呟《つぶや》いた一言に返事をしてくれたのはギルド長。

ただ、今の一撃で死んだということが信じられず、俺は倒れたバーサークベアの様子を見に向かったのだが……本当に白目を剥《む》いて死んでいた。

「多分だが頸椎《けいつい》が折れたんだろう。……いや、それだけじゃないな。衝撃で脳もぐちゃぐちゃになっているだろうし、バーサークベアからしたらどうにもならない一撃だった」

「あんな巨体が吹っ飛ぶところ、初めて見ました……！　巨体の方が突っ込んだのにふっ飛ばされるって、何か凄い変な感じでしたよ!!」

ギルド長とジーニアが褒めてくれているが、俺としては物足らないという感情しかない。

これからってところだと勝手に思っていたが、パンチすら耐えられなかったか。

「あっけなさすぎて物足らないが、まだ奥から十八体ほど迫ってきている。どうする？　このまま俺が倒してしまってもいいが、二人にとっては良い機会だと思うぞ」

「……私は戦います！　グレアムさんの戦闘を見ていたら体の力が抜けました！」

「わ、私は……」

アオイはオーガの時と同じように、完全に萎縮してしまったように見えたが……。

力強く首を横にぶんぶん振ると、自分の頬を思い切り叩《たた》いた。

「──私も戦う！　ここで逃げたらオーガの時と一緒だから！」

「気合いを入れたところ悪いが、そんなにビビらなくていいぞ。図体《ずうたい》がデカいだけで攻撃が雑。大きなバトルエイプだと思えば楽に戦える」

「絶対にそんなことはないと思うんですけど……倒せるように頑張ります！」

ジーニアが気合いを入れたところ、後続を進んでいたバーサークベアが姿を現した。

先ほどの個体よりも小さくはあるが、それでも五メートルは優に超えている個体が三体。

一体だけでも迫力があったが、三体並ぶと圧巻の光景だな。

さすがに数的不利の状況は厳しいと思ったため、俺は二体を仕留めることに決めた。

「二体は俺が仕留めるから、ジーニアとアオイは前にいる一体だけに集中してくれ」

「なぁグレアムさん、どんな方法で倒すつもりなんだ？」

「魔法を使おうと思っている。近接戦は少し飽きたからな」

「飽きたから魔法……！　くっはっはっ！　この間の不思議な炎魔法を使うのか？」

「いや、今回は無属性魔法で倒すつもりだ。火属性魔法ばかりを使っていられないからな」

ギルド長の質問に返答しながら、姿を見せたバーサークベアに片手を突き出す。

そして、突き出した右手に魔力を込め――。

【重力魔法《グラビティ》・無《ゼロ》】」

俺の詠唱と共に、ふわふわと宙を浮き出した二体のバーサークベア。

重力をコントロールする魔法であり、ふわふわと一見楽しそうに浮遊している二体のバーサーク
だが、呼吸ができないようで藻掻《もが》き苦しんでいる。

「長くは苦しまないよう仕留めさせてもらう。――【重力魔法《グラビティ》・衝撃《インパクト》】」

次の魔法を唱えた瞬間に、浮遊していた二体のバーサークベアは地面に叩きつけられるように死んだ。

無重力状態から一気に重力をかけたことによる圧死。

見た目はド迫力で少々グロいが、苦しむことなく逝《い》かせてあげることができたはずだ。

「ジーニア、アオイ。二体は俺が仕留めたから、残ったバーサークベアと戦ってくれ」

「し、仕留めたって……！　せっかく気合い入れたところだったのに、ド派手に倒すから集中がそっちに持っていかれたじゃん!!」

「アオイちゃん、グレアムさんはいつもああですよ！　心を無にして考えないようにして、私たちはバーサークベアのことをだけに集中しましょう！」

「むむ……む！　確かにそうだね！　考えても無駄だし、バーサークベアを倒すことだけに集中する！」

ジーニアの声かけのお陰で二人は上手く切り替えることができたようで、再び高い集中力を発揮しながらジリジリと残ったバーサークベアに近づいていった。

一方のバーサークベアだが、急に圧死した仲間のバーサークベアに意識が向いているようで、目をまん丸くさせてキョロキョロと周囲を探っている。

ここに姿を見せた時のような暴走した感じはなく、バーサークの名を微塵《みじん》も感じさせないほど正気になってしまっている。

この状態を相手にして、果たしてバーサークベアと戦ったと言っていいのか分からないが、今の二人にとってはベストな相手。

「まずは私が突っ込む！　攻撃は仕掛けずに翻弄《ほんろう》するから、ジーニアは動きを頭に叩き込んで！」

「分かった。アオイちゃん、絶対につかまらないようにね！」

「任せて！　避けるのは大得意だから！」

そんな会話をしてから、バーサークベアに対して突っ込んでいったアオイ。

困惑している様子のバーサークベアだったが、敵が迫ってきたとなったらさすがに攻撃を行ってきた。

ただし動きに一切のキレはなく、そんなバーサークベアの攻撃をアオイは楽々と避けてみせた。

そこからはアオイの独壇場。

バーサークベアから付かず離れずの距離を保つと、おちょくるように攻撃を誘っては回避していく。

避けるのは得意と豪語していただけあり、一切の危なげもなく、バーサークベアの攻撃を避けきっている。

仲間の圧死に困惑していたバーサークベアも、攻撃を行うにつれて元の調子を取り戻してきたのだが……。

避けるアオイを捉えきる前に、バーサークベアにとっては死神であるジーニアが、剣を抜いてから前へと出てきた。

「アオイちゃん、ありがとうございます。お陰さまでバーサークベアの動きを読みきりました」

淡々とそう告げると、アオイと入れ替わるようにバーサークベアの前に立ったジーニア。

そんなジーニアに対しても構うことなく右腕を振り下ろしたのだが——。

振り下ろした右腕はそのまま地面に落ち、ワンテンポ遅れてから血が噴き出た。

右腕は完璧にジーニアが斬り飛ばし、こうなったら後は一方的に仕留めきるだけ。

俺はそう確信していたのだが……。

二人は右腕の失くなったバーサークベアにまさかの大苦戦。

攻撃を一切受けることはなかったのだが、相手の力を使って斬るというカウンタースタイルのジーニアには、攻撃を仕掛けてこない相手にダメージを与える術《すべ》を持ち合わせていない。

アオイも、体長が五メートル近くあって強靭《きょうじん》な肉体を持っているバーサークベアに対し、ダメージを与えられるような強力な技を持っていない。

なんとかかんとか攻撃をさせるように仕向け、早々に手負いとなったバーサークベアを仕留めることには成功したが、二人にとっては明確な課題が見つかった一戦だったと思う。

「はぁー……はぁー……。し、死んだよね？」

「た、多分だけど死んだと思う」

避けることに集中力を割きながら、ダメージも与えるように動いていたこともあり、二人は汗だくで足もぷるぷると震えている。

道中の戦闘も影響しているとは思うが、ジーニアはレッサーオーガの群れを撫《な》で斬《ぎ》りにした時以上に疲弊しているな。

「よく倒したと思うが、明確な課題が見つかったな」

「は、はい。二対一でこのざまだったのは悔しいです」

「もっと戦えると思ったんだけど……悔しい！」

「残りのバーサークベアも倒してもらうつもりだったが、その状態じゃ厳しいか。残りは俺が片付けるから後方で休んでくれ」

「う、うぐ……！　戦いたい、です！」

「ここからビオダスダールに帰らないといけないからな。ここで全力を使われたら困る」

「うぅ……分かりました」

本当に悔しそうにしているジーニア。

俺ももう少し戦わせてあげたい気持ちもあるが、疲弊しきった状態で戦わせてもいい結果は出ない。

「どうする？　ギルド長も戦うか？」

ここまでやけに静かだったギルド長に話を振ったのだが……。

ギルド長はなぜか両手で口を押さえていた。

「……何しているんだ？」

「さっきの無属性魔法が凄すぎて、昂《たかぶ》る感情を無理やり押し殺していた」

「そ、そうか。それでギルド長は戦うのか？」

「いや。何度も言ったが、俺はグレアムさんの戦闘が見たい。さっきの無属性魔法を使って倒すのか？」

「そうだな。バーサークベアは【重力魔法《グラビティ》・衝撃《インパクト》】で圧死させて、ベルセルクベアは更に応用を効かせた魔法で倒そうと思っている」

俺の返答を聞いたギルド長は、口を押さえているため声にならない声を上げながら目を爛々《らんらん》と輝かせた。

最初にギルド長室で会った時は、まともな人だと思ったんだけどな。

あまり深くは関わらないでおこう。

俺は心の中でそう決め、残りのバーサークベアに意識を向けた。

この場所に踏み込んだバーサークベアを、全て【重力魔法《グラビティ》・衝撃《インパクト》】で圧死させていく。

普通の魔物よりも知能が低いのか、何の対策もしてこないため本当に流れ作業のように次々と倒すことができている。

「あまりにも簡単に倒してしまうので、バーサークベアが弱いのではと錯覚してしまいます……！」

「こんなに簡単に倒せたら、人生楽しいんだろうなぁって思うよね！　私だったら強さを自慢しまくって、街の中を肩で風切って歩くんだけど！」

「俺も同意見だ。有名になりたいがために冒険者になって、必死で力をつけていたからな。これだけの力を持っていながら目立ちたくないという思考に至るのが理解できない。……いや、そういう思考だからこそ、これだけの力を持つことができたのか？」

何やら後ろで変なことを話している三人。

俺の基準では、バーサークベアはそう大した魔物ではないんだけどな。

フーロ村の近くにはこれぐらいの魔物がゴロゴロといたし、攻め込んできた魔王軍の魔物は桁違いに強かった。

この程度で褒められるということに変な感覚になりつつも、最後のバーサークベアを圧死させ――いよいよ最後尾を進んできていたベルセルクベアが姿を現した。

体の大きさはバーサークベアよりも一回り小さく、全長四メートルほど。

灰色の体毛に対し、闇に近い漆黒の毛を生やしているベルセルクベア。

一番特徴的なのは爪だろうか。

赤黒い長い爪には魔力を帯びており、その凶悪な爪から死臭が漂っている。

「こ、これがベルセルクベア……。バーサークベアよりも小さいですけど、纏っている雰囲気が桁違いです」

「俺もこれだけの圧を感じる魔物は初めて見た。……ただ、何でだろうな。こんな凶悪な魔物を前にしても、グレアムさんが負ける姿が一切想像できない」

「それはバーサークベアを片手間の作業みたいに殺しまくったのを見ているからでしょ！　私はもうどんな相手だろうとグレアムが負ける姿が想像できないし、逆にグレアムの左腕を奪った奴が気になってしょうがないもん」

「それに関しては俺も全く同じだ!!　グレアムさんはエンシェントドラゴンに奪われたと言っていましたが、そもそもドラゴンですら目撃情報がほとんどない伝説の魔物！　そんなドラゴンたちのトップに君臨していたエンシェントドラゴンがどんなものなのか元冒険者としては――」

「少しうるさい。ちょっと静かにしていてくれ」

ベルセルクベアに良い感じに集中できていたのだが、ベラベラと話しだしたギルド長の声で完全に集中が削《そ》がれた。

一喝して黙らせてから、再び集中し――魔力を全身に纏わせる。

ベルセルクベア相手にも、これまでと同じように無属性の重力魔法で戦っていく。

ただ、今回はベルセルクベアに使うのではなく、俺自身に重力魔法を使って戦う。

「【重力魔法《グラビティ》・減《ディクリース》】」

この魔法は自分がかかっている重力を減らすことで羽が生えたかのように軽くなり、自由自在に動き回ることが可能になる。

元々俺に追いつける術を持っていなかったベルセルクベアだったが、これで完全に俺を捉えることができなくなった。

反応できていない相手を一方的に攻撃しながらも、俺はもっと上のスピードを目指したくなってきてしまう。

【重力魔法《グラビティ》・減《ディクリース》】に加え、更に雷魔法を唱えることで、常人では到達できない域に足を踏み入れることができるようになる。

ちなみに、かつてフェンリルロードを仕留めたのはこの魔法を使用してであり、久しぶりにあの感覚を思い出した俺は、いてもたってもいられなくなってしまった。

これは俺の悪い癖であり、一度気持ちが昂ってしまうと抑えられなくなる。

特に戦闘ではその性格が顕著に表れ、オーガ戦でも無駄に派手な魔法をぶっ放したからな。

今回も無駄。そう頭では分かっているのだが——体を止めることができない。

一方的に攻撃していた手を止め、俺は再び距離を取って魔力を練り込む。

これは完全なる俺の道楽であり、久しぶりに体が最速を求めたために使う魔法。

「一方的に攻撃していたのにどうしたんでしょうか？」

「常人には何も分からないが、笑顔ってことはアクシデントではないことだけは分かる。ここから何が見られるのか——見る前から鳥肌が止まらない！」

後方で声が聞こえるが、耳から耳へと抜けていって頭に入ってこない。

理性と本能が葛藤しながらも、あっさりと勝った本能に身を委ね――魔法を発動。

「【迅雷《じんらい》】」

俺が生み出した魔法による雷が体を駆け巡り、強力な負荷がかかったことで自分の体とは思えない速度で動くことが可能となる。

足の筋繊維が切れる音が聞こえてくるが、構わずベルセルクベアの懐に飛び込む。

「【重力魔法《グラビティ》・減《ディクリース》】」に加えて、「【迅雷《じんらい》】」の魔法もかかった俺の速度にベルセルクベアは目で追うことすらができておらず、既に懐にいるのに先ほどまで俺が立っていた位置を見ている。

そんなベルセルクベアを見て、更に気分が高揚していくのを感じながら、土手っ腹に拳を叩き込み――。

「【万雷《ばんらい》】」

同時に体に流していた魔法をぶっ放し、ベルセルクベアを仕留めた。

【重力魔法《グラビティ》・減《ディクリース》】すら使う必要のない相手だったが、まぁ俺は楽しかったしいいだろう。

久しぶりに割と本気で戦えたことに満足しながら、俺は倒れていくベルセルクベアを見守った。

さっきのバーサークベアとの戦いが未消化だった分、思いっきりぶっ放すことができて非常に気分が良い。

胸がすくような気持ちだったのだが、今更ながら後ろでギルド長が見ていることを思い出し、これから面倒くさいことになることに気がつく。

俺は顔を歪《ゆが》めながら振り返ると、ポカンと口を半開きになっている三人の顔が目に入った。

もっと騒ぎだすかと思っていただけに、予想外の反応だな。

「…………ちょ、ちょっと——な、何が起こったんですか？　ま、まばたきしていなかったのに、いつの間にかグレアムさんがベルセルクベアのところに移動して……へ？」

「お、俺も全く分からなかった。目をかっ開いていたはずなのに、気づいたらベルセルクベアが死んでいた」

「私も全く同じ！　一瞬で光景が変わりすぎて、私が気絶しちゃったのかと思ったんだけど、気絶していたわけじゃないよね!?」

ワンテンポ遅れて興奮し始めたが、どうやら第三者視点で見ていた三人も目で追うことができていなかったらしい。

唯一、ジーニアだけがギリギリ見えていたみたいだが、何をやったかまではわからなかったようだ。

「普通に移動して殺しただけだぞ」

「ふ、普通って何ですか!?　普通ではなかったことだけは確かです!!」

「い、いや今のはおかしい。無属性魔法？　重力魔法？　時を止める魔法でもあるのか？　い、いや、神でもない限り時を止めることはできないはず！　理解ができない!!!」

髪の毛を掻きむしり始めたギルド長。

別の意味でうるさくはなったが、泣かれたりキラキラした目で見られるよりかはマシだな。

「さすがに時は止めていない。ジーニアは僅《わず》かだが見えていただろ？」

「移動した瞬間だけでしたけど……ほとんど見えていませんよ！」

「ということは、俺はこんな特等席で見ていたのに見逃してしまったのか……！　ぐ、グレアムさん！　頼む、もう一度だけ使ってくれ！」

「無理だ。無駄に魔力を消費したくないし、体の方も普通に限界だからな」

面倒くさいということもあるが、実際に右足がビリビリときているし、もう一回使ったら完全に痛めてしまう。

まぁそれも回復魔法を使えばいいんだが……うん、普通に面倒くさい。

「うっ、くっ……。これほど後悔したことは人生で初めてだ。ま、またいつか機会があったら見せてほしい！　この通りだ！」

「土下座はやめてくれ。機会があれば見せる」

「グレアムさん、本当にありがとう！　……グレアムさんに出会ったのが老いきる前で本当によかった。なんだか俺も……もう一度だけ飛べるような気がしてきている」

ギルド長は妙にスッキリとした表情を見せ、小さくそう呟いた。

「ですよね！　私もグレアムさんには刺激をもらってばかりです！　同じ域に到達することは不可能かもしれませんが、人でもここまでやることができると分かるだけで、ワクワクしてくるんです！」

「私も！　付き纏ってよかったし、盗める技術は全部盗んで絶対に強くなる！」

「みんなして何を言っているんだ。ここから帰らなくちゃいけないんだし、さっさとバーサークべアとベルセルクベアの耳だけ剥ぎ取って帰るぞ」

なぜか気合いを入れている三人にそう伝え、率先して剥ぎ取り作業を行う。

今回は依頼ではないため、この作業は特にいらないと思うんだが、討伐したということをベインに伝える時にあって損はない。

「バーサークベアの大半はぺっちゃんこですね」

「改めて見ると、めちゃくちゃグロテスク！」

「サンプルとして持って帰りたいが、さすがに無理だよな」

「もう少し加減するべきだったか。ギルド長、ベルセルクベアの素材って何かに使えるのか？」

「そりゃもちろん！　毛から肉まで使えると思うが、一番需要があるのは牙と爪だろうな。確実に高値で売れる」

なるほど。そういうことなら、牙と爪も剥ぎ取っておき、売れるなら売ってしまおう。

売って得た金は寄付、もしくは善行に使うという選択もできるわけだしな。

「素材を売るっていうのもあるのか。道中でジーニアとアオイが狩った魔物の素材も剥ぎ取っておけばよかったな」

「剥ぎ取りは時間がかかるし、今回はスルーで正解だったはず。とりあえずベルセルクベアとバーサークベアの素材は、俺がちゃんと売り捌《さば》かせてもらう。無駄に目立つこともなくなるだろうし、グレアムさん的にもいいだろう？」

「ああ。ギルド長なら安心だから、売却の方はよろしく頼む」

「本当に良い経験をさせてもらったからな。これぐらいのことなら喜んでやらせてもらうし、今後も市場では出回らないような魔物の素材を売りたい時は遠慮なく言ってくれ」

この提案は非常にありがたい。

売るにしてもEランク冒険者である俺と、冒険者ギルドのギルド長が売るのとでは全然違うからな。

素材を売った金で一体何ができるのかを楽しみにしつつ、とりあえずこれでヘストフォレストでの目標も達成したし、後は無事にビオダスダールの街に戻るだけ。

帰りの道中も魔物には襲われるだろうし、力を使いきっている二人を守りながら、慎重かつスピーディーに森を抜け出るとしよう。

そして無事に戻ることができたら……酒場でパーッと祝勝会だな。


祝勝会の準備をするため、少し早めに店に出向いてカイラさんのお手伝いをする。

私は溜《た》まっていた食器を洗いながら、今日のベルセルクベア戦のことを思い出す。

出会った時から、グレアムさんのことは強いとずっと思ってきた。

この酒場で三人の冒険者から助けてくれた時、初めての依頼でゴブリンを狩った時、【不忍《しのばず》神教《しんきょう》団《だん》】を襲っていたゴーレムを斬り飛ばした時、ベインさんを圧倒した時、そしてレッドオーガの集団を燃やし尽くした時。

過小評価したことなんて一度もなく、グレアムさんは冒険者の中でもトップクラスに強い――そう思っていたのだけど……。

今日のベルセルクベアとの戦いを見て、その評価ですら過少評価だったことを私は思い知らされた。

複数のバーサークベアを魔法によって一瞬で圧死させた後、見ただけで震えてしまうほどのベルセルクベアに対しても、一切動揺する様子を見せていなかったグレアムさん。

そして、何やら複数の魔法を唱えた後に――その場から姿が消えたのだ。

一瞬も見逃さないように、私はまばたきもせずに注視していたのにもかかわらず、グレアムさんの攻撃をこの目で捉えることができなかった。

気づいた時には凶悪なオーラを放っていたベルセルクベアは吹っ飛んでおり、先ほどまでベルセルクベアがいた場所にグレアムさんが立っていた。

さっきも言ったように私は何も見ることができなかった。

ただし、グレアムさんがベルセルクベアを倒したということだけはその場にいた誰もが理解できたため、こうして思い出すだけでも全身に鳥肌が立っている。

凡人には何をしたのかすら分からせない。

恐らくグレアムさんだけが到達できる次元であり、〝トップクラスの冒険者〟なんかではなく、人類のトップに君臨する実力の持ち主であることは素人から毛が生えた程度の実力しかない私でも分かった。

私が思い出にふけり、ニヤニヤを抑えられずにいると……。

「ジーニア、何をそんなにニヤニヤしているのよ。顔も赤いし、なんだか変な顔になっているわよ」

「い、いえ！　ニヤニヤなんかしていません！」

「いやいや、思いっきりしていたわよ。さっきまでやっていた戦いのことを思い出していたんだろうけど、お客さんの前ではそのニヤケ面《づら》は禁止だからね」

「す、すみません」

カイラさんに指摘され、自分の顔が更に赤くなっていくのが分かる。

私は気合いを入れ直す意味で頬を叩いた後、もうニヤてしまわないようにグレアムさんのことを考えるのではなく、バーサークベアと対峙《たいじ》した私の振り返りを行うことに決めた。

あの場にいた誰もが異次元と認めるグレアムさんの戦いっぷりに対し、私の戦いは酷《ひど》い有様《ありさま》だった。

最初はグレアムさんから学んだことを活かし、バーサークベアを圧倒できていたと自分でも思う。実際あんな巨体の魔物相手に対しても一方的に攻撃できていることが嬉しかったし、右腕を落とした時は人生で一番興奮した。

――けれど、これまで戦った魔物とは違い、右腕を落としたことでバーサークベアは動きを止めたのだ。

私が相手の力を利用しないと攻撃できないことを見抜かれ、即座に対応されてしまった後は……

思い出すのも辛《つら》いほどの目も当てられない戦い。

一方的に攻撃しているのにダメージは与えられず、段々と体が疲弊していくのに対し、攻撃しているのは私だったのに身も心も削られていく感覚だった。

実際にアオイちゃんの手助けがなければ私が先に力尽きていただろうし、今回は相手が近接戦を得意とする魔物だったからよかったものの、魔法を得意とする相手には歯が立たないことをしっかりと思い知らされた。

「……なんだい？　今度は生気を失った目をしているよ！　ニヤけていたかと思えば、死んだ魚のような目に変わるなんて大丈夫かい？」

「あっ、すみません！　ニヤけないようにと嫌なことを思い出したら気持ちが沈んでしまいました！」

「そういうことかい。ジーニアは考えていることが顔に出るんだねぇ。私は長所だと思うけど、悟られたくない相手の前では気をつけるんだよ」

「はい。気をつけます」

カイラさんにまたもや注意を受け、今度こそ仕事のみに集中することにした。

今回の戦いのことは色々と考えて反省していかなくてはいけないが、今はお店に迷惑がかからないように考えるのをやめる。

気持ちを切り替え、祝勝会まで私は必死に皿洗いを行ったのだった。

ヘトヘトの状態の皆を連れて、なんとか怪我《けが》なくビオダスダールの街まで戻ってくることができた。

ちなみに帰りに遭遇した魔物は全て俺が斬り飛ばし、ギルド長が剥ぎ取りを行ってくれた。

戦闘は一度も行っていないものの、さすがは冒険者ギルドのギルド長なだけあり、一切疲れた様子を見せていない。

元A級冒険者と言っていたし、相当場慣れしているのが一日一緒にいてよく分かった。

「それじゃグレアムさん。俺は仕事が残っているから冒険者ギルドに戻らせてもらう」

「これから祝勝会を行おうと思っていたんだが、ギルド長は来られないのか」

「行きたいのは山々なんだが、全ての仕事を放り出してついてきたからな。さすがに戻って仕事をしないとまずい。また別の機会にぜひ誘ってほしい」

「分かった。別の機会があるか分からないが、その際は誘わせてもらう」

「ああ。とにかく今日は本当に良い体験をさせてもらった。この恩はきっちりと返させてもらう。魔物の素材の売却に関しても、俺の方でちゃんとやっておくから期待しておいてくれ」

「ああ、よろしく頼んだ」

ここから更に仕事があるというギルド長とは早々に別れ、俺たち三人だけとなった。

ギルド長にも言った通り、話では祝勝会をやる予定だったはずだが……二人ともヘトヘトだからな。

結構な立役者だったギルド長が来られないことを考えても、また別の機会にしてもいいかもしれない。

「二人はどうする？　今にも寝そうだし、今日は解散にして祝勝会は別日にするか？」

「……いえ！　祝勝会は今日やりたいです！　明日からは今日の反省を生かして切り替えたいので」

「ジーニアの意見に同意。今にも倒れそうだけど祝勝会となったら話は別！　酒場に着けば元気になるから──グレアム背負って！」

「祝勝会をやることは分かったが、背負うのは嫌だ。とりあえず一度帰ってシャワーを浴びてから、酒場に再集合って形でいいか？」

いつものように綺麗なままならこのまま直行でもよかったのだが、今回は割と深い森に入ったためかなり汚れている。

酒場の店主のカイラにドヤされないためにも、一度綺麗にしてから酒場に向かいたい。

「いいけど……帰ったらそのまま寝ちゃいそう！　ジーニア、ついていっていい？　シャワーだけ貸してほしい！」

「大丈夫ですよ！　……といっても、私の家じゃないんですけど」

「やったー！　じゃあ私とジーニアは先に酒場にいると思うから、綺麗にしたらすぐに来て！」

こうして二人とも一度別れ、俺は安宿に戻って着替えることにした。

荷物を一度部屋に置き、共用のシャワーで体を洗い流す。

冷たい水しか出ないシャワーを浴びて、身も心もスッキリとした気持ちになった。

……ただ、そろそろもう少し良い宿に替えてもいいかもしれない。

Eランクの依頼も楽にこなせているし、金もそこそこ貯《た》まってきたしな。

狭くて汚いが部屋の居心地自体はかなり良いのだが、やはり共用のシャワーしかなく冷たい水のみというのは厳しい。

そんなことを考えながら着替えも済ませた俺は、二人の待つ酒場に向かった。

早い時間ということもあり、店の中には他の客の姿がまだない。

ジーニアとアオイは既に席に着いており、疲れた表情をしながらも俺を見つけた瞬間に手招きして呼んだ。

「グレアムさん、こっちですよ！」

「おそーい！　何も頼まずに待っていたんだから早く！」

「頼んでくれてもよかったんだけどな」

席に座り、早速店主のカイラを呼んで注文を行う。

カイラが俺を見るなり笑顔になったことで嫌な予感がするが、ジーニアがお世話になっているため何も言えない。

「おー！　今日はグレアムもいるのね。どう、少しは笑顔が上手くなった？」

「上手くなるわけがない。冒険者やっていて、笑顔になるタイミングなんてないからな」

「え？　そうですか？　グレアムさん、戦闘中は結構笑顔なイメージありますけどね」

「確かに！　というか、さっきも笑っていたけど！」

……ん？　そうなのか？

確かにたまに口角が上がる時があるが、笑顔ってイメージは自分の中でなかった。

「そうなのか？　自分では全然気づいていなかった」

「へー、戦っている時は笑うのね。どう？　ぎこちない笑顔なの？」

「いえ、全然！　自然な笑顔ですから、意識するのが駄目なのかもしれません！」

「意識しないで笑う……難しいな」

「ちなみにだけど、ジーニアも戦闘中に笑うけどね！　バトルエイプの時なんか怖いぐらいの笑みだった！」

「いやいや、絶対にそんなことないです！　真剣そのものですし、グレアムさんと違って笑う余裕なんてないですもん！」

アオイのそんな言葉を全否定しているジーニア。

俺目線でも完全に笑っているように見えたし、戦闘中は意外と笑ってしまうのかもしれない。

そして自分ではそのことに気づかないっていうのも、あるあるなのかもな。

「いや、結構笑っているぞ？　バトルエイプの時は返り血を浴びながらだったから、ちょっと怖かったぐらいだ」

「……えっ!?　……私、本当に笑っているんですか？」

「こんな嘘《うそ》つかないって！　笑っちゃうところは師匠譲りってところか！　私も笑うように意識しようかな？」

「ちょっとショックなんですが……。確かに集中しきると楽しくはなっていましたけど」

笑顔の話題で一盛り上がりしていると、カイラがパンッと手を叩いて話を止めてきた。

「はい！　盛り上がるのは注文してからにして頂戴！」

「いや、カイラから話を振ったんだろ」

「文句は受け付けません。ほら、どんどん注文して」

急《せ》かされるまま注文していき、俺はとにかく酒を注文。

料理に関してはジーニアに全任せし、そしてバーサークベアの群れ討伐の祝勝会が始まった。

「いやぁ……それにしてもグレアムさんの戦いっぷりは凄かったですね！」

「本当に凄すぎた！　近接戦が化け物みたいに強いのに、見たこともも聞いたこともない魔法も使えるのはおかしいもん！」

「別におかしくはないと思うけどな。ただ、みんなの役に立てたのはよかった。こんな俺でもまだ必要とされているのだと分かったのは嬉しい」

「当たり前じゃないですか！　私にとってグレアムさんは必要不可欠な存在です！」

「私もグレアム目当てでパーティに加わったし、必要な人物なのは当たり前！　近くで見ていて楽しいし、私が強くなるためにもグレアムにはまだまだ頑張ってもらうからね！」

「私やアオイちゃんだけでなく、ギルド長さんやソフィーさん、それからオーガの時に助けてもらった冒険者さんとかもきっと同じ気持ちですよ！」

ジーニアとアオイから手放しで褒められ、ついニヤけてしまうのが抑えられない。

俺自身としてはそこまで大層なことをした感覚はないのだが、こうして言葉にして褒められるのは嬉しいものだな。

善行をするという目標を立てたが、それは俺の身近にいる人にも当てはまる。

ジーニアやアオイ、ソフィーやギルド長のためになるようなことも積極的に行い、俺の近くにいる人たちにも幸せになってもらうことは俺の夢の一つ。

その上で……俺も幸せに過ごせたらいいな。

手放しで褒めてくれる二人の言葉を聞き、俺はニヤニヤしながら漠然とそんなことを考え——今度は俺からジーニアとアオイを褒めちぎり、褒め合い大会と化した祝勝会を心の底から楽しんだのだった。

辺境の村の英雄、42歳にして初めて村を出る

MFブックス

辺境《へんきょう》の村《むら》の英雄《えいゆう》、42歳《さい》にして初《はじ》めて村《むら》を出《で》る 1

2024年12月25日　初版発行

著者　岡本剛也
発行者　山下直久
発行　株式会社KADOKAWA
〒102-8177　東京都千代田区富士見2-13-3
0570-002-301（ナビダイヤル）
印刷　株式会社広済堂ネクスト
製本　株式会社広済堂ネクスト
ISBN 978-4-04-684337-1 C0093　Printed in JAPAN

企画　株式会社フロンティアワークス
担当編集　齊藤かれん（株式会社フロンティアワークス）
ブックデザイン　AFTERGLOW
デザインフォーマット　AFTERGLOW
イラスト　桧野ひなこ

本シリーズは「小説家になろう」（https://syosetu.com/）初出の作品を加筆の上書籍化したものです。

この作品はフィクションです。実在の人物・団体・事件・地名・名称等とは一切関係ありません。

王都の行き止まりカフェ『隠れ家』
守雨
イラスト：染平かつ
～うっかり魔法使いになった私の店に筆頭文官様がくつろぎに来ます～
Story
マイは病気で己の人生を終える直前に、祖母から魔法の知識と魔力を与えられ、異世界へ送り出された。
そうして転移した彼女は王都にカフェ『隠れ家』を開き、美味しい料理と魔法の力で誰かを幸せにしようと決意する。
MFブックス新シリーズ発売中!!
MFブックス

「こぼれ話」の内容は、
あとがきだったり
ショートストーリーだったり、
タイトルによってさまざまです。
読んでみてのお楽しみ！

アンケートに答えて
著者書き下ろし
「こぼれ話」を読もう！

よりよい本作りのため、
読者の皆様のご意見を参考にさせて頂きたく、
アンケートを実施しております。

奥付掲載の二次元コード（またはURL）にお手持ちの端末でアクセス。

↓

奥付掲載のパスワードを入力すると、アンケートページが開きます。

↓

アンケートにご協力頂きますと、著者書き下ろしの「こぼれ話」がWEBで読めます。

- ●PC・スマートフォンに対応しております（一部対応していない機種もございます）。
- ●サイトにアクセスする際や、登録・メール送信時にかかる通信費はご負担ください。
- ●やむを得ない事情により公開を中断・終了する場合があります。